DEN CYBORGS AUSGELIEFERT

INTERSTELLARE BRÄUTE® PROGRAMM: DIE KOLONIE - 1

GRACE GOODWIN

Den Cyborgs ausgeliefert: Copyright © 2017 durch Grace Goodwin

Alle Rechte vorbehalten. Dieses Buch darf ohne ausdrückliche schriftliche Erlaubnis des Autors weder ganz noch teilweise in jedweder Form und durch jedwede Mittel elektronisch, digital oder mechanisch reproduziert oder übermittelt werden, einschließlich durch Fotokopie, Aufzeichnung, Scannen oder über jegliche Form von Datenspeicherungs- und -abrufsystem.

Herausgegeben von Grace Goodwin unter KSA Publishing Consultants Inc.

Goodwin, Grace
Den Cyborgs ausgeliefert

Umschlagsgestaltung durch KSA Publishing Consultants, Inc. 2019
Bildnachweis: Deposit Photos: yuriyzhuravov, Angela_Harburn

Anmerkung des Herausgeber:
Dieses Buch wurde ausschließlich für *volljährige Leser* geschrieben. Spanking und andere sexuelle Aktivitäten, die in diesem Buch vorkommen, sind reine Fantasien, die für Erwachsene gedacht sind, und werden vom Autor und vom Verleger weder unterstützt noch ermutigt.

WILLKOMMENSGESCHENK!

TRAGE DICH FÜR MEINEN NEWSLETTER EIN, UM LESEPROBEN, VORSCHAUEN UND EIN WILLKOMMENSGESCHENK ZU ERHALTEN!

http://kostenlosescifiromantik.com

INTERSTELLARE BRÄUTE® PROGRAMM

*D*EIN Partner ist irgendwo da draußen. Mach noch heute den Test und finde deinen perfekten Partner. Bist du bereit für einen sexy Alienpartner (oder zwei)?

Melde dich jetzt freiwillig!
interstellarebraut.com

1

Rachel Pierce, Abfertigungszentrum des Interstellaren Bräute-Programms

„Du kannst uns nicht entkommen." Das Flüstern einer heiseren Männerstimme in meinem Ohr. Der Raum war dunkel, nahezu schwarz, und ich konnte sein Gesicht nicht sehen, aber sein Tonfall erregte mich. Ich hätte erschrocken sein sollen, Angst haben, und doch bäumte mein Körper sich bei seinen Worten begierig vom Bett auf. Feucht. Vor Verlangen pochend.

Ich zerrte an den Fesseln um meine Handgelenke, den unzerbrechlichen Handschellen, die über meinem Kopf befestigt waren. Sie saßen eng, aber nicht so sehr, dass es schmerzte. Sie sorgten dafür, dass ich mit Haut und Haaren gefangen war, und doch unversehrt blieb. Die Fesseln gaben nicht nach, aber das weiche Bett unter meinem Rücken, in das ich einsank, machte es mir bequem. Ebenfalls angenehm waren die schwieligen Hände, die über meine erhitzte Haut strichen, die meine hochgestreckten Brüste umfassten, die Innenseite meiner gespreizten Schenkel, meinen nackten Schamhügel streichelten.

„Unsere kleine Gefangene."

Die Stimme brachte mich zum Erstarren. Die *zweite* Stimme. Es war nicht nur ein Mann mit mir im Bett, sondern zwei. Zwei Händepaare.

„Ah!", schrie ich auf, als kleine erotische Bisse einen feurigen Schmerz in die Spitzen meiner Nippel schießen ließ. Zwei Münder.

Ich konnte ihre Gesichter nicht sehen, aber ich konnte ihre Hände spüren, ihren unregelmäßigen Atem hören, ihre Hitze fühlen, ihren dunklen, würzigen Duft riechen.

„Ich will euch anfassen", antwortete ich und leckte mir über die trockenen Lippen. Ich zerrte noch einmal an den Fesseln, aber sie waren erbarmungslos. Ich brauchte die Männer nicht erst zu sehen, um zu wissen, dass sie groß waren, so viel größer als ich. Ihre Hände waren groß, so breit, dass sie meinen Bauch bedecken konnten, meine Brüste verschwinden lassen, die nicht gerade klein waren, meine Knie packen und sie gespreizt halten konnten, sodass mein nackter Körper all ihren Wünschen, all ihren Absichten offen zur Verfügung stand.

Ich *sollte* mich panisch fühlen, den obwohl ich diese Männer nicht zu kennen schien, *kannte* ich sie doch zutiefst, fühlte mich bei ihnen sicher. Sicher genug, um gefesselt und ihren süßen Gelüsten ausgeliefert zu sein.

Ich hatte früher nie auf Fesselspiele oder irgendeine andere Form von Sadomaso gestanden. Nicht einmal kleine Ausnahmen im Rahmen einer wilden

Nacht. Meine sexuellen Erfahrungen reichten von High-School-Gefummel zu Einmal-bumsen-und-Danke-Abenteuern, Begegnungen solcher Art. Das hier, das war etwas völlig Anderes... und es gefiel mir.

Mir gefiel das Gewicht der Fesseln an meinen Handgelenken. Mir gefiel, dass die Seile keinerlei Dehnung in sich hatten. Mir gefiel, wie die Männer mich berührten, mich zu einem Heißhunger erregten, den ich noch nicht verspürt hatte. Und dabei berührten sie mich nur.

Als eine Hand zwischen meine Schenkel tauchte, streckte ich den Rücken durch und drückte meine Hüften der Berührung entgegen. „Sie ist tropfnass. Es gefällt ihr, die Kontrolle abzugeben."

Ich hatte zuvor nicht gewusst, dass dem so war, aber dank dieser beiden wusste ich es nun. Verdammt, ja.

Ich stöhnte bei dem Gefühl seiner Finger auf, die über meine Furchen strichen, meinen Kitzler umkreisten, die Schutzhülle zurückzogen, um...ach du Scheiße. Sein heißer Atem.

Als sein Mund sich an meinen Kitzler

legte, schrie ich auf, zappelte besinnungslos herum. Hände an meinen Schenkeln hielten mich offen, freigelegt, verfügbar.

Ich konnte rein gar nichts tun, außer hinzunehmen, was auch immer sie mit mir anstellen wollten. Mir geben wollten.

„Du wirst zuerst kommen, dann werden wir dich ficken."

Damit hatte ich aber sowas von überhaupt kein Problem. „Ja", antwortete ich mit einem kehligen Stöhnen, an den Mann gerichtet, der meine Pussy leckte.

Der andere Mann bearbeitete meine Nippel mit seinem Mund, wechselte zwischen ihnen. Ich spürte das sanfte Kratzen eines gestutzten Bartes. Die Haare kitzelten meine zarte Haut und erweckten jedes einzelne Nervenende zum Leben.

„Du kannst es spüren, nicht wahr? Unser Begehren, dein Begehren, das sich höher und höher zuspitzt. Die Kragen verbinden uns, vereinen uns und teilen unsere Lust."

Ich spürte ein Gewicht um meinen Hals, fühlte die begierige Intensität der Lust dieser Männer, ihre Dominanz, meine Hingabe, die um uns herum wirbelte wie eine leuchtend rote Aura. Ich war heißer, feuchter, hungriger als je zuvor in meinem Leben.

Ich würde kommen. Ich wüsste nicht, wie ich es aufhalten sollte, denn obwohl ich mit Seilen und Handschellen gebunden war, war ich von ihren Zuwendungen wie entfesselt. Meine Pussy schmerzte, schwoll an, pulsierte. Mein Kitzler pochte. Meine Nippel brannten.

„Ja, ich werde... ich brauche, genau da...nur noch ein wenig—nein!"

Die Männer wussten, dass ich gleich kommen würde, und nicht nur durch mein sinnloses Gebrabbel oder dadurch, wie mein Körper bebte. Es waren die verdammten Kragen. Sie wussten, dass nur ein weiterer Zungenschlag an meinem geschwollenen Kitzler, nur ein weiterer köstlicher Biss an meinem Nippel ausreichen würde, um mich einem heftigen Orgasmus zu unterwerfen.

Stattdessen war ich verschwitzt und hungrig, Tränen liefen mir aus den Augen, verzweifelt wollte ich mehr. Mein Körper war geradezu elektrisiert vor Begehren. Nur eine Berührung an der richtigen Stelle, und ich würde explodieren.

Der Mann neben meinem Kopf streckte sich neben mir aus, und sein heißer Schaft drückte sich an meine Seite. Hände packten mich an der Hüfte und warfen mich herum, bis ich auf ihm lag, meine Arme immer noch über meinem Kopf, und über seinem. Wenn ich mich nur einige Zentimeter hinunter beugen würde, könnte ich ihn küssen. Ich bewegte meine Beine in eine bequemere Position und saß rittlings auf ihm. Meine Brüste streiften über die weichen Haare auf seiner Brust. Meine schlüpfrige Haut glitt reibungslos über seine. Meine Pussy bedeckte seinen Schwanz. Sein dicker Schaft fächerte meine Furchen auf. Unsere Atemzüge verschmolzen, und doch konnte ich ihn immer noch nicht sehen.

„Bitte", flehte ich, zappelte mit den Hüften, um seinen Schwanz an meinen Eingang zu bekommen, sodass ich ihn tief in mir aufnehmen konnte. Ich *brauchte* ihn tief in mir. Ich hatte noch nie so gedacht, und wenn mich das zu einer totalen

Schlampe machte, dann war mir das egal, aber ich brauchte einen Schwanz.

Eine Hand sauste auf mein hochgestrecktes Hinterteil herunter, mit einem Stich, der mich überraschte. Es tat zwar weh, aber das wandelte sich rasch zu noch mehr Lust, und ich keuchte auf. Dann stöhnte ich.

„Wir sagen, wie", sagte der Mann hinter mir.

„Wir sagen, wann", sprach der Mann unter mir zu Ende.

Eine Hand umfasste meinen stechenden Hintern, zerrte die Backen auseinander. Ein harter Finger, schlüpfrig und mit etwas Kühlem benetzt, glitt dort über mich, fand meinen Hintereingang, umkreiste ihn, dann drückte er hinein.

Der scharfe Stich der Dehnung brachte mich zum Keuchen, und ich hielt still. Der Finger arbeitete das Gleitgel in mich ein, mehr und immer mehr.

„Bist du bereit für meinen Schwanz, Gefährtin? Bereit dafür, für immer uns zu gehören?" Der Mann hinter mir sprach, während er sanft und doch gründlich meinen Hintern präparierte für... oh Gott. *Unsere Schwänze. Für immer.*

Ja. Ich war bereit. Mehr als bereit. Zeit existierte nicht, nur das Gefühl seines Fingers, der mich bearbeitete, mich ausdehnte, das Gefühl des harten, muskulösen Körpers unter mir. Hände streichelten über meinen Rücken, meine Seiten, mein Haar.

„Sie ist soweit."

Ich war schon seit einer Weile soweit, aber hatte es nicht erwähnen wollen, um nicht wieder verhauen zu werden. Sie hatten die Kontrolle, also verbiss ich es mir.

Ich spürte, wie sie sich bewegten, hörte das Rascheln ihrer Bewegungen, als ich hochgehoben wurde, bis der Schwanz unter mir an meine Pussy stupste. *Ja!* Ich zappelte und versuchte, mich zu senken, aber er ließ es nicht zu. Als ich den Schwanz des anderen Mannes an meinem präparierten Hintereingang spürte, wurde mir klar, dass sie mich gemeinsam nehmen würde.

So richtig gemeinsam. Nicht einer nach dem anderen. Nicht einer in meiner Pussy und der andere Schwanz in meinem Mund. Gemeinsam, also doppelte Penetration.

Während die Panik in mir hochstieg, durchflutete mich auch ein Gefühl des Begehrens, der extremen Erregung. Ich spürte über den Kragen, wie sich das Verlangen der Männer mit meinem eigenen vermischte, und es beruhigte meine Panik und brachte sie mit gedankenloser Begierde zum Schweigen.

„Bitte", flehte ich, spürte ihre Schwänze gegen mich pressen. Der eine an meiner Pussy glitt mit Leichtigkeit in mich hinein, die nassen Laute meiner Erregung so laut wie unser Atem. Mit einem geschmeidigen Stoß war er tief versunken, füllte mich. Er stöhnte auf. Ich stöhnte auf. Gott, er war groß. Dick. Hart. So verdammt tief.

„Ich komme gleich."

Das stimmte. Sie hatten mich so gut aufgeheizt, dass ich schon zitterte.

„Noch nicht. Sobald du uns gehörst, wenn du unsere beiden Schwänze aufgenommen hast, werden wir gänzlich verbunden sein. Erst dann wirst du deinen Kragen verdient haben, deine Gefährten, unseren Besitzanspruch." Der

Mann hinter mir sprach mir ins Ohr, während er sich in mich hinein drückte, der breite Kopf seines Schwanzes mich langsam öffnete. Mein Körper leistete kaum Widerstand gegen seine Bemühungen. Vielleicht war es das Gleitgel oder seine Bestimmtheit, aber ich glaubte tatsächlich, dass es die Kragen waren, die uns verbanden, die mich entspannen ließen, ausatmen, mich ihm hingeben. Sie wollten, dass ich mich hingab, und dieser Akt war die ultimative Hingabe.

Ich konnte nichts tun als das, was sie wollten. Wann sie es wollten. Wie.

Es war diese Gewissheit, mehr noch als das Eintauchen des zweiten Schwanzes in mir, die mich mit einem seligen Schrei kommen ließ. Ich war so voll, so offen. Ausgeliefert. Verletzlich und doch zugleich so mächtig.

Es war zu viel, diese Lust. Ich war wahrhaftig gefangen, gefesselt nicht nur von den Banden über meinem Kopf, sondern von den Schwänzen, die uns verbanden. Wir waren Eins.

Als ich ihren heißen Samen in mich

spritzen spürte, schrie ich wieder, dann noch einmal.

„Miss Pierce!" Die Stimme wiederholte sich, und eine Hand schüttelte mich an der Schulter. „Hören Sie bitte zu schreien auf."

Ich warf mich herum, spürte, wie meine Hände gefesselt waren, wusste, dass es echt war.

„Rachel!"

Nein, es war nicht echt. Die Stimme, die mich anschrie, war weiblich, nicht das tiefe Grollen eines der Männer.

Ich blinzelte einmal, noch einmal. Grelles Licht trat durch die Schlitze meiner zusammengekniffenen Augen, und ich sah nur tiefes, dunkles Rot, bis ich die Stimme der lästigen Frau und die zu kleine Hand an meiner Schulter nicht mehr länger leugnen konnte. Ich öffnete die Augen.

Scheiße. Da waren keine Männer. Keine Hände, Münder, Schwänze. Es hatte aber *definitiv* einen Orgasmus gegeben. Ich war verschwitzt und konnte die Hitze davon noch spüren, die Lust davon, die immer noch durch meinen Körper hallte. Meine Pussy zuckte und zog sich um...nichts herum zusammen. Mein

Hintern krampfte sich zusammen. Leer. Das feuchte Resultat meiner Erregung ließ mein Hinterteil glitschig über einen eigenartigen Untersuchungsstuhl rutschen. Es war, als wäre ich nackt an einen Zahnarztstuhl gefesselt.

Meine Hände waren festgebunden, aber nicht von den Handschellen der Männer, und ich war nicht in einem weichen Bett. Nein. Ich war auf einen Teststuhl im Abfertigungszentrum für Interstellare Bräute geschnallt. Die Männer waren nur ein Traum gewesen, eine Ausgeburt meiner sexuell ausgehungerten Fantasie. Ich war schon verdammt lange nicht mehr mit einem Mann zusammen gewesen. Über ein Jahr.

Anscheinend war mein Körper in gestrichenen fünf Sekunden von Null auf Orgasmus hochgefahren. Aber es war so gut gewesen, so heiß und heftig und...

„Miss Pierce. Sehen Sie mich bitte an." Diese lästige Frauenstimme bellte mir geradezu Befehle entgegen. Ihr Ton gefiel mir nicht. Kein bisschen.

Ich konzentrierte mich auf das verschwommene Gesicht vor mir und wartete darauf, dass mein Blick wieder klar wurde. Als das eintrat, sah ich das Gesicht einer unleidlichen jungen Frau über mir aufragen. Ich erinnerte mich nun an sie. Unglücklicherweise erinnerte ich mich nun an alles. „Aufseherin Egara."

„Gut. Sie sind wach."

„Sie wollten mich testen, und nun nehmen Sie mir den Traum wieder weg?" Es war ein Traum gewesen. Denn seit wann enthielt die Realität zwei scharfe, feurige Liebhaber, die mich zugleich fickten? Wann hatte ich je einen so heftigen Orgasmus erlebt? So intensiv? Wann war ich je so verzweifelt danach gewesen, berührt zu werden, dass ich schon beim Gedanken daran beinahe schreien musste?

Noch nie. Affengeile, dominante Liebhaber waren nicht Teil meiner Realität.

Meine Realität bestand aus Gefängnis. Grellem Licht. Schlechtem Essen. Abgestandener Luft. Mehreren hundert Frauen, die mich ansahen, als wäre ich Frischfleisch. Einsamkeit. Verrat.

„Ja, Miss Pierce. Es tut mir furchtbar leid. Ich unterbreche die Tests für gewöhnlich nicht so abrupt, aber ich muss gestehen, dass mich Ihre Schreie ein wenig beunruhigt haben."

Ich konnte nichts dagegen tun, dass ich feuerrot anlief. „Sagen wir einfach, dass der Traum äußerst...lebhaft war."

Sie blickte auf ihr Tablet hinunter. Anscheinend hatte sie beschlossen, dass ich auf ihrem Untersuchungsstuhl nicht im Sterben lag. Sie schritt um den einfachen Tisch herum und setzte sich. Das Zimmer war klinisch, in beige gehalten. Ich hätte es für ein Besprechungszimmer in einem Büro halten können, wenn der ausgefeilte Untersuchungsstuhl nicht wäre, auf dem ich saß. Nein, auf den ich wie eine Irrenhaus-Patientin geschnallt war. Die Schnallen um meine Handgelenke waren mindestens zehn Zentimeter breit und zwei Zentimeter dick. Ich war mir nicht sicher, was für eine Art Superfrau sie sonst auf dem Stuhl festschnallten, aber ein normales Mädchen kam hier nur mit einer Metallsäge raus.

Ich blickte an mir hinunter, seltsam erfreut darüber, das ich das fade graue Nachthemd der Teststation trug und nicht die orange Gefängnisuniform mit weißem

T-Shirt, die in den letzten paar Monaten meine Garderobe ausgemacht hatte. Darunter war ich nackt, und es reichte mir nur bis zu den Knien. Krankenhauskleidung war anscheinend überall gleich hässlich, egal von welchem Planeten. Und ich war kein großer Fan davon, wie mein nackter Hintern an diesem Stuhl klebte. Wo waren die standardmäßigen Oma-Höschen und Sport-BHs?

„Die Tests waren erfolgreich, eine Zuordnung in Höhe von neunundneunzig Prozent ist erfolgt." Ein Lächeln verwandelte ihr Gesicht, und ich erkannte, dass sie gar nicht so alt war. Sie war vielleicht sogar ein paar Jahre jünger als ich. Ihr braunes Haar war zu einem strengen Knoten hochgesteckt. Die Frisur erinnerte mich an Schulmatronen in alten Wildwest-Filmen. In ihren grauen Augen lag eine aufgeweckte Intelligenz, die ich respektieren konnte, aber ihre Worte versetzten mich in Alarmbereitschaft. Ich war auf Empfehlung meines Anwalts hier. Aber an diesen ganzen Zuordnungsprozess hatte ich nie so recht geglaubt. Ich meine, jetzt mal im Ernst. Wie zum Teufel wollte irgend so ein Alien-Computer den perfekten Mann für mich auswählen? Ich glaubte es nicht. Aber das hielt das kleine Körnchen Hoffnung nicht davon ab, mit schmerzhaftem Summen in meiner Brust zum Leben zu erwachen.

Ich verzog das Gesicht, um meine Reaktion zu verbergen. So hätte die Sache gar nicht ablaufen sollen. „Ich bin zugeordnet worden?"

„Ja, einem Krieger von Prillon."

„Einem Prillonen?" Ich wusste überhaupt nichts über die anderen Planeten in der Koalition. Die letzten zehn Jahre war meine Nase in einer Petrischale versunken gewesen, und meine Augen hinter der Linse eines Mikroskops. „Ich sagte Ihnen doch, dass ich das nicht will. Eine Zuordnung. Das hier. Ich will nicht zu irgendeinem...irgend so einem Planeten." Ich spuckte die letzten Worte hervor, als wären sie ein schlechter Geschmack auf meiner Zunge. „Ich *sagte* es Ihnen doch. Ich sollte gar nicht hier sein, sollte nicht im Gefängnis sein. Ich habe nichts Falsches getan, außer die Wahrheit aufzudecken. Ich werde die Erde nicht verlassen, nur weil jemand anderes das Gesetz gebrochen hat."

Die Aufseherin blickte mich mit mitfühlenden grauen Augen an. „Ja, ich habe von Ihrem Fall gehört, und auch Ihre Unschuldsbekundungen. Rechtlich gesehen ändert der Test nichts daran, dass Sie eines Verbrechens für schuldig befunden worden sind. Er ändert nichts daran, dass Sie die nächsten fünfundzwanzig Jahre im Gefängnis verbringen werden."

„Ich habe Berufung eingelegt."

„Ja, Ihr Anwalt hat mich darüber informiert, und ich wünsche Ihnen dafür alles Gute." Ihre grauen Augen wurden sanfter, und ich spürte, wie mein Ärger unter der Welle des Mitleids, das ich darin sah, verflog. „Es tut mir leid, Rachel. Aber Ihre Unschuld oder Schuld ist irrelevant für mich. Und glauben Sie mir, Ihrem neuen Gefährten wird es egal sein. Sie sind hier. Sie wurden verurteilt. Die hatten wohl Beweise."

„Die Beweise waren untergeschoben", erwiderte ich.

Die letzten Spuren des Orgasmus

waren verflogen, und an ihre Stelle traten der gleiche Ärger, Frust und die Verbitterung, die mich schon die letzten fünf Monate lang verfolgten. Als das Whistleblower-Gesetz in Kraft trat, traf es auf mich nicht zu. Nein. Ich wurde eiligst abgeführt und fälschlich mit Verbrechen zugekleistert, die ich nicht begangen hatte, und zwar von den Leuten, die viel schlimmere Taten begangen hatten und sie auf diese Weise verbergen wollten.

Ja, ich war die Forschungsleiterin bei GloboPharma gewesen. Die Versuchsreihe hatte unter meiner Aufsicht stattgefunden. Aber ich hatte den Stecker gezogen, als sich schlechte Ergebnisse zeigten. Ich hatte mich penibel an die Richtlinien der Arzneimittel-Aufsichtsbehörde gehalten. Die Daten in meinen Berichten waren wahrheitsgetreu und präzise. Ja, ich hatte gewusst, dass bei der Firma hunderte Millionen Dollar für ein Krebs-Heilmittel auf dem Spiel standen. Und die Behandlungsmethode war erfolgreich gewesen, sie tötete nur auch zu viele gesunde Zellen ab.

Ich hatte meine Berichte eingereicht

und mich darauf verlassen, dass meine Vorgesetzten das Richtige tun würden.

An dem Tag, als ich hörte, dass die Aufsichtsbehörde das Medikament zugelassen hatte, kam mir an meinem Schreibtisch fast mein Senf-Salami-Sandwich wieder hoch. Ich hatte die Firmenchefin persönlich angerufen, und als sie mir nicht zuhören wollte, rief ich beim CEO an.

Sie alle ignorierten mich und schickten ein paar Schläger vorbei, die meine Wohnung in Stücke schlugen und mich zum Schweigen bringen sollten. Sie hatten mich gefeuert, diskreditiert und, was ich nicht wusste, sie hatten meine Daten behalten und dafür gesorgt, dass ich zu Fall gebracht werden konnte, wenn etwas schief lief.

Und es lief richtig, richtig schief. Mindestens vierhundert Menschen starben, bevor die Aufsichtsbehörde dahinterkam, dass der Schaden von dem neuen Medikament verursacht wurde. Als sie nach einem Schuldigen suchten, servierte ihnen GloboPharma meinen Kopf auf einem Silbertablett.

Die Schweine. Ich weigerte mich, kampflos aufzugeben. Ich würde nicht wie ein verängstigtes Hündchen rumlaufen und den Rest meines Lebens auf einem beschissenen fremden Planeten verbringen. Ich musste das Richtige tun. Ich musste kämpfen. Wenn ich das nicht tun würde, würden die Mistkerle, die das diesen armen Menschen angetan hatten, das Gleiche wieder tun. Und wieder. Und wieder. Ich hatte erst letztes Jahr mein Doktorat in Biochemie abgeschlossen. Ich hatte ein Grundstudium in Physiologie absolviert, damit ich in der Welt etwas bewirken konnte, Menschen helfen. Ich wollte nie in einen solchen Kampf verwickelt sein. Aber jetzt, da ich hier war, konnte ich nicht einfach weglaufen. Ich hatte keine Wahl. Es hieß entweder kämpfen, oder im Gefängnis versauern. Und wenn ich mich von ihnen unterkriegen ließ, würden sie es einfach wieder tun, einen weiteren Fehler begehen. Menschen töten. Und darüber lügen.

„Ich kann nicht weg. Ich muss vors Gericht. Bitte, es ist mir wichtig, dass Sie das verstehen."

„Ihr Berufungsverfahren beginnt in zwei Monaten", antwortete sie und ließ sich nicht weiter auf meinen Ausbruch ein. Sie wusste, was passiert war. Die Anschuldigungen, das Verfahren, meine Verurteilung. Es war alles in meiner Akte auf ihrem feinen Tablet. Alles über mich war da drin, auch, was ich vor drei Monaten zum Mittagessen hatte, und meine BH-Größe. „Ihr Anwalt hat Ihnen angeraten, dass Sie sich fürs Interstellare Bräute-Programm testen lassen, nur für alle Fälle."

Mein Anwalt war ein netter Mann, machte seine Arbeit gut, aber er trat gegen die höchst kunstfertigen, äußerst gut platzierten Leute in der Aufsichtsbehörde sowie gegen GloboPharmas Heer von Anwälten an. Er hatte mir gesagt, dass es ein harter Kampf werden würde, aber es war mir egal. Ich hatte *nichts* Falsches getan. Ich war dahintergekommen, was andere getan hatten, immer noch taten, zehntausenden verängstigten Menschen antaten, die verzweifelt auf der Suche nach einem Heilmittel waren. Sie hatten Menschen ausgenutzt, die krank waren und

Angst hatten. Sie hatten Dokumente gefälscht, hatten gelogen, sich verschworen und auf alles meinen Namen gesetzt. Die Firma hatte nichts als eine dämliche Geldstrafe bezahlt und war davongekommen. *Ich* war diejenige, die wegen Fälschung, Betrug und Verschwörung im Gefängnis gelandet war. Und das war nur die kurze Liste. Mir war egal, was über mich geredet wurde. Ich würde nicht aufgeben.

„Ja, zwei Monate, dann wird die Wahrheit ans Licht kommen und ich werde frei sein."

Sie blickte nicht gerade hoffnungsvoll drein. „Einen Prillonen zum Gefährten zu nehmen ist nicht das Ende der Welt, Rachel."

„Ja, das ist es. Buchstäblich. Ich würde nicht auf der Erde bleiben."

„Ich war schon dort. Auf Prillon." Sie neigte mir den Kopf entgegen. „Ich wurde vor sechs Jahren einem Prillon-Krieger zugeordnet. Es war das Beste, was mir je passiert ist."

„Und doch sind Sie hier", entgegnete ich. Ihre Lippen pressten sich zu einer schmalen Linie zusammen, und ein Schatten legte sich über ihre grauen Augen. Ich hatte sie mit meinen Worten verletzt. „Es tut mir leid. Ich kenne Ihre Geschichte nicht, Ihr Leben. Ich sitze nur"—ich zerrte an den Schnallen—„in der Falle."

Während ich auf Antwort wartete, betrachtete ich ihre bewusst stoische Miene. Ja. Sie war jung, vielleicht etwa vier Jahre jünger als ich mit meinen zweiunddreißig. Aber der Schmerz in ihren Augen war alter Schmerz. Alt und verhärtet, zu einer Panzerung um ihr Herz.

„Wie ist es möglich, dass Sie vor sechs Jahren nach Prillon gehen konnten? Das Bräute-Programm gibt es erst seit zwei Jahren." Zwei Jahre, seit die Aliens gelandet waren. Zwei Jahre, seit alles auf der Erde ins Schleudern gekommen war und wir erfahren hatten, dass wir nicht alleine waren.

Zwei Jahre, und unsere Regierungen kämpften immer noch untereinander wie die Halbstarken im Schulhof, die sich um ihr Revier stritten. Nichts hatte sich geändert. Nichts würde sich jemals ändern.

Die menschliche Natur war…nun…einfach zu menschlich.

Ihr Lächeln war beherrscht und reichte nicht bis an ihre Augen. „Nun, ich war nicht in Ihrer Lage. Ich war einfach zur falschen Zeit am falschen Ort. Meine Gefährten fanden mich, bevor die Erde offiziell der Koalition beigetreten war. Ich hatte keine Wahl, Rachel. Nicht wie Sie. Ich war nur für kurze Zeit bei ihnen, bevor sie von den Hive getötet wurden, aber ich liebte sie und ich bereue nicht einen Augenblick, den ich als ihre Gefährtin verbracht habe. Ich verstehe Ihre Angst davor, auf einen anderen Planeten zu gehen. Aber Sie sind einem hochrangigen Prillon-Kommandanten zugeordnet worden. Ich habe keinen Zweifel daran, dass Sie ihn zu lieben lernen werden. Sein Sekundär wird, da bin ich mir sicher, ebenso beeindruckend sein."

„Sekundär?"

Sie nickte. „Ja, alle Prillon-Krieger teilen ihre Gefährtin mit einem anderen. Das ist dort so Brauch. Wenn einer Ihrer Gefährten im Kampf umkommen sollte, hätten Sie und mögliche Kinder immer noch den zweiten Mann, um Sie zu beschützen und zu versorgen."

„Zwei Männer? Ein Dreier?" War sie verrückt? Ich wollte keinen Gruppensex. Ich wollte nicht einmal einen Außerirdischen, geschweige denn zwei.

Mein Körper erinnerte sich an die zwei Männer, die mich erst vor wenigen Augenblicken noch mit ihren Schwänzen gefüllt hatten, in diesem verdammten Traum, und mir wurde sofort warm. Nein. Nein. Nein. Nein. Ich würde vor meiner Berufung nicht davonlaufen, nur um heißen Alien-Sex zu haben. Einfach nur Nein.

„Auf gar keinen Fall", sagte ich. Wenn ich mit der Hand durch die Luft hätte wedeln können, dann hätte ich das getan. Wie die Dinge standen, musste ich mich damit zufrieden geben, den Stuhl mittels der Schnallen an meinen Händen zum Rasseln zu bringen. Ich blickte ihr in die Augen hoch und schüttelte noch einmal meinen Kopf, um ganz sicher zu sein, dass sie genau verstand, was ich sagen wollte.

„Nein danke. Ich weiß, dass John gesagt hat, ich solle hierher kommen, aber nein.

Ich kann nicht weg. Ich lehne die Zuweisung ab."

„Dann kommen Sie bis zu Ihrer Verhandlung zurück ins Hochsicherheitsgefängnis."

Der Gedanke daran, zurück in die Einzelhaft zu gehen, war elend. Eine Gefängniszelle oder der Weltraum. Die Auswahlmöglichkeiten waren düster. Das Wissen, dass ich unschuldig war, verhalf mir zu einem Entschluss.

„Ich schätze Ihre Sorge um mich, Aufseherin. Aber ich bin unschuldig. Ich muss daran glauben können, dass ich gewinnen kann. Ich kann sie nicht damit davonkommen lassen, die Aufsichtsbehörde anzulügen und all diese armen Patienten und ihre Familien. Ich werde nicht vom Planeten flüchten und meine Karriere ruinieren. Wenn ich davonlaufe, werden alle glauben, was über mich behauptet wird. Dass ich über die Risiken gelogen habe, dass ich gelogen habe, um die Firma zu schützen. Das habe ich nicht. Ich habe denen die korrekten Daten gegeben, und das kann ich beweisen. Ich will nicht auf eine andere Welt. Mir gefällt diese hier. Ich hatte ein gutes Leben. Und ich will es zurück."

Tränen traten mir in die Augen, aber ich hielt sie zurück. Ich vermisste meine Wohnung, meinen Sportwagen, meine verdammte Katze. Ich hatte noch nie im Leben so starke Sehnsucht nach meinem eigenen Doppelbett gehabt. Aber ich hatte genug geweint. Verdammt, ich hatte fast nichts getan, die ersten paar Monate im Gefängnis. Genug. Ich war unschuldig, und das würde ich beweisen. Freikommen. In mein Leben und mein Labor zurückkehren. Ich würde meine Forschungsarbeit weiterführen und Leben retten. Das war das Einzige, was ich je wollte. Ich weigerte mich, das aufzugeben.

Mein Vater würde sich im Grab herumdrehen, wenn ich vor diesem Kampf davon lief. Er hatte zusehen müssen, wie meine Mutter starb, als ich erst fünf war. Ich konnte mich kaum an sie erinnern, aber ich erinnerte mich daran, wie sich ihr kahler Kopf angefühlt hatte, wenn ich sie umarmte. Ich erinnerte mich an die Gerüche der Krankheit in meinem Zuhause.

Nachdem sie gestorben war, hatte mein Vater sich bemüht, weiterzumachen. Er hatte es geschafft, bis ich an der Uni war. Dann hatte er sich zu Tode getrunken. Schuldgefühle. Was für ein schwaches Wort für die Emotionen, die in mir brüllten, wenn ich an meinen Vater dachte. Ich hätte ihn niemals alleine lassen sollen. Ich wusste, dass er sie immer noch vermisste. Ich wusste, dass er mit seinen eigenen Dämonen kämpfte. Aber ich war achtzehn gewesen und begierig darauf, in die Welt hinaus zu ziehen und ein neues Leben zu beginnen. Ich war zweitausend Kilometer weit entfernt zur Uni gegangen und kam nur ein paar Mal im Jahr nach Hause. Ich war davongelaufen, und er war direkt vor meiner Nase in sich zusammengefallen. Großer Fehler. Sehr großer Fehler.

Nein. Ich würde vor dem hier nicht davonlaufen.

Aufseherin Egara seufzte, und ich war *nicht* erfreut über die Enttäuschung oder Resignation, die ich in ihren Augen sah. Als hätte ich mich falsch entschieden.

„In Ordnung. Bitte nehmen Sie zur

Kenntnis, dass die Zuordnung erfolgt ist, aufgezeichnet und zu ihrer Akte hinzugefügt wurde. Wenn Sie es sich anders überlegen, haben Sie ein gesetzliches Recht, mich zu kontaktieren. Sollten Sie sich doch entscheiden, eine Braut zu werden, werden alle Anschuldigungen gegen Sie fallengelassen, Ihr Strafregister wird getilgt und Sie werden umgehend zu Ihren Gefährten geschickt."

Während sie sprach, hob sie ein seltsames Gerät an die Seite meines Kopfes, und ich jaulte auf, als ein scharfer, beißender Schmerz meine Schläfe durchfuhr.

„Aua!" Ich wand mich vor ihr, zerrte mit neuer Entschlossenheit an den Schnallen. „Was war das?"

„Es tut mir leid, Rachel, aber es war notwendig." Sie ging davon und legte das eigenartige zylindrische Gerät auf dem Tisch ab, bevor sie sich wieder mir zuwandte, ihr Daten Tablet fest in der Hand und eine grimmige Miene auf dem Gesicht. „Und es tut mir leid wegen der Kopfschmerzen, die Sie in den nächsten paar Stunden erleiden werden. Für gewöhnlich wären Sie im Transport unterwegs, während Ihr Gehirn sich an die NPU gewöhnt, aber diesen Luxus werden Sie nicht haben."

„NPU? Was ist das?" Ich wollte meine Hand an meine Schläfe heben und mir über die schmerzende Stelle reiben. Was zur Hölle hatte sie gerade getan? „Was haben Sie mit mir angestellt?"

Die Fesseln um meine Handgelenke lösten sich mit einem einfachen Fingerwisch der Aufseherin über ihr Tablet. Sie hob ihren Blick vom Tablet, um meinem Blick zu begegnen, und ich sah kein Mitgefühl darin, eher Mitleid. „Die NPU ist eine neuronale Prozessor-Einheit, die für den Transport vom Planeten notwendig ist. Die Neuro-Technologie verbindet sich mit dem Sprachzentrum Ihres Gehirns und ermöglicht es Ihnen, alle bekannten Sprachen der Koalitionsflotte zu verstehen und zu sprechen. Sie können ohne sie nicht als Braut abgefertigt werden."

„Ich will keine Braut sein." Als ich aufstand, kam ein Wächter mit den nur zu vertrauten Handschellen heran, mit einer langen Kette zwischen den Handgelenken. Ich wusste, wohin er mich bringen würde: zurück ins Gefängnis, zurück in die Einzelhaft, wo die Wächter mich behandelten, als wäre ich unsichtbar, eine Ratte im Käfig, die Wasser und Futter brauchte und sonst nichts. Trotzdem war es besser als die Alternative. Ich wollte nicht mehr für sie sein als eine weitere Insassin, ein weiteres Maul zum Stopfen. Ich wollte ihnen nicht auffallen.

Aber ich war unschuldig. Bestimmt würden mein Anwalt und meine Freunde draußen der Wahrheit auf die Spur kommen. Ich musste daran glauben, dass der Richter, der meinen Fall behandelte, die Lügen der Anklage durchschauen konnte.

„Wenn Sie keine Braut sein wollen, warum sind Sie dann der Empfehlung Ihres Anwalts nachgekommen, sich testen zu lassen?" Ihre Frage traf einen Nerv, aber ich weigerte mich, zurückzuweichen. Ich weigerte mich, zu glauben, dass das Justizsystem mich so völlig im Stich lassen würde.

„Für alle Fälle."

Ihr Nicken war knapp und präzise. „Ganz genau. Und nun haben Sie eine NPU, für alle Fälle."

Sie warf mir meine eigenen Worte ins Gesicht, aber der Tonfall dahinter machte deutlich, dass sie glaubte, ich würde zurückkommen, eher früher als später. Und wenn das System mich im Stich ließ und ich verurteilt wurde, dann würde ich vielleicht tatsächlich zurückkommen. Dieser Traum. Mein Körper schmerzte immer noch vor Lust. Ich wollte diese großen Hände auf meinem Körper. Ich fühlte mich ganz bescheuert, als wäre ich ausgehungert nach Berührungen. Aber ich konnte nicht aufhören, daran zu denken, wie ihre Hände über meine Haut gefahren waren, ihre riesigen Schwänze mich weit gedehnt hatten. Die intensive Lust, als ich sie geritten hatte, bis ich den stärksten Orgasmus meines armseligen Lebens erlebt hatte.

Ein falscher Orgasmus, von irgendeiner dämlichen Computer-Manipulation meines Gehirns. Wenn ich den Vorgang richtig verstanden hatte, dann hatte ich die tatsächlichen Erinnerungen einer anderen Frau durchlebt. Hatte erlebt, was sie erlebte.

Die ganze Sache war mir unheimlich. Und ich wollte nicht von der Erde weg. Ich wollte mein verdammtes Leben zurück, und ich würde es bekommen.

Noch zwei Monate in Einzelhaft würde ich überstehen. Ich ließ nicht zu, dass ich daran zerbrechen würde. Aber eine nagende Stimme hatte begonnen, während meiner stillen Existenz im Gefängnis in meinem Kopf herum zu spuken. Selbst wenn ich die Anschuldigungen zurückweisen konnte und meine Berufung gewann, was würde aus mir werden? Selbst wenn es mir erlaubt werden würde, nach Hause zu gehen, würde ich jemals wirklich frei sein? Wenn die Anklage fallengelassen würde, wenn mein Name reingewaschen würde, dann würde es trotzdem immer Zweifler geben, die mich und alle Daten, die von mir kamen, als unzuverlässig ansehen würden. Kein Labor würde mich anfassen. Zumindest nicht in den USA. Ich würde umziehen müssen, ein neues Leben beginnen.

Und wenn ich nicht gewinnen würde, wenn das System versagte? Ich würde entweder jahrzehntelang in Ketten im Gefängnis sitzen, oder auf einen anderen Planeten geschickt werden, wo ich der Gnade nicht nur eines Aliens ausgeliefert war, sondern zwei.

Es sah so aus, als wäre ich auf die eine oder andere Weise bereits jetzt dazu bestimmt, eine lebenslange Strafe abzusitzen.

2

Maxim, Gouverneur von Basis 3, Kolonie-Planet von Prillon, Sektor 901

Das Stapfen von schweren Kampfstiefeln erfüllte den engen Flur. Meine Schritte waren eilig, ein wenig zu eilig, und doch konnte ich mich auf meinem Weg ins Kommunikationszentrum nicht bremsen. Aufseherin Egara, die auf der Erde das neue Interstellare Bräute-Abfertigungszentrum für die Kolonie leitete, wollte mich sprechen. Ich musste annehmen, dass sie Neuigkeiten bezüglich einer Zuordnung einer Gefährtin zu einem der seelenverdrossenen Soldaten unter meinem Kommando hatte. Neuigkeiten, die wir—dazu verdammt, unseren Lebensabend in der Kolonie zu verbringen—wirklich gut brauchen konnten.

„Ryston." Ich nickte mit ernsthaftem Gesicht meinem ernannten Sekundär zu, als er sich mir anschloss. Captain Ryston Rayall, mein Freund und Waffenbruder seit vielen Jahren. Er war von Kopf bis Fuß in die schwarzbraune Tarnmuster-Panzerung eines Prillon-Kriegers gehüllt, und ich war über seine Anwesenheit sowohl erleichtert als auch besorgt.

„Ich höre, es gibt Neues von der Erde." Sein Ausdruck war grimmig. Trotz der blassgoldenen Farbe seiner Haare und Augen war sein Blick düster. Nachdem er nach seiner Rettung von seiner Familie verstoßen worden war, war er ein Schatten seiner Selbst geworden. Unfreundlich. Verbittert. Wagemutig und unberechenbar. Schlechte Nachrichten würden weder sein Temperament noch seine derzeitige Laune verbessern.

„Ich bin schon unterwegs, Bruder.

Geduld. Ich weiß noch nicht, was Aufseherin Egara zu vermelden hat." Ich klopfte ihm freundschaftlich auf die Schulter. Er war mein engster Vertrauter, mein Freund und Verbündeter auf dieser Basis. Ich würde keinem anderen meine Gefährtin anvertrauen wollen, trotz seines Missmuts in letzter Zeit. Er war ein leidenschaftlicher Krieger, ehrenhaft bis in die Knochen. Ich hatte keinen Zweifel daran, dass die sanfte Berührung einer Frau die Dunkelheit aus seinem Herzen verbannen und meinen Freund wieder zurück ins Leben führen würde.

„Sie wird dir wahrscheinlich vermelden, dass keiner von euch Stinkern eine Zuordnung bekommt und wir alle Narren sind, uns der Hoffnung hinzugeben." Sein Knurren war voller Schmerz, aber er konnte seine Hoffnung nicht vor mir verbergen. Wenn er keine Hoffnung hätte, wäre er nicht an meine Seite geeilt, um die Neuigkeiten von der Erde zu erfahren.

„Das würde mir unterstellen, dass ich nicht perfekt bin, Ryston. Wir beide wissen, dass dem nicht so ist."

Rystons leises Auflachen war seine einzige Antwort, aber die Anspannung in meinen Schultern und meinem Nacken löste sich ein wenig. Es war gut, Ryston als Rückendeckung zu haben, wenn ich mich dem stellte, was auf mich zukam. Als Gouverneur von Basis 3 war es meine Pflicht, den anderen verseuchten Kriegern hier mit gutem Beispiel voranzugehen. Die Krieger auf der Kolonie waren allesamt gute Männer, die ihren Planeten brav gedient hatten, die Bedrohung der Hive bekämpft und in den Händen der Feinde gelitten hatten. Jeder in der Kolonie trug die Narben dieses Kampfes, denn wer von den Hive gefangen genommen wurde, den versuchten sie, zu einem von ihnen zu machen. Hive-Integrationseinheiten folterten Koalitionskämpfer, wandelten sie in frische Maschinen um, die von den Hive eingesetzt werden konnten. Neue, von den Hive gesteuerte Soldaten, wandelnde Waffen. Diejenigen von uns, die das Glück gehabt hatten, zu überleben und mit gesundem Verstand zu unseren Einheiten zurückzukehren, wurden danach allerdings zu einem Schicksal verdammt, das für manche schlimmer war als der Tod—Verbannung. Denn so fortschrittlich die Technologie der Koalition auch war, gab es immer noch Dinge, die nicht rückgängig gemacht werden konnten.

Mikroskopisch kleine kybernetische Implantate, lebendes Cyborg-Fleisch, optische Implantate, Stammhirn-Filament, verstärkte Muskelfasern, künstliche Intelligenz, die sich mit unserem Körper auf Zellebene verschmolzen hatte, mit unserer DNS selbst. Jahrhundertelang waren Koalitionskrieger, die aus den Händen der Hive-Integrationseinheiten befreit wurden, einfach hingerichtet worden. Aber vor etwa sechzig Jahren hatte der Vater von Primus Nial die Kolonie errichtet, wo verseuchte Krieger ihren Lebensabend sicher und weitab von möglicher Hive-Beeinflussung verbringen konnten. Weitab von denen, die unversehrt geblieben waren.

Sicherheit wurde hier stark überbewertet. Die Kolonie war eher ein Gefängnis als eine Gnade. Die Krieger waren dazu verdammt, ihr Leben ohne Hoffnung auf ein Zuhause oder eine

Gefährtin zu verbringen und sich ständig abzumühen, ihr Leben mit Sinn oder Ehre zu füllen. Nur wenige Frauen kämpften in der Flotte. Noch weniger von ihnen wurden von den Hive gefangen. Aber auch für die Frauen, die gefangen wurden und überlebten, war die Kolonie die Endstation. Nur gab es so wenige von ihnen, dass ein Mann Monate oder Jahre verbringen konnte, ohne einen Frauenkörper unter die Augen zu bekommen. Wir wurden von unserem eigenen Volk gefürchtet, und von den anderen Planeten vergessen, für deren Schutz wir so viel geopfert hatten. Vergessen, bis auch die anderen Welten anfingen, ihre Krieger hierher zu schicken.

Inzwischen gab es unter den Kriegern, die auf die Kolonie verbannt worden waren, auch Atlanen und Trioniten, Everianer, Viken- und Prillon-Krieger, und neuerdings auch eine Handvoll Menschenkrieger von der Erde. Die Kolonie war in acht Basen unterteilt und wurde von acht Gouverneuren und einem Primus regiert. Gouverneure wurden, wie es für alle Prillon-Anführer üblich war, durch Kampf und Blut auserkoren. Es herrschten die Stärksten. Die Stärksten gingen als gutes Beispiel voran.

So wie ich das nun tun musste. Als Gouverneur der Basis 3 war es mein Gefährtinnen-Test, der von allen mit größter Aufmerksamkeit, aber auch mit Vorbehalten, mitverfolgt wurde. Wenn es keine Gefährtinnen für die Stärksten unter uns gab, dann gab es keine Hoffnung für die anderen.

Und so kam es, dass es nach der Ernennung von Prinz Nial zum Primus in der Kolonie vor neuem Leben, neuer Hoffnung nur so sprühte. Denn der neue Primus unserer Heimatwelt war selbst ein Verseuchter. Trotz seines Makels hatte er eine wunderschöne und hingebungsvolle Gefährtin gefunden, die sogar stark genug gewesen war, seine Besitznahme in der Kampfarena auf Prillon Prime anzunehmen, vor Millionen Zeugen. Wie alle anderen hatte ich mir per Live-Übertragung angesehen, wie Prinz Nial und sein Sekundär Ander ihren Körper auf dem blutigen Schlachtfeld wie in alten Zeiten in Besitz genommen hatten.

Mein Schwanz regte sich bei der

Erinnerung daran. Denn Prinz Nial und seine Braut, Lady Jessica Deston, hatten die Kolonie erst kurz vor dieser letzten Schlacht besucht. Lady Deston war selbst eine Kriegerin und hatte sich äußerst kritisch über die Gesetze auf Prillon geäußert. Sie hatte geschworen, sich dafür einzusetzen, dass verseuchte Krieger Gefährtinnen bekommen konnten. Sie hatte uns einen neuen Namen gegeben—Veteranen—und gefordert, dass uns Ehre und Respekt zustünden. Sie hatte uns allen Mut gegeben. Und sie hatte ihre Versprechen gehalten, hatte ihren verseuchten Gefährten vor Millionen Zuschauern angenommen.

Aufseherin Egara von der Erde hatte die Kolonie nur wenige Tage darauf kontaktiert, um die Einführung der Testprotokolle des Interstellaren Bräute-Programms für unsere Krieger zu besprechen. Ich war der dritte Krieger gewesen, der getestet worden war. Ich konnte mich kaum daran erinnern, abgesehen davon, dass ich Verlust verspürt hatte und mein Schwanz so hart gewesen war, dass er sich in meiner Hand wie Eisen angefühlt hatte.

Wie die anderen Gouverneure und eine Handvoll hoch angesehener Krieger hier, hatte ich mich vor mehreren Wochen dem Testprogramm unterzogen. Obwohl ich nicht glauben konnte, dass irgendeine Frau einen versehrten Krieger wie mich als Gefährten akzeptieren würde, konnte ich mein Herz nicht davon abhalten, in meiner Brust zu rasen, als ich den Anruf erhielt, dem ich nun folgte.

Wenn auch nur ein Krieger der Kolonie erfolgreich zugeordnet worden war, dann bestand Hoffnung auf Zuordnungen für uns alle. Die vom Kampf gezeichneten Krieger, die für den Rest ihres Lebens verbannt worden waren, konnten ein wenig Hoffnung dringend gebrauchen.

Wir bogen um die Ecke, wo wir jeden Anwesenden auf der Kommunikations-Station in mit angehaltenem Atem warten sahen. Die Worte der Aufseherin konnten entweder die Rettung oder das Vererben für jeden Einzelnen auf diesem Planeten bedeuten.

Auf dem großen Bildschirm am Ende

des Zimmers nahm das hübsche Gesicht von Aufseherin Egara den gesamten Platz ein. Aber unter ihren Augen lagen tiefe Furchen, und eine Düsternis in den grauen Tiefen, die ich zuvor noch nicht gesehen hatte. „Aufseherin Egara. Ich grüße Sie. Es ist uns eine Freude, Sie wieder zu sehen." Die Aufseherin hatte erst vor kurzem die Kolonie bereist, um die ersten Testrunden abzuschließen, und wir hatten sie hinter Schloss und Riegel halten müssen, praktisch als eine Gefangene. Ihre Anwesenheit machte die Männer ohne Gefährtinnen auf dem Planeten begierig darauf, sie in Besitz zu nehmen.

„Gouverneur Rone. Ich wünschte, ich könnte das Gleiche sagen." Sie schloss ihre Augen und holte tief Luft, als würde sie sich auf etwas gefasst machen, bevor sie sprach. „Maxim, Ich brauche Ihre Hilfe."

Meine Hände waren schon zu Fäusten geballt, bevor ich meine Reaktion unter Kontrolle hatte. „Was immer es ist, meine Dame." Neben mir waren Rystons Schultern angespannt, und seine Hand lag auf dem Ionen-Blaster an seiner Seite. Der Raum war in Schweigen gehüllt. Eine Frau in Not—selbst viele Lichtjahre entfernt am anderen Ende des Universums—erweckte in jedem Mann im Zimmer so primitive und grundlegende Instinkte, dass wir zu Knurren begonnen hätten, wenn ihr das nicht Angst gemacht hätte.

Andererseits war sie zwei Prillon-Kriegern zugeordnet gewesen. Vielleicht würde unsere Aggression für sie eher tröstlich als erschreckend sein.

„Es geht nicht um mich." Ihre Augen schossen zwischen mir und Ryston hin und her. „Es geht um jemand anderen. Eine Braut. Eine Braut für die Kolonie."

Diese Neuigkeiten brachten mein Herz zum Rasen. „Also hat eine Zuordnung stattgefunden?"

„Ja. Aber sie hat sich dem Transport verweigert." Aufseherin Egara erhob sich von ihrem Sitz vor dem Kommunikationsgerät und lief vor uns auf dem Bildschirm auf und ab. Hinter ihr erkannte ich die Einrichtung eines Abfertigungszentrums, die medizinischen Geräte, die sterile Zweckmäßigkeit der weißen Wände und des Untersuchungstisches.

Ryston trat vor, mit verzogenen Mundwinkeln. „Wie kann sie den Transport verweigern? Ich verstehe nicht."

Aufseherin Egara verdrehte die Augen. „Die Gesetze auf der Erde ergeben nicht immer Sinn. Und sie wurden noch nicht daran angepasst, dass wir nun Teil der Interstellaren Koalition sind. Hier versteht man nicht, was auf dem Spiel steht..." Ihre Stimme wurde leiser und sie verschränkte die Arme vor der Brust.

Ich wandte den Blick vom Bildschirm ab und blickte auf den Menschenkrieger, der an der Flugkontrolle-Station saß. Er war hochintelligent und wurde hier in der Kolonie von allen geschätzt. Er war der einzige Mensch im Raum, der diesen Wahnsinn vielleicht erklären konnte. „Trevor?"

Trevor blickte vom besorgten Gesicht der Aufseherin zu Rystons wütendem Gesicht, und dann zu mir. Ich hatte keine Ahnung, was er dort sah. „Sie hat recht. Die Erdengesetze sind verdammt verrückt, eher politisch motiviert als von Gerechtigkeit, fürchte ich." Er blickte auf den Schirm.

„Wem ist sie in die Quere gekommen? Dem FBI?"

Die Aufseherin schüttelte den Kopf. „Nein. GloboPharma und der Arzneimittel-Aufsicht."

„Verdammte Scheiße." Trevor stieß einen leisen Pfiff aus, und mein Blut kochte. Trevor erwiderte meinen Blick, ohne zu zucken. „Sie sitzt in der Tinte."

Ich wusste nicht, was *Tinte* bedeutete, aber es klang nicht positiv.

„Das war auch meine Schlussfolgerung." Aufseherin Egaras Uniform war dunkelgrau und lag eng an ihren Rundungen an. Die Aufnäher an ihrer Brust zeichneten sie als offizielle Aufseherin des Bräute-Programms aus. Sie trug einen der am meisten respektierten und angesehenen Titel in der gesamten Koalitionsflotte. Die Krieger, die darum kämpften, das Universum gegen die Hive zu verteidigen, hielten sich an der Aussicht auf eine perfekt passende Braut fest. Viele dunkle, kalte Nächte auf dem Schlachtfeld hatte ich damit verbracht, von einer solchen Zuordnung zu träumen. Als die Hive unsere

Einheit gefangen nahmen, als Rystons Schreie wie ein Echo meiner eigenen Schreie hallten, als die tapferen Krieger um uns herum starben oder von der verdrehten Realität des Hive verschluckt wurden, da träumte ich von einer Gefährtin. Träumte von weicher Haut und einer heißen, feuchten Pussy. Von ihren Lustschreien, wenn ich sie füllte, während Ryston mit ihrem Körper spielte. Hoffnung hielt mich am Leben in jenen tristen Tagen. Hoffnung auf eine zugewiesene Gefährtin.

Und doch hatte diese Menschenbraut ihren zugeteilten Platz im Universum verweigert. Hatte ihre Bedeutung für die Herzen und den Verstand der Krieger abgetan, die am meisten gelitten hatten. Hatte sie ihren zugewiesenen Gefährten abgelehnt?

Kalter Zorn bebte durch meinen Körper und pochte durch meine Adern wie träges Eis auf einem Fluss im Winter. Diese Menschenfrau hatte keine Ahnung, was sie anrichtete. Es schien, als würde sie einen Kampf gegen einen Feind führen, von dem sie wusste, dass sie ihn nicht gewinnen konnte. Ich zweifelte nicht an ihrem Mut, nur an ihrer Intelligenz. Sie würde sich eher aufopfern, als ihren zugewiesenen Gefährten anzuerkennen? Die allererste Braut, die einem Kolonie-Krieger zugeordnet worden war, und sie *verweigerte* sich ihm?

Noch eine Ablehnung würde die Krieger hier mehr verletzten, als überhaupt keine Zuordnung bekommen zu haben. Und das war absolut inakzeptabel. „Sagen Sie uns, wie wir helfen können, Aufseherin. Eine Ablehnung wird den gesamten Planeten demoralisieren."

„Ich weiß. Aber sie hat ihre Hoffnung auf das Justizsystem hier gesetzt, auf eine Neuverhandlung. Sie sagt, dass sie das Verbrechen nicht begangen hat und weigert sich, sich den Transport aufzwingen zu lassen."

Also wollte sie überhaupt keine Braut sein. „Glauben Sie an ihre Unschuld?"

„Ja. Das tue ich. Und ihre Entschlossenheit, für Gerechtigkeit zu kämpfen, ist bewundernswert, aber es spielt keine Rolle." Aufseherin Egara kam wieder zum Schirm zurück, ihr Gesicht erschien erneut groß auf der Anzeige, die vom Boden zur Decke reichte. Ihre Projektion war fast so groß wie mein eigener Körper. „Ich kann nicht glauben, dass ich das sage, aber Sie müssen zur Erde kommen. Sie werden ihr helfen müssen, aus dem Gefängnis auszubrechen."

„Wie stellen wir das an? Werden die menschlichen Behörden kooperieren?", fragte Ryston. Natürlich fragte er das, und er sagte *wir*. Er wusste, dass ich zur Erde gehen würde, und ich zog niemals alleine in den Kampf.

„Nein. Das werden sie nicht, aber es spielt keine Rolle. Wir müssen sie dort rausholen. Ich habe heute einen Anruf von ihrem Anwalt erhalten. Er ist ein anständiger Kerl, aber sie hört auch auf ihn nicht. Sie war in der Einzelhaft sicher aufgehoben. Bis jetzt zumindest. Der Richter hat den Antrag des Anwaltes abgelehnt, sie vom Umgang mit den anderen Insassen fernzuhalten."

„Umgang mit anderen Insassen?", fluchte Trevor. „Wenn sie wirklich unschuldig ist, dann werden die sie bei lebendigem Leib auffressen."

Die Aufseherin sah nicht erfreut aus.

„Noch schlimmer. Sie ist eine Whistleblowerin und sie hat Beweise, die einige Leute in Washington zu Fall bringen könnten. Wenn wir sie nicht in den nächsten drei Tagen da rausholen, bevor sie zu den anderen verlegt wird, dann ist sicher, dass da drinnen jemand auf sie warten wird, der eingeschleust wurde, um sie umzubringen."

Ich blickte zu Trevor, mit der Bitte um Erklärung. Während die NPU in meinem Kopf es mir ermöglichte, die Sprache der Aufseherin perfekt zu verstehen, konnte ich ihre umgangssprachlichen Begriffe nicht entschlüsseln.

Er schien meine Verwirrung zu verstehen. „Auf der Erde werden manche Gefangene zu ihrer eigenen Sicherheit bis zur Verhandlung isoliert gehalten. Ein Gefängnis ist wie eine eigenständige Gemeinschaft hinter dicken Wänden und Stacheldraht. Es ist ein gefährlicher Ort. Ein anderer Krimineller, also jemand, der mit eingesperrt ist, kann von außen beauftragt oder dafür bezahlt werden, einem Mitgefangenen etwas anzutun. Ihn zu töten."

Mein Kiefer spannte sich an, und ich konnte sehen, wie Ryston erstarrte.

„Wenn jemand bereits eine lebenslange Strafe absitzt, wird es sein Urteil nicht ändern, wenn er einen weiteren Mord begeht. Aber Geld und Beziehungen nach draußen zu haben, kann das Leben im Gefängnis angenehmer gestalten."

So war es auch für die Krieger hier. Manche, wie ich, hatten das Glück, mit ihren Familien auf Prillon in Kontakt zu bleiben. Meine Mutter schickte per Transport Vorräte und Leckereien, auch Botschaften und Bilder von meiner Familie. Aber andere empfingen nichts als Schweigen, keine Unterstützung, keine Kommunikation. Es war, als existierten sie nicht. Eine lebenslange Strafe abzusitzen, war etwas, das jeder Krieger in der Kolonie nachvollziehen konnte.

Trevor rutschte auf seinem Sitz herum.

„Wenn sie erst mal zu den anderen Insassen kommt, wird sie schutzlos sein. Sie wird unter Mörderinnen und abgebrühten Verbrecherinnen leben. Jeder, der sie tot sehen will, wird an sie rankommen. Sie wird nicht länger als ein paar Tage überleben."

Seine Erklärung half, und ich brauchte keine weiteren Details. Ein Blick zu Ryston, und er nickte zustimmend. Wir würden losziehen, und zwar sofort. „Wir kommen direkt in Ihren Transporterraum, Aufseherin. Bitte initiieren Sie die Transportcodes für uns."

„Das werde ich. Ich danke Ihnen."

Sie streckte die Hand aus, um unsere Kommunikation zu beenden, aber ich hielt meine Hand hoch und stoppte sie. Ein Detail gab es noch, das ich gerne wissen wollte.

„Aufseherin Egara, wenn ich fragen darf: wessen Gefährtin ist sie?"

Das Lächeln der Aufseherin war voller Mitleid.

„Es tut mir so leid, Maxim. Sie ist Ihre."

3

Rachel, Carswell Strafanstalt, Einzelhaft

Ich saß auf dem Bett, der einzigen *einigermaßen* weichen Oberfläche in meiner Zelle, und war in meine kratzige Wolldecke gewickelt. Meine Knie waren an meine Brust gezogen und mein Rücken in die Ecke gepresst. Ich war alleine, die Stille des Raums war beinahe ohrenbetäubend. Obwohl eine der Wände aus Gittern bestand, die auf einen langen Gang hinaus führten, war alles still. Die gestrichenen

Ziegelwände und der grau versiegelte Fußboden baten nichts Interessantes, das ich mir hätte ansehen können. Das einzige kleine Fenster zur Außenwelt lag so hoch oben, dass ich nicht raussehen konnte, selbst wenn ich auf dem Bett stand. Ich wusste es, denn ich hatte es versucht. Ich konnte den Himmel sehen, wusste, ob es klar oder bewölkt war, aber keinen Boden. Ich wusste nicht einmal, in welche Richtung ich blickte.

Ich hatte gehört, dass dieser Bereich des Gefängnisses speziell so angelegt war. Wir waren über einen unterirdischen Tunnel hereingekommen und mehrmals abgebogen, bevor wir ankamen. Der Weg vom Gefängnisbus in diesen Zellflügel hatte noch weitere Abzweigungen ohne Fenster. Es war unmöglich, die Orientierung zu behalten. Man konnte keinen Boden sehen.

Wenn ich meine Berufung nicht gewinnen würde, würde ich von der Welt für die nächsten fünfundzwanzig Jahre nichts anderes sehen als ein paar Wolken. Der Gedanke daran brachte viele um den

Verstand oder dazu, sich das Leben zu nehmen. Was war schon ein Leben mit nichts darin? Die Kleidung war eintönig, die Zelle war eintönig, das Essen war nur noch eintöniger. Es war nichts mehr übrig.

Aber ich hatte Hoffnung. Gott, ich krallte mich mit abgekauten Fingernägeln an diese Hoffnung. Was gab es denn sonst?

Die Beweise, die mein Anwalt hatte, würden mich befreien. Sie bezeugten meine Unschuld. Dieser eine USB-Stick war alles, was zwischen mir und einem Leben in der Hölle stand. Bis dahin wartete ich. Tag für Tag ohne Inhalt.

Ich fuhr mir mit der Hand übers Gesicht und versuchte, an etwas anderes zu denken... irgendetwas außer meinem Fall, meiner winzigen Zelle, meinem neuen Leben. Es fiel nicht schwer, an den Test-Traum zu denken, denn er war perfekt gewesen. Ich war frei gewesen, ohne Gitter oder Betonwände. Ich hatte zwei Männer, die mich verzweifelt begehrten. Ich hatte mich begehrt gefühlt. Gott, hatte ich selbst begehrt. Und was sie mit mir anstellten!

Ich war nicht prüde. Ich wusste, wo

mein Kitzler war, und sorgte auch dafür, dass meine Liebhaber das taten. Liebhaber, aber nicht zwei auf einmal, wie in dem Traum. Es war schon lange eine Fantasie von mir gewesen. Welche Frau träumte nicht davon, zwei Männer zu haben, die genau wussten, was sie taten? Und zwar auch ganz ohne den Test-Traum des Bräute-Programms, wie ich ihn gehabt hatte.

Heilige Scheiße, war das geil gewesen. Doppelt so geil.

Meine Nippel wurden hart und mein Kitzler pochte allein bei der Erinnerung an ihre Hände, ihre Münder, ihre Schwänze.

Der Traum schwamm noch in meinen Adern herum und ich wollte mit mir spielen, da ich wusste, dass ich feucht war. Das Sehnen zwischen meinen Beinen ließ meine Hände zwischen meine Schenkel gleiten. Doch ich musste daran denken, dass Wächter zusahen, und zog die Hand wieder weg. Ich würde mir den Traum nicht dadurch verderben, dass ich mit mir spielte, während die Wächter zusahen. Ich würde nachts mit mir spielen, nachdem sie die Lichter ausgemacht hatten. Wieder und wieder.

Gott, selbst meine Orgasmen standen unter strikter Kontrolle. Und waren eintönig. Selbst, wenn ich meine Finger dazu benutzte, meinen Kitzler zu umkreisen und in meine Pussy zu gleiten, würde es nicht an das herankommen, was die Männer in meinem Traum mich fühlen ließen. Fünfundzwanzig Jahre lang würde ich selbstgemachte Orgasmen haben, solange das Licht aus war. Sonst nichts.

Und schon war ich wieder dabei, im Selbstmitleid zu versinken.

Vielleicht sollte ich einfach diese Aufseherin Egara anrufen und verschwinden. Alles hinter mir lassen. Die Anwälte und Gefängniswärter. Die Schuldgefühle.

Seltsamerweise stellten sich mir die Härchen auf den Armen auf, als hätte der Blitz eingeschlagen, nur wenige Sekunden, bevor ich Stimmen hörte. Sie waren leise gehalten, aber tief. Es war nicht Essenszeit, und ich hatte den lauten Summer nicht gehört, der anzeigte, dass das versperrte

Eingangstor zu dieser Etage geöffnet wurde. Ich hörte kein Quietschen von den Rädern des Essenswagens. Keine Schritte, bis jetzt. Eine oder mehrere Personen, kamen eilig den Gang entlang gelaufen.

„Woher werden wir wissen, welche sie ist?"

Ich sprang neugierig auf die Füße. Außerhalb der monotonen Routine passierte hier nie etwas.

„Aufseherin Egara sagte, dass wir es einfach wissen würden."

Die Stimmen wurden lauter. Ich konnte andere entlang des Zellenblocks nach ihnen rufen hören. Soweit ich wusste, lagen vier Zellen zwischen meiner und dem Haupttor, und zwei dahinter.

„Nein. Nein. Nein." Es klang, als würden sie einen Auszählreim aufsagen.

Als die großen Männer an meine Gitterstäbe herantraten, erstarrten sie. Ihre Augen lagen auf mir, untersuchten jeden Zentimeter. Ich spürte sie, ihre Blicke, als wären keine Stäbe zwischen uns und ihre Hände auf mir.

„Sie ist es", sagte der Größere der beiden zum Anderen. Sie hielten Waffen in ihren Händen, Schusswaffen, wie ich sie noch nie zuvor gesehen hatte. Kleiner als eine winzige Pistole, aus sehr glänzendem Metall und keine Konkurrenz für die Gewehre, die einige der Gefängniswärter über den Schultern trugen.

Den anderen Mann als kleiner zu bezeichnen, war nicht ernsthaft möglich, denn sie waren beide groß. Sehr, sehr groß. Der Kleinere der beiden war bestimmt eine Handbreit über zwei Meter groß. Sie wirkten wie eine Kombination aus Holzfäller und Highlander. Sie trugen aber kein Schottenkaro, sondern eine Art eng anliegender Panzerung, die an jede Muskelwölbung angepasst war und sie wie Gladiatoren aussehen ließ. Die seltsame schwarze Panzerung war mit braunen und grünen Tarnfarben gemustert, fast wie beim Militär, wirkte aber eher wie dekoratives Marmor-Muster.

Einer hatte dunkles, kupferbraunes Haar und dunkle Haut, der andere Mann war golden und hell, seine Haare und seine Haut beide von blassem Gelb. Und sie hatten Terminator-Teile. Aber darüber würde ich jetzt gerade nicht nachdenken.

Der dunkle Mann hatte Augen wie Milchschokolade, die Augen des Helleren waren bernsteinfarben. Aber keiner von ihnen war menschlich. Die kantigen Umrisse ihrer Wangenknochen und die eigenartige Form ihrer Augen ließ sie gerade fremd genug aussehen, um mein Herz in hektisches Rasen zu versetzen. Aber ihr massiver Körperbau und ihre muskulösen Körper ließen meine Pussy erfreut aufschreien. Ich kannte diese Gesichtszüge, diese riesigen Hände. Es war die Rasse von Alien-Kriegern, die ich in meinem Traum im Bräute-Abfertigungszentrum gesehen hatte. Und dank der Aufseherin und ihrer Gedankenspiele konnte ich nun, als sie auf mich zukamen, an nichts anderes denken als die Größe ihrer Schwänze...und wie es sich wohl anfühlte, zwischen ihnen eingeklemmt zu sein.

Mein Körper reagierte heftig. Ja, sie waren gutaussehend. Ja, sie erfüllten jeden einzelnen Punkt auf meiner Liste dessen, was einen scharfen Kerl ausmachte. Mal zwei multipliziert. Meine Handflächen wurden feucht, und mein Herz setzte buchstäblich aus, aber ich spürte eine Verbindung, als verliefe ein Faden zwischen uns. Es war mehr als nur der Traum aus dem Abfertigungszentrum, es war instinktiv. Tiefer.

Ich hatte das Gefühl, sie zu *kennen*.

„Rachel Pierce von der Erde. Ich bin Maxim, und das hier ist Ryston. Wir sind deine Gefährten vom Planeten Prillon Prime."

Oh. Mein. Gott. Sie gehörten *mir*? Meine Gefährten von der Zuordnung.

Ich konnte mich nicht rühren. Meine Füße fühlten sich an, als wären sie ebenso im Beton verankert wie das Bett und der Stuhl.

„Was wollt ihr hier?", flüsterte ich. Ich streckte den Hals und versuchte, an ihnen vorbei zu blicken, da ich wusste, dass die Wärter kommen würden. Wie waren sie an den Sicherheitsvorkehrungen vorbeigekommen?

„Wir nehmen dich in Besitz", sagte der Dunkle. „Wir nehmen dich mit uns mit. Jetzt gleich."

„Mich mit...das ist nicht euer Ernst." Ich blickte auf die Gitterstäbe und wusste, dass das nicht passieren würde. Die Wärter würden mich nicht freilassen, um mit diesen Kerlen mitzugehen. Unmöglich. Und ich konnte mich nicht entscheiden, ob mich das freute oder irgendwie enttäuschte.

„Transport."

Transport? Das war verrückt. Wurde ich schon verrückt und halluzinierte, weil ich schon so lange alleine war? Träumte ich schon wieder?

Sie schienen sich ihrer Worte sicher zu sein. Sie hielten nicht nach den Wärtern Ausschau, noch schienen sie sich zu sorgen, ob sie ihnen bald gegenüberstehen würden.

„Aber ich sagte doch, ich wäre nicht bereit dazu. Ich will keine Braut sein. Ich... ich habe die Zuweisung abgelehnt." Wenn ich mir die beiden so ansah, fragte ich mich, warum ich das getan hatte. Wenn das meine Gefährten waren, war es vielleicht gar nicht so übel, vom Planeten geschickt zu werden.

Nein. Nein! Ich musste meinen Namen reinwaschen, hatte mein Leben hier auf der

Erde. Ich wollte eine Wahl, und das hier fühlte sich nicht danach an.

Aber das war das Gefängnis auch nicht. Das war auch nicht meine Wahl.

„Wir werden das besprechen, wenn wir wieder im Transportzentrum sind." Es war der Dunkle, der sprach. Nur er. Der andere, der Goldene namens Ryston, stand stoisch neben ihm. Obwohl er anscheinend nicht der Anführer war, zweifelte ich nicht daran, dass er für sich gesehen eine genügend dominante Ausstrahlung hatte.

„Transportzentrum?" Ich war Wissenschaftlerin. Ich hatte zwei Doktortitel, und doch blieb mir nichts anderes übrig, als simple Fragen zu stellen.

„Dein Leben ist in Gefahr, und wir werden nicht zulassen, dass deine naiven Vorstellungen von Gerechtigkeit dich das Leben kosten. Wir nehmen dich zu deinem eigenen Schutz mit."

Da lachte ich. „Das ist nobel von euch, aber ihr vergesst da etwas." Ich deutete auf die Gitterstäbe, die zwischen uns standen. „Ich bin eine Gefangene hier. Sie werden euch mich nicht so einfach mitnehmen lassen."

„Du denkst, dass ionisierter Stahl uns von dir fernhalten kann?"

„Also, ja schon", entgegnete ich.

Der dunkle, Maxim, trat ans Gitter heran, nahm in jede Hand einen Stab und grinste mich an, während er sie auseinander bog als wären sie nicht stabiler als Alufolie.

Ich stolperte rückwärts, stieß gegen die Metallkante des Betts und sank zu Boden.

Als der andere, sein Sekundär, sich seinen Bemühungen anschloss, waren die Balken in Sekunden auseinander gebogen wie in einem *Superman*-Film.

Wenn ich Zeit gehabt hätte, darüber nachzudenken, hätte ich diese Aktion als mega-scharf empfunden. Aber der eigenartige Klang des sich biegenden Stahls war nicht das Einzige, was ich hören konnte. Der Summer am Ende des Blocks signalisierte, dass das Eingangstor zum Zellenblock geöffnet wurde. Noch ein Geräusch, das ich zuvor noch nicht gehört hatte, aber eindeutig ein Alarm, ertönte gellend. Ich zuckte bei dem Lärm zusammen, war aber von den Männern völlig gebannt.

Maxim trat durch die Öffnung, die sie geschaffen hatten, gefolgt von Ryston. Die Zelle war so schon klein genug, aber mit ihnen hier drin war es, als stünde ich in einem Fingerhut. Ich wich ängstlich in die Ecke zurück. Es war eine Sache, sexy Fantasien über sie zu haben, aber es war etwas Anderes, wenn sie in eine Gefängniszelle einbrachen, um mich zu entführen und auf einen anderen Planeten zu bringen.

„Fürchte uns nicht. Fürchte uns *niemals*", sagte Maxim und packte mich am Arm. Sein Griff war sanft, und doch zog er mich mit Leichtigkeit an sich heran, bis ich auf der Matratze stand.

„Kontakt hergestellt. Transport einleiten", sagte Ryston, während panisches Stapfen von Stiefeln auf Beton auf die Zelle zueilte. Er sprach in ein kleines Gerät an seinem Handgelenk. Das Letzte, woran ich dachte, bevor ein Summen den Raum erfüllte, sich die Härchen auf meinen Armen wieder aufstellten und die Rufe der Wärter über den schrillen Alarm hinweg zu hören waren, war, dass ich zwei Männern aus

Raumschiff Enterprise zugeordnet worden war.

Captain Ryston Rayall

Diese Erdenfrau war unsere Braut? Es war mir schwer gefallen, mich zu bewegen, als wir ihre Gefängniszelle gefunden hatten. Ich hatte Maxim gefragt, woher wir wissen würden, welche Frau in diesem Zellenblock zu uns gehörte. Ich hatte rasch sechs Zellen gezählt, als wir hereintransportiert worden waren. Es wäre leichter gewesen, direkt in die Zelle unserer Gefährtin zu transportieren, aber Aufseherin Egara hatte nicht gewusst, in welcher Zelle unsere Frau saß. Also waren wir, anstatt an die falsche Stelle transportiert zu werden, den Gang entlang gelaufen und hatten sie mit reinem Bauchgefühl gefunden.

Und nun stand sie vor uns. Mit großen Augen und eindeutig zu ihren Gefährten hingezogen, so wie sie auch auf uns eine

Wirkung hatte. Aber sie fürchtete sich gleichzeitig vor uns. Ihre Augen wurden groß und ihr Puls raste, was an ihrem Hals zu sehen war. Der dünne orange Stoff, den sie trug, verhüllte ihren süßen, femininen Duft nicht, und auch nicht den unverkennbaren Geruch ihrer Erregung.

Die Gitterstäbe zwischen uns, die Menschen, die sie von uns fernhalten wollten, der sture Stolz, an den sich unsere Gefährtin wie an einen Schild klammerte. Nichts davon durfte sich uns in den Weg stellen.

Anscheinend empfand Maxim ebenso, denn er legte die Hände um die Stangen und zerrte. Ich kam ihm sofort zu Hilfe, begierig darauf, zu unserer Frau zu gelangen. Die Stangen hatten unserer verstärkten Cyborg-Kraft nichts entgegenzusetzen. Zur Abwechslung waren die Hive-Implantate in unserem Körper zu etwas gut. Prillon-Krieger waren für ihre Kraft bekannt, aber mit Hive-Verstärkern in jeder wichtigen Muskelgruppe waren wir Monster, stärker noch als ein Atlan-Krieger im Biest-Modus.

Ihre zitternden Hände waren das

Einzige, was mich dazu bewegte, ein Knurren zurückzuhalten, als wir ihre Zelle betraten. Ich konnte sie geradezu in der Luft schmecken. Der warme Duft ihrer Haut und ihrer nassen Pussy ließen meinen Schwanz stramm stehen.

Meins. Meins. Meins. Ich hatte nie gedacht, so stark auf eine Frau zu reagieren.

Es war, als hätte jemand in meinen Brustkorb gefasst und zugedrückt. Ich war schon gefoltert worden, meine prillonischen Körperteile wurden mit Hive-Technologie ersetzt. Ich war gegen meinen Willen festgehalten worden, und ich konnte es nicht ertragen, meine Gefährtin als Gefangene zu sehen. Ich kannte Schmerz, kannte meinen Körper, aber ich hatte noch niemals so empfunden. Es war, als wäre ein Teil von mir, ein Teil meines Körpers, von dem ich nicht einmal wusste, dass er mir gefehlt hatte, gefunden worden.

Ich war endlich ganz. Es spielte keine Rolle, dass ich ein optisches Implantat oder Zell-Verstärker in allen Muskelgruppen hatte. Endlich hatte ich Frieden gefunden. Keine Gitterstäbe konnten uns von etwas abhalten, was uns gehörte. Rachel Pierce gehörte mir. Ja, ich würde sie mit Maxim teilen, und ich war froh darüber, einen so starken und noblen Krieger an meiner Seite zu haben, um gemeinsam für sie zu sorgen. Es war mir eine Ehre, zu seinem Sekundär ernannt worden zu sein. Aber als ich auf Rachel blickte, mit ihrem glänzenden braunen Haar und ihrer weichen weißen Haut, ihrem hübschen Gesicht und ihren vollen Lippen, ihrem Körper, der so kurvenreich und weich und perfekt zu ficken war, da war ich nicht an technischen Details interessiert.

Mein einziges Interesse war es, sie hier aus dieser beschissenen Gefängnis-Uniform rauszubekommen und sie mit meinem Schwanz zu füllen. Sie würde verwöhnt und umsorgt werden. Ich würde sie baden und verköstigen, sie beschützen und alle ihre Geheimnisse erfahren. Sie gehörte *mir*.

Meine Reaktion erschreckte mich. Und ich war nicht der Krieger, dem sie zugewiesen worden war. Ich konnte mir nur ansatzweise vorstellen, wie viel tiefer Maxim auf sie reagierte. Und so nahm ich meine Stelle als sein Sekundär ein und ließ ihn nach ihr greifen.

Wenn er so unter ihrer Nähe litt wie ich, dann würde er wohl am liebsten aus der Haut fahren, um sie zu berühren, Kontakt herzustellen. Maxim griff nach ihr, während ich mich zwischen ihm und dem Korridor positionierte—und den menschlichen Wärtern, die ich auf unsere Position zulaufen hören konnte. Es war verdammt noch mal an der Zeit, von hier zu verschwinden.

„Fürchte uns nicht. Fürchte uns *niemals.*" Maxims Tonfall hatte ich noch nie zuvor gehört. Ich hatte ihn schon Kommandos auf dem Schlachtfeld bellen hören, in Besprechungen auf der Basis über Politik streiten, und vor Wut und Schmerz brüllen, als er gefoltert wurde. Ich hatte ihn lachen hören und andere Soldaten necken.

Ich hatte ihn allerdings noch nie mit so offener Sehnsucht flüstern hören.

Heilige Götter. Ich litt fürchterlich unter meinem Verlangen nach ihr. Maxim? Ich wusste nicht, wie er die Beherrschung behielt, wie er dem Drang widerstand, sich seine kleine Frau über die Schulter zu werfen und ihr die Wahl zu entziehen.

Erleichterung durchflutete mich, als Rachel ihre kleine Hand in Maxims legte. Ihr erster Vertrauensbeweis, das erste Anzeichen, dass sie unsere Besitznahme akzeptierte. Ich zögerte nicht und kontaktierte Aufseherin Egara, sobald Maxim unsere Gefährtin sicher in den Händen hielt. „Kontakt hergestellt. Transport einleiten."

Ich konnte ihr ihr Misstrauen nicht verübeln. Ich wäre ebenso wie Rachel skeptisch gegenüber jemandem gewesen, der von einem anderen Planeten kam und in ein Gefängnis einbrach, um mich rauszuholen.

Ich hielt meine Augen auf die Gitterstäbe gerichtet, auf der Hut vor jeglicher Bedrohung, bevor die Transportstrahlen in unseren Uniformen aktiviert worden waren und ich das eigenartige verdrehende Ziehen des Transporters spürte. Er zog uns in die Zwischenwelt hinein, die Dunkelheit, wo man ein paar Augenblicke lang zu existieren aufhörte, bevor man am anderen Ende wieder rauskam.

Als wir in der Transportstation ankamen, stammelte unsere Gefährtin, und ihre Beine zitterten.

Unsere kleine Gefährtin schien eine eigene kleine Naturgewalt zu sein, stark und stur und ein wenig wild. Aber jetzt, wo ich sie so verletzlich sah, ihre Augen verschreckt, ihr kleiner Körper schwach, da erwachte jeder Beschützerinstinkt in mir brüllend zum Leben. Sie war so klein, so viel kleiner als Maxim und ich. Und technisch gesehen hatten wir gerade eine Menschenfrau entführt. Die Menschengerichte würden sich bestimmt nicht für unsere Begründung interessieren. Für die Menschen war es eine Entführung. Für mich und Maxim eine Rettungsaktion.

Aber nun, da wir im Abfertigungszentrum standen, tausend Erdenmeilen weit weg von den Wärtern und von der Gefahr, gefangengenommen zu werden, standen immer noch Hindernisse zwischen mir, Maxim und unserer Gefährtin. Nicht länger Gitterstäbe, sondern stattdessen der sture Kampfgeist einer verwirrten Frau.

Wir konnten sie nicht mit in die Kolonie nehmen, bevor sie dem zustimmte. Freiwillig, und nicht durch Zwang. Wir konnten sie zu ihrer eigenen Sicherheit aus dem Gefängnis holen, aber wir konnten sie nicht ohne Einwilligung von der Erde weg transportieren.

Aber diese Einwilligung würden wir bekommen, denn ich würde nicht ohne sie hier weg. Mein Herz würde nichts anderes akzeptieren, und mein Schwanz auch nicht. Und dabei war ich nur ihr sekundärer Gefährte. Ich blickte von Rachel Pierce weg auf meinen Waffenbruder, und konnte nicht sagen, was Maxim gerade dachte. Er ließ sich nichts anmerken, eine Kunst, die er über die Jahre im Krieg erlernt hatte, während der Folterungen durch den Hive verstärkte und als Gouverneur von Basis 3 oft zur Anwendung brachte.

„Rachel, es ist schön, Sie wieder zu sehen", sagte Aufseherin Egara, trat zwischen uns und nahm ihre Hand.

Maxim knurrte, und sie wich zurück. Sie sah nicht verängstigt aus, aber erinnerte sich wohl an das Protokoll der Prillon-Krieger. Niemand stellte sich zwischen einen Krieger und seine Gefährtin.

Vielleicht lag es am Transport, aber Rachel Pierces Augen sahen nicht klar aus. „Geht es dir gut?", fragte ich und beugte mich vor, während Maxim sie aufrecht hielt. Ich wollte ihre vollen Lippen einnehmen, sie schmecken, aber jetzt war nicht der richtige Zeitpunkt. Ihre braunen Augen, eine Spur dunkler als Maxims, betrachteten mein Gesicht, streiften langsam über meine Züge, als hätte sie Schwierigkeiten, zu verarbeiten, was sie sah.

Einen Moment lang hatte ich Sorge, dass unsere Erscheinung sie verängstigte. Wir waren nicht menschlich. Wir sahen nicht aus wie die Männer, die sie gewohnt war.

Würde sie uns abweisen?

Ich wich zurück, erschrocken über den Gedanken. Aber Maxims sanfter Halt um ihre Hüfte ließ nicht nach, und sie drückte ihn nicht von sich. Meine Sorge verflog. Sie war Maxim zugeordnet worden. Eine zugewiesene Gefährtin. Selbst, wenn unsere Erscheinung sie beunruhigte, brauchten wir nur Zeit. Zeit, um sie für uns zu gewinnen. Sie zu berühren. Zu küssen. Ihr Lust zu bereiten.

Ich wagte es nun nicht, sie zu berühren, denn obwohl ich ihr sekundärer Gefährte werden sollte, war sie nicht meine Gefährtin, bis der Kragen um ihren Hals lag. Ich trug einen, ebenso wie Maxim. Aber bis sie das tat, fürchtete ich, dass Maxim Schwierigkeiten haben würde, den Paarungsinstinkt zu beherrschen, der ihm durch die Adern rauschen musste. Wenn unsere Gefährtin ihren Kragen erst akzeptiert hatte, würden wir drei miteinander verbunden sein, und die Gedankenverbindung würde es uns erlauben, unsere Gefährtin zu kennenzulernen, ihre Emotionen und ihr Begehren zu lesen. Wir würden zwar nicht ihre Gedanken lesen können, aber sie würde die Wahrheit nicht vor uns verbergen können. Wir würden wissen, ob sie erregt oder verärgert war, verletzt oder verwirrt. Die Kragen würden uns zu einer Familie verbinden und uns helfen, zu lernen, wie wir unserer Gefährtin Freude bereiten und sie glücklich machen konnten.

Wie wir sie zum Bleiben bewegen konnten.

Maxim bewegte sich, strich mit einer Hand über ihren Rücken, hatte die andere um ihren Arm gelegt, als würde sie Hilfe brauchen, um aufrecht zu stehen.

„Was geht hier vor?", fragte sie mit zittriger Stimme.

„Aufseherin Egara hat nach uns geschickt", sagte Maxim. „Du bist in Gefahr."

„Was? Wovon redest du?" Rachel hielt die Hand hoch und wich zurück. Obwohl ich wusste, das Maxim sie davon abhalten konnte, gestattete er ihr den Rückzug. Sie würde nirgendwo mehr ohne uns hingehen.

„Darf ich sprechen?", fragte Aufseherin Egara.

Maxim trat zurück, und unsere Gefährtin holte tief und zitternd Luft und rieb sich über die Schläfen.

„Ja bitte, Aufseherin." Maxim verneigte seinen Kopf vor der Frau, die einen der angesehensten Titel in der Flotte trug. Niemand wollte eine Aufseherin verärgern, nicht, wenn ihre Arbeit bedeutete, dass wir eine Chance auf eine zugewiesene Gefährtin hatten. Auf ein Leben nach dem Hive-Krieg.

Aufseherin Egara hielt sich nicht zurück, und ihre Stimme war brüsk. „Rachel, Ihr Anwalt hat einen Hinweis erhalten, dass jemand einen Mordanschlag auf Sie angeordnet hat."

Mordanschlag war also das Erdenwort für eine solche Tat. Der Gedanke daran gefiel mir gar nicht, und ich ballte die Hände zu Fäusten. Die Möchtegern-Mörderin war weit weg im Gefängnis, aber ich wollte zurückkehren und diesen Menschen ausfindig machen. Ihr Leben schon alleine dafür beenden, dass sie überhaupt in Erwägung gezogen hatte, Rachel etwas anzutun.

„Einen Mordanschlag? Ich verstehe nicht." Sie fuhr sich mit den Händen über ihr dunkles Haar, und ich konnte ihre Aufwühlung sehen. Ich wollte sie beruhigen, aber ich wusste, dass nichts, was ich oder auch Maxim tat, funktionieren würde. Noch nicht. Sobald unser Kragen um ihren Hals lag, würden wir in der Lage sein, sie zu beschwichtigen und mit unseren eigenen Gefühlen zur Ruhe zu bringen.

„John hat mich angerufen. Der Richter hat seinen Antrag abgelehnt, Sie isoliert zu halten", erklärte ihr Aufseherin Egara. Ihr sachlicher Ton hatte die gewünschte Wirkung auf Rachel. Obwohl sie sich nicht wirklich beruhigte, eskalierten ihre Aufregung und ihr Ärger auch nicht. „Sie werden in drei Tagen in den Gemeinschaftsbereich mit den anderen Insassen überstellt."

„Na und?" fragte Rachel.

„Und wer auch immer Ihnen ihre Verbrechen untergeschoben hatte, möchte nicht, dass Sie Ihren Gerichtstermin bekommen. Sie würden nicht lange genug am Leben bleiben, um in Ihrem Berufungsverfahren Ihre Beweise vorlegen zu können."

Rachels Mund stand offen, und sie starrte die Aufseherin an.

„Was Sie aufgedeckt haben, war für viele Personen eine Gefahr. Sie am Leben zu lassen, steigert nur die Chance, dass die Wahrheit an den Tag kommt."

„Ich habe *die Wahrheit* meinem Anwalt übergeben."

Die Aufseherin nickte. „Ja, das hat er mir gesagt. Er wird Ihren Fall weiter betreuen und nach Gerechtigkeit streben, aber dieser Kampf würde bedeutungslos werden, wenn Sie tot wären."

Maxim knurrte und schob Rachel hinter sich. Aufseherin Egara hob die Hände. „Ich drohe ihr nicht, ich spreche nur die Tatsachen aus."

Rage köchelte in meinem Blut, aber Maxims Reaktion war vielsagend. Er war immer ruhig, immer beherrscht. Er wusste so gut wie ich, dass die Aufseherin keine Gefahr für unsere Gefährtin darstellte. Wie ich vermutet hatte, trieben Rachels Kurven, ihre Nähe und ihr Geruch Maxim an die Grenzen. Ich hatte ihn noch nie so aufgekratzt erlebt, nicht einmal, während er vom Hive gefoltert wurde.

„Fünftausend Dollar, Rachel. Mehr war nicht notwendig. Sie kommen unter die anderen Insassen und sind innerhalb einer Woche tot."

Rachel schob Maxim weg und ging um ihn herum, bis sie Nase an Nase mit der Aufseherin stand. Wahnsinn, dieses Feuer der Erdenfrauen. Die Aufseherin wich nicht zurück.

„Was zum Teufel meinen Sie damit?"

„Gehen Sie mit Ihren Gefährten mit, Rachel. Sie sind auf der Erde nicht länger in Sicherheit."

4

„Ich will meinen Anwalt sprechen. Sofort."

Am Funkeln in Rachels Augen konnte ich erkennen, dass sie es ernst meinte. Wir würden sie nicht ohne dieses Gespräch zum Transport bewegen können.

„In Ordnung." Die Aufseherin wandte sich an einen Untergebenen, der dem Ganzen beiwohnte, und bedeutete ihm, die Bitte weiterzuleiten.

Rachel lief im Transporterraum auf und ab, während wir warteten.

„Rachel?", ertönte eine Männerstimme aus in den Wänden verborgenen Lautsprechern.

Sie blickte hoch, ihre wunderschönen Gesichtszüge von Hoffnung erhellt. „Hallo, John. Ich bin…ähm, aus dem Gefängnis entführt worden."

„Ja, habe ich schon gehört. Die haben mich vor ein paar Minuten angerufen." Er stockte, und im Zimmer herrschte Stille. „Aufseherin Egara hat das Richtige getan. Vom Planeten zu gehen ist nun das Einzige, das Ihr Überleben sichern kann."

„Aber—"

„Sie wären tot, bevor die Woche vorüber ist. Die Frauen, die lebenslange Strafen ohne Bewährung absitzen, haben nichts zu verlieren. Sie werden Sie töten, und es wird keine Konsequenzen für sie geben. Für Sie…"

Er beendete den Satz nicht. Das musste er nicht.

„Das ist doch verdammter Unsinn. Das kann doch nicht sein." Da brach ihre Stimme, und Tränen flossen ihr über die

Wangen hinunter. Ich blickte zu Maxim, damit er zu ihr ging und sie tröstete, aber das tat er nicht. Er konnte es nicht. Noch nicht.

„Wollen Sie sterben?", fragte Aufseherin Egara.

Rachel wischte sich mit dem Handrücken die Tränen von den Wangen. „Natürlich nicht! Aber ich möchte gerne mein eigenes Schicksal bestimmen!"

„Rachel", schnitt die Stimme des Anwalts durch den Raum. „Sie haben keine Wahl. Sie können ins Gefängnis zurück und auf ein improvisiertes Messer in der Dusche warten, oder mit ihren Gefährten in eine neue Welt ziehen und am Leben bleiben."

„Das ist Ihre Wahl", fügte Aufseherin Egara hinzu.

„Diese Auswahlmöglichkeiten will ich aber nicht. Ich will nach Hause, an meine Arbeit, zu meiner verdammten Katze!"

„Dieses Leben existiert nicht mehr. Ich werde an der Berufung arbeiten und daran, Gerechtigkeit zu erlangen, aber Sie müssen auf sich selbst aufpassen. Machen Sie sich aus dem Staub", sagte John nachdrücklich.

Sie wirbelte zu uns herum, und ihr Haar schwang mit der Bewegung über ihre Schultern. „Ich kenne euch nicht. Keinen von euch."

Schließlich sprach Maxim. Er legte sich die Hand an die breite Brust. „Du kennst mich, hier drin. Die Zuordnung, sie war nahezu perfekt. Unser Verstand braucht etwas Zeit, sich daran zu gewöhnen. Aber tief drin *weißt* du, dass ich gut für dich sorgen werde."

„Das wollte ich aber nicht", entgegnete sie, beäugte unsere Größe und verschränkte die Arme vor der Brust. So tapfer.

Maxim schüttelte langsam den Kopf. „Es tut mir so leid, Gefährtin. Aber ich habe dich gerade erst gefunden. Ich will dich nicht verlieren. Ich kann nicht untätig zusehen, wie du dein Leben aufs Spiel setzt."

Sie seufzte, wandte sich ab. Sie fuhr sich mit der Hand übers Gesicht, stöhnte vor Frust. „Gott. Das darf nicht wahr sein."

„Sie werden sterben, Rachel", wiederholte der Anwalt. „Gehen Sie nur. Zur Hölle mit all diesen Mistkerlen.

Verschwinden Sie von hier. Sie haben die Chance auf ein neues Leben. Leben Sie es."

Sie schüttelte den Kopf, aber der Anwalt konnte sie nicht sehen. „Das ist nicht mein Leben", wiederholte sie.

„Jetzt ist es das."

Sie drehte sich am Absatz herum, zu Aufseherin Egara. „Die Regeln des Interstellaren Bräute-Programms besagen, dass ich dreißig Tage Zeit habe, meine Zuordnung anzunehmen, richtig?"

Die Aufsehern nickte, während meine Magengrube zusammensackte. Ich kannte die Regeln der Zuordnung nicht gut genug, als dass ich das gewusst hätte.

„Das ist zutreffend. Sie können die Zuordnung innerhalb von dreißig Tagen widerrufen, allerdings"—die Aufseherin kam näher und nahm Rachels Hand— „sind Sie der Kolonie zugewiesen worden, und daher werden Sie, sollten Sie Maxim und seinen Sekundär ablehnen, vom Test-Zentrum einem anderen Krieger dort zugeordnet werden. Sie kommen nicht wieder zur Erde zurück."

„Sie sind zurückgekommen",

entgegnete Rachel. „Bestimmt sind auch andere Bräute wieder zurückgekommen."

Das Gesicht der Aufseherin wurde glatt und ausdruckslos. „Ja, das tat ich. Sowie auch zwei andere. Jeder dieser Vorfälle war ein ganz besonderer Fall, ganz anders als Ihrer. Eine Frau, die auf Trion geschickt worden war, ist vor Kurzem zurückgekehrt, aber ihr Gefährte wurde für tot gehalten und sie wurde mitten in einer Schlacht transportiert. Sie ist inzwischen mit ihrem Sohn nach Trion zurückgekehrt. Meine Gefährten wurden beide von den Hive getötet, und ich habe mich versetzen lassen, um anderen zu helfen, ihr Glück zu finden. Ihre Männer sind am Leben und kämpfen nicht länger an der Front. Es herrscht Frieden auf der Kolonie, und Ihre Zuordnung ist stark. Sie können sich aussuchen, einem anderen zugewiesen zu werden, wenn diese beiden Sie nicht für sich gewinnen können, aber Sie werden nicht zurückkehren."

„Treffen Sie Ihre Wahl, Rachel", sagte der Anwalt. „Sie sind nun offiziell ein entflohener Häftling. Ich kann zwar die Wogen glätten, aber es wird für Sie nur noch schlimmer, je länger ich mich nicht zurückmelde. Falls Sie ins Gefängnis zurück wollen."

Rachels Aufregung explodierte, und sie entriss der Aufseherin ihre Hand und lief mit zitternden Händen im Zimmer auf und ab. Ich sehnte mich danach, sie in die Arme zu nehmen, aber ich wagte es nicht, sie anzufassen. Es schien, als würde sie beim geringsten weiteren Druck in Stücke zerfallen. Und ich wusste auch, dass sie nicht glücklich darüber sein würde, was als Nächstes passierte. Maxim stand mit ausdruckslosem Gesicht da und wartete auf ihre Entscheidung. Aber der Prillon-Kragen, den wir für sie mitgebracht hatten, hing nur schlaff in seiner Hand. Dieser Kragen würde unsere Gefährtin mit uns beiden verbinden, den intimsten Bund schließen, der nur möglich war. Ihre Emotionen würden zu unseren werden. Sie würde äußerst sensibel darauf werden, wie sehr ich sie begehrte. Kombiniert mit den Gefühlen, die Maxim wohl hatte, bezweifelte ich nicht, dass unsere explosive kleine Gefährtin überwältigt sein würde.

Es herrschte angespanntes Schweigen,

während Rachel sich mit den Händen in einer selbst-tröstenden Geste über Gesicht und Nacken fuhr, die ich ihr liebend gerne abgenommen hätte. Die Zärtlichkeit, die in mir aufwallte, begrüßte ich zwar, sie war aber auch völlig unerwartet. Ich war für lange Zeit ein grober Klotz gewesen. Ich hatte mich nicht zu solch zarten Gefühlen fähig gehalten. Aber das war das Wunderwerk dessen, eine Gefährtin zu haben, und ich betete zu den Göttern, dass sie uns nicht abweisen würde.

„Also gut. In Ordnung! Dann geh' ich halt." Sie klang nicht überzeugt, aber das spielte keine Rolle. Sie hatte zugestimmt. Sobald wir sie auf der Kolonie hatten, konnten wir ihr zeigen, wie sehr wir sie begehrten. Sie brauchten. Sie würde herausfinden, was es hieß, von zwei gnadenlosen Prillon-Kriegern geliebt und beschützt zu sein.

„Alles Gute, Rachel. Ich werde die Aufseherin von hier aus auf dem Laufenden halten", sagte der Anwalt. „Aber bis sie ihren offiziellen Bericht einreicht, hat dieses Gespräch nie stattgefunden."

„Dem stimme ich zu." Aufseherin Egara

ging an einen Tisch, nahm ein Tablet, wischte mit den Fingern über den Bildschirm und studierte es eingehend.

„Rachel Pierce, gemäß dem Koalitions-Protokoll muss ich Ihnen noch ein paar Fragen stellen. Sie haben der Zuordnung zugestimmt, die vom Teststystem des Interstellaren Bräute-Programms getroffen wurde und in Ihrem Profil gespeichert ist. Trifft dies zu?"

Rachel blickte zu Maxim, dann zu mir, und hob ihr Kinn in einer entschlossenen Geste. „Ja, das ist zutreffend."

„Sind sie derzeit gesetzlich verheiratet?"

„Nein."

„Haben Sie jeglichen Nachwuchs?"

„Nein."

„Sehr gut. Für gewöhnlich würden Sie an dieser Stelle für ihren zugewiesenen Planeten abgefertigt und danach transportiert werden, allerdings haben wir es hier mit eher ungewöhnlichen Umständen zu tun. Ihr Gefährte und sein Sekundär sind hier. Daher entziehe ich Ihnen hiermit die Erdenbürgerschaft. Sie sind nun offiziell Bürgerin von Prillon Prime und dessen Sekundärplaneten, der

Kolonie. Sie sind nun offiziell eine Prillon-Braut."

Ein kleiner Laut entfuhr Rachels Kehle, aber sie sagte nichts. Ihre neue Realität war nun eingetreten. Sie gehörte offiziell—rechtmäßig—uns.

„Vielen Dank, Aufseherin", sagte Maxim. „Rachel, ich gebe dir mein Wort: wir werden dir niemals Leid zufügen. Du hast von mir oder von Ryston nichts zu befürchten. Es ist unsere Aufgabe, dich zu beschützen und zu achten. Dich in Besitz zu nehmen."

Ich sah zu, wie sie schluckte und dann mit großen Augen nickte.

„Du gehörst nun mir, und Ryston"—niemand im Raum konnte verpassen, dass sie das Wort *gehörst* störte, ihre Augen sich zu schmalen Schlitzen verengten und sie die Arme vor der Brust verschränkte —"und wir müssen für deine Sicherheit sorgen. Du kannst ohne das hier nicht in die Kolonie transportiert werden."

Er hielt den Kragen hoch, der eines Tages die Farbe meines eigenen annehmen würde, und von dem um Maxims Hals. Es war ein Trinity-Kragen, und der Kreis würde sich schließen, sobald sie ihren um den Hals hatte.

Sie blickte ihn verwirrt an. „Was...wozu ist das?"

„Das hier wird dich als Prillon-Braut kennzeichnen und alle anderen warnen, dass du in Besitz genommen worden bist." Seine Stimme war ein tiefes Knurren, aber sie schien nicht eingeschüchtert zu sein. Den Göttern sei Dank. Wenn Maxim seine Kommandanten-Stimme einsetzte, machten sich schon mal ausgewachsene Männer in die Hose.

Sie blickte zu Aufseherin Egara. „Wie ein Ehering?"

Die Aufseherin zog eine Augenbraue hoch und nickte leicht. „So in der Art. Ein äußerlich sichtbares Zeichen, dass Sie Gefährten haben, ja. Aber es ist mehr als das."

„Ich verstehe nicht." Rachel blickte von Maxims Hals zu meinem. Ihr Blick verweilte auf mir, als ich ihre Frage beantwortete.

„Ohne den Kragen können wir herausgefordert werden, um dich zu kämpfen. Es gibt nur sehr wenige Frauen auf der Kolonie. Wir sind verbannte, vergessene Krieger,. Du bist die erste Interstellare Braut, die zu uns geschickt wird. Ohne den Kragen um deinen Hals wird jeder Krieger, der dich sieht, versuchen, dich für sich zu beanspruchen."

„Nein." Ihre Weigerung war umgehend und vehement.

„Ich teile dein Empfinden, Gefährtin." Maxim trat näher und beobachtete, wie ihr Puls raste. „Du gehörst mir. Ich werde jeden vernichten, der versucht, dich mir wegzunehmen."

„Und ich werde dabei helfen", fügte ich hinzu, und Rachels Blick fuhr zwischen uns beiden hin und her. Aber es war nicht Angst, die nun ihren Blick vernebelte, sondern Lust.

Ihre Hand fuhr sich in einer entzückend nervösen Geste um den Hals, und ich wollte ihr die Hände hinter dem Rücken festhalten und sie auf der Stelle küssen. Aber es war Maxim, an den sie das Wort richtete. „Was für ein Höhlenmenschen-Gehabe ist das denn?"

Aufseherin Egara lachte. Ich wusste nicht, was die Frage meiner Gefährtin bedeutete, aber die Aufseherin bewahrte mich davor, eine Antwort finden zu müssen. „Die sind dort ein wenig intensiv, Rachel. Aber ich verspreche Ihnen, dass sie Sie wie eine Göttin behandeln werden. Das liegt in ihren Genen." Die Aufseherin deutete mit dem Kinn auf den Kragen. „Der Kragen wird Sie mit Ihren Gefährten verbinden, auf eine Art, die schwer zu erklären ist. Die Männer werden über ihn Ihre Emotionen spüren können, und Sie werden wissen, was sie empfinden, wenn Sie alle einander nahe sind."

Maxim hielt den Kragen hoch, und sein Kinn spannte sich an, als ihre kleine Hand über seine Haut streifte und ihn aus seiner viel größeren Hand entgegennahm. „Faszinierend. Wie funktioniert es?" Ihr Blick hob sich zu meinem, und ich sah mit Erleichterung Neugier darin, nicht Furcht.

„Ich bin kein Wissenschaftler, Gefährtin. Ich weiß es nicht."

Maxim stimmte zu. „Auch ich nicht. Ich war Kommandant. Nun bin ich Gouverneur von Basis 3. Aber wenn wir dort ankommen, kannst du den Arzt alles fragen, was du möchtest. Ich werde ihm den Schädel einschlagen, wenn er keine zufriedenstellenden Antworten gibt."

„Ihr Kerle seid mir zu viel." Ihre Finger strichen über das glatte schwarze Band. Darin eingebettet waren mikroskopische Schaltkreise, die sie für immer mit uns verbinden würde. Und wenn wir sie erst offiziell in Besitz genommen hatten, würde der Kragen farblich zu Maxims und meinem passen, und der tiefe feurige Kupferton würde auf ihrer cremefarbenen Haut umwerfend aussehen.

Sie seufzte und hob den Kopf. „Ich muss das wirklich tragen, wenn ich hier weg will?"

Sie hinterfragte alles, und das konnte ich ihr nicht verübeln, aber langsam wurde ich ungeduldig. Ich wollte sie auf der Kolonie haben, wo niemand sie uns wegnehmen konnte und wir sie beschützen konnten. Wo sie nicht weglaufen konnte.

Maxim schenkte ihr ein seltenes Lächeln. „Du weißt nicht viel über die Kolonie. Du musst uns vertrauen. Du bist nun das Einzige, was für uns noch wichtig ist. Wir werden niemals zulassen, dass dir etwas passiert."

Sie schüttelte den Kopf. „Große Worte, Krieger." Sie leckte sich über die Lippen, aber wandte ihre Aufmerksamkeit wieder auf den Kragen. „Ziemlich große Worte." Ihr Zweifel war offensichtlich, aber dagegen konnte man nun nichts tun. Sie war von ihrem eigenen Volk betrogen worden. Es würde Zeit brauchen, ihr Vertrauen zu gewinnen. Zeit, die wir haben würden, sobald wir sie von diesem verdammten Planeten wegbekamen.

„Wir sind ein Planet von Ausgestoßenen, wurden verbannt, sobald wir nicht länger zum Leben auf unserer Heimatwelt passten. Wie du waren wir gegen unseren Willen eingesperrt, aus Gründen, die außerhalb unserer Kontrolle lagen. Wir verstehen deinen Frust, und auch deine Angst." Maxim trat vor und legte ihr seine Hand an die Wange. Sie lehnte sich seiner Berührung nicht entgegen, aber sie wich auch nicht zurück. Das war ein Anfang.

„Also gut", sagte sie, und ihre Schultern entspannten sich. „Machen wir das eben."

Ich hielt den Atem an, während ich wartete. Und wartete. Sie hob den Kragen hoch und legte ihn sich an den Hals. Sie hob ihr Haar hoch und legte die Enden aneinander. Ich konnte den Moment spüren, in dem sie sich automatisch, nahtlos verschlossen. Mit einem Mal fühlte ich den Gefährtenbund.

Ich spürte *sie*.

Rachel

ICH GRIFF nach dem dünnen schwarzen Stoffstreifen. Das Band sah so unscheinbar aus wie ein Stück Seide, das ich mir als kleines Mädchen vielleicht ins Haar gebunden hätte, aber als ich es mir an den Hals führte, fühlte ich mich eher wie ein Hund, der ein Halsband anlegt. Ich hätte es verweigert, wenn meine Gefährten nicht selbst jeder eines trugen.

Andere Länder...

Die Kragen waren nicht viel mehr als zwei Zentimeter breit und betonten irgendwie die dicken Muskelstränge in den Hälsen meiner Gefährten. Meiner war schwarz, aber die Kragen meiner Gefährten hatten eine tiefe, wunderschöne Kupferfarbe. Anstatt dass sie damit feminin oder schwach wirkten, verliehen ihnen die Kupferbänder das Aussehen von wilden Kriegern, von Stärke. *Von Fremdartigkeit.* Exotisch und sexy und unmöglich, alles auf einmal zu begreifen.

Und diese Reaktion, die meine Pussy zusammenzucken ließ, passierte, bevor ich überhaupt damit anfangen konnte, ihre seltsame Haut- und Augenfarbe zu verarbeiten.

Der Größere, Maxim, mein zugewiesener Partner, war beinahe 2m 15 groß. Er trug eine Art dunkle, gemusterte Uniform, die wie Tarnmuster aussah, um sich in den Schatten zu verbergen oder im Weltraum. Seine Gesichtszüge waren größtenteils menschenähnlich, aber ein wenig zu scharf geschnitten, und seine Haut war von dunklem Rotbraun, dem satten Farbton eines Afrikaners, aber eher kupferfarben. Es war eine eigenartige Farbe, die sich einer genauen Beschreibung entzog, aber sie war umwerfend. Bemerkenswert. Ich wollte die Wärme hinter dieser Farbe spüren, sie berühren. Seine Augen waren dunkel, ein sattes Braun, bei dem ich das Gefühl hatte, zu ertrinken. Ich konnte nicht klar denken, wenn ich seinen Blick erwiderte. Verdammt, ich konnte nicht einmal atmen, während ich in diese Augen sah. Und das jagte mir höllische Angst ein.

Klar, er hatte die Gitterstäbe meiner Gefängniszelle auseinandergezogen, als wäre er Superman, also brachte er jedes Bisschen Östrogen in meinem Körper auf Hochtouren. Wenn ein Mann das mit seinen Händen anstellen konnte, fragte ich mich, was er noch so alles konnte.

Mein zweiter Gefährte, Ryston, war ebenso riesig, nur ein paar Zentimeter kleiner. Er trug die gleiche seltsame, gepanzerte Uniform, aber er sah aus wie ein wandelnder, goldener Heiligenschein. Seine Haut und sein Haar, selbst seine Augen waren von blassem Gold, so hell, dass es beinahe silbern aussah. Sein linkes Auge und seine Schläfe waren mit irgendwelchen Cyborg-Implantaten modifiziert worden, die seltsame, silbrig-blaue Bahnen in seiner Haut bildeten und dem inneren Kranz seines Auges einen eigenartigen, silbrigen Glanz verliehen.

Ich blickte zur Aufseherin, während ich den Kragen um meinen Hals verschloss. Sobald die Enden einander näher kamen, verschlossen sie sich automatisch, wie zwei Magnete, die ihren Gegenpol fanden. Eine berauschende Wärme durchflutete meinen Hals, bevor sie mir über das Rückgrat auf und ab lief. Ich schauderte, als die Hitze sich in meinem Schädel ausbreitete, als würde mir jemand einen Krug heißes Wasser in den Kopf gießen und mich damit füllen.

Etwas machte Klick. Anders könnte ich nicht beschreiben, was geschah. Und dann...

Oh Gott.

Schmerz. Lust. Sorge. Sehnsucht. Macht. Sehnsüchtige Einsamkeit.

Die Emotionen meiner Gefährten durchfluteten mich mit solcher Heftigkeit, dass ich in die Knie ging.

Bevor ich am Boden aufschlagen konnte, hatten mich Maxims kräftige Arme bereits hochgehoben und hielten mich an seine Brust, als wäre ich ein kleines Kind.

In der Tat fühlte ich mich klein und hilflos, während das Chaos, das in mir wütete, mit dem Körperkontakt nur noch intensiver wurde.

Es tat ihm tatsächlich *weh*, mich zu berühren. Es war kein körperlicher Schmerz, sondern ein emotionales Bedürfnis, das so tief war, so ausgehungert über so lange Zeit, dass der Kontakt zu mir ihm Schmerzen bereitete.

Ich wusste, dass Maxim mich aufrecht hielt, aber ich schloss die Augen und entspannte mich an seiner Brust. Ich hatte meine Entscheidung gefällt. Jetzt war es sinnlos, dagegen anzukämpfen.

„Wir sind bereit zum Transport, Lady Egara." Maxims tiefe Stimme grollte in seiner Brust und durch mich hindurch, machten meine Brüste schwer und meine Mitte sehnsüchtig.

Du lieber Gott. Ich saß verdammt tief in der Scheiße.

„Nennen Sie mich nicht so." Die Stimme der Aufseherin klang zum ersten Mal, seit ich ihr begegnet war, getroffen.

Ryston antwortete ihr. „Sie werden auf Prillon Prime für immer eine Lady sein.

Der Bruder Ihres Gefährten möchte Sie gerne grüßen lassen."

Maxim bemühte sich wohl, seine Emotionen zu beherrschen, denn die Explosion von Empfindungen aus seiner Richtung verblasste. Ich holte tief Luft, dankbar darüber, dass ich die Kontrolle über meinen Körper wiederhatte. Die Kontrolle, aber ich würde die Erinnerungen nicht zurückhalten, die mich nun durchfluteten, als ich zwei Männer für mich hatte. Zwei Gefährten. Zwei riesige Körper, die mich zwischen sich legen konnten. Zwei riesige Schwänze, die mich weit dehnen konnten, mich füllen, mich zum Schreien bringen...

Heilige Scheiße. Der Abfertigungs-Traum lief plötzlich in Endlos-Schleife in meinem Kopf ab, und ich konnte an nichts anderes denken als ans Ficken. Daran, genommen zu werden. In Besitz genommen. Begehrt.

Lust war ein zu zahmes Wort für den Emotionswirbel, der in mir kreiste. Meine. Maxims. Rystons. Ich konnte nicht sagen, welche Gelüste meine waren und welche ihre. Aber ihre Emotionen schmeckten anders in meinem Kopf. Maxims wie kaltes, aufgestautes Feuer, so intensiv, dass es mich bis auf die Knochen verbrennen würde, wenn ich es anfasste. Und Ryston war wie ein wilder Sturm in mir, glühend, ungeduldig und begierig.

„Beherrsche dich." Maxims Befehl drang kaum zu mir durch, aber schon bald darauf hatten meine beiden Gefährten wohl ihre Emotionen so weit wie möglich unterdrückt, denn ich konnte plötzlich klar denken. Ich dachte immer noch daran, wie ihre Schwänze mich füllten, ihre Hände überall an meinem Körper waren, aber zumindest *konnte* ich denken.

Vielleicht war das das Schlimmste.

Ich öffnete die Augen und stellte fest, dass Maxim mich in einen seltsamen Raum getragen hatte, in dem überall um uns blaue Lichter glühten. Neben uns auf Boden befand sich ein eigenartiges Becken mit leuchtend blauem Wasser, das seltsam einladend aussah und roch.

Ryston stand neben uns. Aber er blickte nicht zur Aufseherin. Seine blassgoldenen Augen waren ganz auf mich gerichtet.

Und ganz plötzlich keuchte ich auf,

zuckte in Maxims Armen zusammen, als Rystons Emotionen mich durchfluteten. Sehnsucht. Angst vor Zurückweisung. Hoffnung. Verlangen. Zorn darüber, dass ich bedroht worden war. Scham darüber, dass er mich so sehr berühren wollte, aber sturer Stolz darauf, dass es ihm gelang, seinem Wunsch zu widerstehen.

Alles, was in mir feminin und sanft war, reagierte auf den Schmerz meiner Gefährten. Ich wollte sie trösten. Ich wollte ihnen Trost spenden im Angesicht solch stoischer emotionaler Qualen.

„Gott, ich sitze in der Scheiße." Ich murmelte die Worte mir selbst zu, aber beide Gesichter meiner Gefährten wandten sich mir zu. Und sie waren *fokussiert*. Restlos. Als würde nichts im Universum von Bedeutung sein außer dem, was ich als Nächstes sagen würde. Es war gruselig und wunderbar zugleich.

Ich hielt Ryston meine Hand hin, unfähig, ihm noch einen Augenblick länger zu versagen, was er so verzweifelt brauchte.

Seine riesige goldene Hand legte sich um meine, und ich wurde durchflutet von seiner Dankbarkeit und seiner

Zufriedenheit, seinem Wunsch, mich glücklich zu machen, noch bevor er sprach. „Mein verseuchtes Fleisch macht dir keine Angst?"

Ich drückte seine Hand und kniff verwirrt die Augen zusammen. „Verseuchtes Fleisch?"

Die vielen Jahre des physiologischen und biochemischen Wissens versetzten meinen Verstand in Alarmbereitschaft, während ich auf seine Antwort wartete. Egal, was mit ihm nicht stimmte, ich konnte einen Weg finden, es wieder gut zu machen. Biochemischen Reaktionen auf den Grund zu gehen, war mein Leben. Also, war mein Leben *gewesen*. Vor GloboPharma und dem Gefängnis und...Aliens.

Vielleicht brauchten mich diese Aliens. Vielleicht konnte ich auf ihrem Planeten von Nutzen sein. Die Aussicht darauf, ein Rätsel zu lösen zu haben, glich meine Sorge um Rystons Gesundheitszustand beinahe wieder aus. Beinahe. „Was meinst du? Womit bist du verseucht? Wo ist es?"

Maxims scharfer Atemzug besagte, dass ich etwas Unerwartetes gesagt hatte, noch bevor ihre beiden Reaktionen in mein Bewusstsein flossen. Schock. Unglaube. Verwirrung.

„Das hier, Gefährtin. Mein Gesicht. Mein Auge. Maxims Arm. Wir beide tragen bleibende Narben von unserer Zeit beim Feind." Ryston hob seine freie Hand hoch, um auf die silbernen Stellen an seiner Schläfe zu zeigen.

Ich betrachtete die einzigartigen, computerisiert aussehenden Schaltkreise, die in Rystons Haut eingebettet worden waren. Der gesamte Bereich war nicht größer als meine Handfläche. Nicht gerade ein überwältigendes Stück Tätowier-Kunst. Ich wollte es berühren, nur um zu sehen, wie es sich unter meinen empfindlichen Fingerspitzen anfühlen würde, aber das war schon alles. Und meine Hoffnung darauf, etwas Sinnvolles mit meiner Zukunft anstellen zu können, schwand ebenso. „Jeder hat doch Narben. Deine stören mich nicht."

Es war die Wahrheit. Ein paar komische silberne Linien? Was soll's. Ich hatte schon tätowierte Biker gesehen, deren gesamter Oberkörper chaotisch bunt verziert war, inklusive Totenköpfen, nackten Frauen, keltischen Designs, Tieren und allen Arten von Verrücktheiten. Ich hatte Leute gesehen, die Verbrennungen überlebt hatten und deren Narben wesentlich größer und auffälliger waren als ein paar Silberstriche. Verdammt, ich hatte auf der Radiologie-Station im Krebsbehandlungs-Zentrum Schlimmeres gesehen.

Rystons Lächeln versetzte mir einen Stich ins Herz, und er beugte sich herab, um die Rückseite meiner Hand zu küssen. „Du bist wahrlich ein Wunder, Gefährtin."

„Das würde ich so nicht sagen." Ich verstand nicht, was daran so eine große Sache war, aber anscheinend war meine Reaktion wichtig. Sehr sogar. Maxims Reaktion war beinahe gleich stark, seine Emotionen bombardierten mich mit Hoffnung und Erleichterung.

Meine Gefährten sollten mal in die Welt hinaus und ein paar wirklich grauenhafte Dinge sehen, wenn sie dachten, dass ich mich von einem silbernen Schimmer auf ihrer Haut abschrecken ließ. *Ach bitte.*

Sie hatten mich aus dem Gefängnis

befreit. Sie hatten mich so ziemlich beim ersten Hallo schon von sich überzeugt.

Maxim küsste mich auf die Stirn, und ich war von der Geste irrational verzückt, meine Brust ganz mit Wärme erfüllt über seine offene Zuneigungsbekundung.

Es sollte mir egal sein. Emotionale Bindung war völlig irrational. Ich kannte diese beiden Männer gerade mal fünfzehn Minuten lang. Aber sie waren mir nicht egal. Aus irgendeinem Grund waren sie mir weniger egal, als ich gerne zugeben wollte. Und nachdem ich während der Festnahme, der Verhandlung und der Verurteilung alleine gewesen war, fühlte es sich gut an, gehalten zu werden, berührt. Geachtet— zumindest gab mir der Kragen das Gefühl, dass ich das war.

„Wir sind bereit zum Transport, Aufseherin."

„Noch nicht ganz, Gouverneur. Obwohl ich bereits ihre NPU implantiert habe, damit ihr einander verstehen und miteinander kommunizieren könnt, muss ihr Körper erst für den Transport auf die Kolonie abgefertigt werden."

Maxim seufzte, sichtlich ungeduldig,

aber nicht gewillt, mit der Aufseherin zu diskutieren. „Was müssen wir tun?"

„Legt sie ins Wasser und tretet zurück. Ich werde erst euch beide transportieren. Sobald das Protokoll initiiert ist, wird sie nur wenige Minuten später folgen."

Ryston drückte meine Hand und ließ mich los, wenn auch widerwillig. Auch Maxim schien seltsam verstört von dem Gedanken, selbst für kurze Zeit von mir getrennt zu sein.

Für große, hartgesottene Aliens benahmen sie sich eher wie Wackelpudding. Und es gefiel mir. Sehr sogar.

Maxim küsste mich auf die Stirn, bevor er sich hinunterbeugte und mich im blauen Wasser absetzte, mitsamt Kleidung und allem Drumherum. Das Wasser war warm, wie ein schönes heißes Bad, und ich fühlte mich sofort träge, schläfrig.

Für den Transport abgefertigt? Was zur Hölle sollte das überhaupt heißen?

Ich drehte meinen Kopf herum, um Aufseherin Egara anzusehen, aber meine Fragen verblassten bereits in meinem Kopf, als wären sie inzwischen egal. Alles war egal. Ich fühlte mich wie im Traum. Einem unglaublichen, gemütlichen, wunderbaren Traum. Die Aufseherin winkte mir zu und wischte mit dem Finger über ihr Tablet. „Alles Gute, Rachel. Ihr neues Leben beginnt in drei...zwei...eins..."

Ich bemühte mich, wach zu bleiben, aber das grelle blaue Licht umgab uns und mein Kopf war plötzlich zu schwer, als dass ich ihn aufrecht halten konnte.

Die Wand machte ein leises, schabendes Geräusch, als große Platten sich verschoben und uns umgaben wie Ratten in einem Käfig. Eine Sekunde lang konnte ich an nichts anderes denken als die wissenschaftlichen Fakten zum Transport, darüber, wie mein Körper in Milliarden Datenstückchen zerrissen wurde und irgendwie hunderte Milliarden Meilen weit strömte, quer durchs Universum, zu einem fremden Planeten, den ich noch nie gesehen hatte.

Wenn ich davon ausging, dass all diese Milliarden winziger Stückchen meines „Ich" wieder zu einem Stück zusammengesetzt werden konnte, dann würde ich trotzdem nie wieder die Erde sehen. Ich würde mir nie wieder meinen weißen Labormantel überziehen oder mein Auto fahren. Oder an einer Rose riechen. Oder Schnee in den Bergen fallen sehen. Oder ein Hündchen halten. Dämliche Dinge. Kleine Dinge. Aber sie alle zu verlieren, in einem großen Brocken, tat weh.

Ich war darauf nicht vorbereitet. Wenn ich mich freiwillig zu diesem Bräute-Programm gemeldet hätte, oder vorgehabt hätte, eine Zuordnung anzunehmen, hätte ich mich mit dem ganzen Scheiß anfreunden können, bevor ich alles aufgab. In der Eile fühlte es sich an, als würde mir etwas geraubt werden. Als würden mir die Millionen von Kleinigkeiten, die mich zu dem machten, wer ich bin, weggenommen werden. Und ich hatte keine Wahl.

Ja, ich hatte zwei scharfe Aliens, die schworen, mich zu beschützen, aber irgendwie war ich mir nicht ganz sicher, dass das ausreichen würde. Der Gedanke daran, nie wieder in meinem eigenen Bett zu schlafen, trieb mir die Tränen in die Augen. Dämlich, aber so war es nun eben. Ich konnte sie nicht aufhalten.

Ein kleines Wimmern entkam mir, bevor ich mich beherrschen konnte, aber Maxims Stimme drang zu mir durch und beruhigte mich.

„Du gehörst mir, Rachel. Ich werde nicht zulassen, dass dir Leid geschieht."

Das Versprechen sickerte in meinen Kopf und mein Herz, und ich spürte die Ernsthaftigkeit dieser Worte durch Maxims Körper fließen. Er meinte, was er sagte.

Er gehörte mir. Mir alleine. Dieser riesige, mächtige, wilde Krieger war mir verschrieben, und mir alleine. Verschrieben auf eine Art, dass er für mich sterben würde.

Es war kein neues Leben, aber es war ein Anfang.

Und verdammt, das machte es vielleicht ein wenig zu leicht, ihm zu vertrauen und sich der Dunkelheit hinzugeben, die aufstieg, um mich zu verschlingen.

5

Mit schwindelndem Kopf erwachte ich auf einer Art medizinischer Station. Der Raum war spärlich eingerichtet, gelinde gesagt. Meine Gefährten standen neben mir, einer an jeder Schulter, während ein dritter Prillone in dunkelgrüner Uniform zu meinen Füßen stand.

Ich blinzelte, und meine Gefährten beugten sich hinunter. „Bin ich auf der Erde?"

Ich kannte die Antwort, aber es war

einfach zu skurril, etwas anderes anzunehmen.

„Nein, du bist auf der Kolonie", sagte Maxim und steckte eine Decke um mich herum fest. „Deine Abfertigung war erfolgreich, und wir sind direkt auf die Krankenstation transportiert, damit der Arzt sicherstellen kann, dass dir nichts fehlt. Zwei Transporte an einem Tag kann einem zusetzen, und du bist so klein und zerbrechlich."

Klein? Zerbrechlich? Ich war in allen Belangen über dem Durchschnitt, Körpergröße, Gewicht, Körbchengröße und Temperament, und ich hatte über die letzten vier Jahre vierzehn Stunden am Tag gearbeitet, jeden Tag. Ich hatte während des Doktorstudiums zwei Jobs gehabt. Dass ich im Gefängnis nicht ermordet werden wollte, hieß noch lange nicht, dass ich zerbrechlich war. Oder schwach.

Ich blickte hinunter und bemerkte die weiche graue Decke. Ich war wohl darunter nackt, denn ich konnte die Kühle des Untersuchungstisches spüren. Der Gedanke daran, nackt zu sein, während sie alle bekleidet waren, hatte seinen Reiz, aber nicht so. Nicht mit einem strengen Arzt im Zimmer. Das hier war alles andere als scharf.

„Ja. Ich werde sie nun untersuchen."

Der Arzt war ebenfalls Prillone, seine Hautfarbe irgendwo zwischen Maxims und Rystons. Ich erkannte ihre körperlichen Merkmale wieder, ihre Größe. Ihre dominante Persönlichkeit. Das war für meine Gefährten auch ganz in Ordnung. Ich konnte ihre Emotionen spüren. Ich konnte ihnen nachsehen, dass sie ein wenig herrisch und überfürsorglich waren, wenn ich doch das Begehren und Sehnen spüren konnte, das bei ihren Worten und Taten mitschwang. Aber der Arzt? Nein.

Ich drückte mich erst auf die Ellbogen hoch, dann setzte ich mich auf und betrachtete den Arzt, während ich mir die Decke um den Rücken feststeckte. Ryston sah, womit ich mich abmühe, half mir dabei, mich zu bedecken, und sein Blick blitzte zum Arzt. Er trug eine dunkelgrüne Uniform, eher Krankenhauskleidung als Rüstung. Seine Färbung war golden, eher wie Rystons als Maxims, aber dunkler. Wie Honig gemischt mit einem Schuss Zimt.

Ich konnte nicht seinen ganzen Körper sehen, aber seine linke Hand war merkwürdig silbern, so wie Rystons Schläfe. Das war das einzige Cyborg-Merkmal, das ich sehen konnte. Vielleicht hatte er unter dem Hemd mehr, aber es interessierte mich nicht, es zu sehen. Die einzigen Aliens, die ich nackt sehen wollte, waren meine.

Der Arzt hielt in jeder Hand ein eigenartiges Instrument, hob eines hoch und schwenkte es vor mir herum. Lichter leuchteten auf der zylindrischen Röhre, und er studierte sie.

„Was macht Ihr Zauberstab, Doktor? Kann er Gefäßveränderungen messen, Blutsauerstoff? Die üblichen Werte?", fragte ich. „Natürlich weiß ich nicht, was bei euch hier die üblichen Werte sind."

Er zog eine Augenbraue hoch.

„Dieses Werkzeug analysiert alles – von Ihrer Rekapillierungszeit bis hin zur Nierenfunktion. Wenn es Abnormitäten gibt, informiert es mich. Dann führe ich sekundäre Tests durch."

Eine durchaus vernünftige Antwort. Während er weiter mit seinem Stab wedelte, beäugten mich Maxim und Ryston, als würde ich entweder gleich vom Tisch springen und davonlaufen, oder vielleicht vom Transport implodieren. Ich konnte ihre Sorge spüren, aber ich verstand die Ursache nicht. Gab es da etwas, das ich nicht wusste? Ich blickte an mir hinunter. Was wurde in der Abfertigung alles gemacht? Was an mir hatte modifiziert werden müssen für das Leben auf der Kolonie? Dafür, eine Prillon-Braut zu sein? Ich hob meine Hand ans Gesicht und befühlte es, um zu sehen, ob ich ein Metallimplantat im Auge hatte.

„Tut dir etwas weh?", fragte Maxim. Der Arzt hob den Stab an mein Gesicht.

Ich schüttelte den Kopf. „Nein. Ich fragte mich nur...fragte mich, was vor dem Transport an mir getan wurde. Habe ich auch Silberzeug bekommen?"

„Nein. Auf gar keinen Fall. Keine Hive-Implantate werden jemals deine perfekte Haut verunstalten. Das versichere ich dir. Wir werden dich vor den Hive beschützen, vor jedem Leid, das dir widerfahren könnte."

Der Arzt räusperte sich. „Guten Tag. Ich bin Doktor Surnen."

„Herr Doktor." Es war vielleicht nicht das, was ich hätte sagen sollen, aber nackt mit drei Aliens hier zu sitzen legte meine Nerven etwas blank.

Der Arzt machte mit seinem seltsamen Scanner-Ding weiter und sprach. „Eine typische Prillon-Braut erhält vor der Ankunft körperregulierende Implantate und eine vollständige Gesundungsuntersuchung."

„Körperregulierende Implantate?" Was. Zum. Teufel.

Doktor Surnen lief zu einem etwas dunkleren Goldton an, und ich fragte mich, ob er gerade errötete? Ernsthaft? Hatte er noch nie zuvor ein Mädchen gesehen? Was genau hatten sie mit mir angestellt, bevor ich aufgewacht bin?

„Mikroskopische Implantate sind in allen Ihren Ausscheidungsöffnungen angebracht worden. Diese stehen in ständiger Kommunikation mit unserem System und eliminieren per Transport sämtliche Körperausscheidungen, sobald sie entstehen. Alle Stoffe werden gesammelt und in unseren spontanen Materie-Generatoren neu verwertet. Wir nennen sie S-Gen-Units. Ich bin sicher, Ihre Gefährten werden Ihnen zeigen, wie man sie bedient, sobald Sie in Ihrem Quartier sind."

Sprachlos. Das war das einzige Wort, das ich dafür hatte. Hatte er gerade das gesagt, was ich glaubte? „Also werde ich nie wieder meinen Darm oder meine Blase entleeren müssen? Niemals?"

Der Arzt nickte, und seine Schultern sackten in sichtlicher Erleichterung darüber zusammen, dass ich ihn wohl verstanden hatte. „Korrekt. Solange Sie sich innerhalb der Übertragungsreichweite unserer Systeme aufhalten, auf der Kolonie, auf Prillon Prime oder in einer unserer Schlachtschiff-Gruppen."

Ich wusste nicht, was ich davon halten sollte. Als Wissenschaftlerin war ich beeindruckt. Die Technologie, von der er sprach, war so weit fortgeschritten gegenüber dem, was auf der Erde möglich war, dass mein Verstand darüber nachdachte und nicht über den Ekelfaktor, der mich beschäftigen sollte.

Aber der Gedanke wich aus meinem Kopf, als der Arzt das Gerät wechselte und sagte: „Legen Sie sich zurück, setzen Sie die Füße an die Tischkante und spreizen Sie die Beine."

Er hielt ein Objekt hoch, das wie ein Dildo aussah, von dem ein paar *Dinger* abstanden. Ich hatte selbst einen batteriebetriebenen Freund in meiner Nachttischschublade. Welche Single-Frau hatte das nicht? Das hieß nicht, dass ich unter dem Vorwand der Medizin einen an mir angewandt haben wollte. Mit einem Liebhaber zusammen, gerne. Wenn Maxim oder Ryston die gleiche Anweisung ausgesprochen hätte, wäre ich dem vielleicht sogar nachgekommen, nur um zu sehen, wie man auf die Art ein wenig schmutzigen Spaß haben konnte. Aber nicht mit dem verdammten Arzt.

Ich tat genau das Gegenteil und presste die Knie zusammen. „Das glaube ich nicht."

Der Arzt wiederholte seine Worte.

„Ihre Tests haben wahrscheinlich gezeigt, dass mein Gehör und meine Hirnfunktion völlig in Ordnung sind", entgegnete ich. „Die Antwort ist immer noch Nein."

Seine Lippen pressten sich zu einer schmalen Linie zusammen, und er blickte zu Maxim und Ryston.

„Sie sind vielleicht meine Gefährten, aber sie haben hier nichts zu sagen. Mein Körper, meine Entscheidung."

„Ist das ein Fachbegriff auf der Erde?", entgegnete er.

„Erklären Sie mir mit Prillon-Fachbegriffen, warum es notwendig ist, dass Sie diese Sonde in mich stecken."

„Die Sensoren überprüfen, ob Ihr Nervensystem optimal funktionstüchtig ist, und ob Sie gesund und fruchtbar für die Zucht sind."

Mein Mund stand offen und ich merkte, dass er das ernst meinte. Ich merkte generell, dass der Mann—nein, der Prillone—es immer ernst meinte. Also blickte ich zu Maxim und Ryston, die schwiegen.

„Ich bin Wissenschaftlerin. Ich habe einen Doktortitel. Ich bin nicht naiv genug, zu glauben, dass meine Vagina die Stelle ist, an welcher man das Nervensystem eines Menschen misst. Was den Rest angeht, kommt das überhaupt nicht in Frage."

Ich hüpfte vom Tisch und zerrte die Decke um mich fest.

„Rachel—"

„Züchten?" Das Wort ließ mich rot sehen, und ich wirbelte zu meinen Gefährten herum. „Ich bin kein Hund, und das hier ist keine Zuchtstation." Ich sah buchstäblich rot, schwankte einen Moment lang. Bestimmt wurde mein Blutdruck gerade auf die Spitze getrieben. „Nein. Bringt mich zurück. Ich spiele dieses Spielchen nicht mit euch. Mit keinem von euch."

Als die Männer in offensichtlicher Verwirrung die Stirn runzelten, sprach ich weiter. „Ich werde das in Worten erklären, die ihr vielleicht versteht. Im Bräute-Testzentrum wart ihr besorgt darüber, dass euch euer verseuchtes Fleisch in meinen Augen mangelhaft machen würde. Und nun wollt ihr mich auf Fruchtbarkeit testen? Was, wenn ich nicht fruchtbar bin? Was, wenn ich keine Kinder kriegen kann? Bin ich dann in *euren* Augen mangelhaft?

Unzulänglich? Ich dachte, wir wurden einander zugeordnet, weil wir *perfekt* füreinander waren. Nicht darauf basierend, ob ich schwanger werden kann."

„Sie lassen zu, dass Ihre Gefährtin so mit mir spricht?", fragte der Arzt Maxim. Seine Stimme war streng und klang überrascht.

Diese Kerle brauchten einen kräftigen Tritt in die Eier. Im Ernst. Dieser Ort konnte mehr Frauen gebrauchen, die sie auch nur ansatzweise ins 21. Jahrhundert bringen konnten. „Und ich dachte, ihr Kerle wärt eine fortschrittliche Rasse. Was für ein Witz." Ich ging auf das zu, was ich für die Tür hielt. Es sah aus wie eine Tür, eine große graue Schiebetür, die sich hoffentlich öffnen würde, wenn ich näherkam. Ich würde meinen Weg zurück in den dämlichen Transporterraum finden und das Ganze als dummen, naiven Schwächemoment abschreiben.

Ich war zweiunddreißig, nicht zweiundzwanzig. Ich wusste es besser, als noch an Märchen zu glauben.

Die Tür öffnete sich nicht, und ich kratzte meinen Willen zusammen, um zu fordern, dass ich freigelassen würde. Ich drehte mich herum und sah, wie Maxim mich eingehend betrachtete. Der Arzt murmelte etwas in seinen Bart hinein, aber ich wollte nicht wissen, was er sagte, und es war mir auch egal. Ryston stand daneben und wartete.

Gott, was war das für ein Planet? Man durfte hier nicht für sich selbst einstehen? Wenn die Antwort Nein war und ich etwas Fürchterliches in den fünf Minuten seit meiner Ankunft angestellt hatte, was würde er dann dagegen tun?

„Ja, meine Gefährtin wird immer die Freiheit haben, mir ihre Meinung zu sagen", sagte Maxim schließlich. „Und sie hat recht."

Ich atmete aus, hatte gar nicht mitbekommen, dass ich den Atem angehalten hatte.

„Das kann nicht Ihr Ernst sein", entgegnete der Arzt. „Der Test ist verpflichtend für alle Prillon—"

Maxim hob die Hand, um ihn zum Schweigen zu bringen. „Ich bin mir der Test-Verpflichtungen bewusst, aber meine Gefährtin hat auch recht. Es ist mir egal, ob sie fruchtbar ist oder nicht. Es ist irrelevant."

„Aber das war Teil der Argumentation, Gefährtinnen aus dem Bräute-Programm zu akzeptieren: um Familien auf der Kolonie zu gründen. *Wachstum für die Bevölkerung.*"

Das hier war doch nicht die Arche Noahs, um Gottes Willen, aber ich nahm an, dass sie diese Geschichte hier weder kannten noch hören wollten. Ich war nur froh, dass Maxim mir zustimmte.

„Es ist nicht ihre alleinige Aufgabe, die Kolonie mit zukünftigen Generationen zu bevölkern, Doktor Surnen. Bedenken Sie, dass das Band, welches Ryston und ich mit Rachel teilen stärker ist als das von üblichen Prillon-Gefährtinnen. Wir haben die Kragen und die Verbindung, die sie schaffen, aber wir wurden einander außerdem vom Zuordnungsprotokoll des Interstellaren Bräute-Programms zugeteilt. Wir sind doppelt aufeinander abgestimmt. Ich werde sie nicht abweisen, egal, wie Ihr Testresultat ausfällt. Daher ist der Test nicht länger notwendig. Sie gehört uns."

Sein Mundwinkel wanderte nach oben,

und er streckte die Hand aus. Ich blickte sie an, so groß, die Finger stumpf und lang, dann ging ich auf sie zu und nahm sie. Seine Berührung war überraschend sanft für jemanden von seiner Größe. Auf einmal fühlte ich alle seine Emotionen, seine Kraft, durch ihn fließen. Er war wütend, ob auf den Arzt für seine Einmischung, oder aus einem anderen Grund, das wusste ich nicht. Ich konnte nur hoffen, dass er nicht auf mich wütend war.

„Als Gouverneur führen Sie mit gutem Beispiel", fügte der Arzt hinzu.

„Ja, das tue ich. Aber Gefährtinnen über das Bräute-Programm zu finden ist neu hier."

„Genau aus diesem Grund sollte sichergestellt werden, dass sie gesund ist." Der Arzt war wie ein Hund, der Blut geleckt hatte. Wollte er so dringend etwas in meine Vagina stecken?

Maxim streckte die Hand aus, nahm dem Arzt das Sondendings aus der Hand und warf es Ryston zu.

"Vielen Dank für Ihre professionelle Stellungnahme zu diesem Thema. Wir werden uns nun um unsere Gefährtin kümmern. Privat. Wenn wir etwas in ihre Pussy schieben, dann bestimmt keine Sonde."

Oh. Mein. Gott. Die Kombination aus Maxims Befehlston und seiner offenen Anzüglichkeit ließ mich vor Vorfreude auf ihn tropfnass werden. Ich stellte mir *ganz genau* vor, was sie in mich schieben wollten. Dann blickte ich zu Ryston und stellte mir seine Sonde vor. Ich schluckte, und noch einmal, als Ryston das medizinische Gerät betrachtete und es dann auf dem Untersuchungstisch ablegte, bevor er sich neben mich stellte. Ich war von zwei großen, äußerst ernsthaften Prillon-Kriegern flankiert, die sagten, dass ich ihnen gehörte.

Der Arzt nickte knapp. „Wie Sie wünschen, Gouverneur. Darf ich Ihnen die ATB anbieten? Das ist Standard-Protokoll für alle neuen Prillon-Bräute, und ist dafür gedacht, für ihren Komfort und ihre Lust zu sorgen. Sie wird extrem unangenehme Empfindungen erleiden, wenn sie für die Besitznahme-Zeremonie nicht ordnungsgemäß vorbereitet ist."

Ordnungsgemäß vorbereitet? Wovon

zum Teufel redete dieser Arzt? Ich hatte keine Ahnung, aber Maxim nickte, und der Arzt ging zu einem Schrank und holte ein kleines Metallkästchen heraus. Die ATB war in etwa so groß wie eine Lunchbox, aber ohne Griff.

Ryston trat vor und nahm sie entgegen, während Maxim mich zur Tür führte, die sich mit einem Zischen vor ihm öffnete wie in Sci-Fi-Filmen. War ich etwa nicht groß genug gewesen, um den Sensor zu aktivieren? Ich suchte an der Wand nach einem Sensor, aber ich konnte nichts finden, bevor Maxim mich in den Korridor geführt hatte.

„Doktor", rief Maxim über die Schulter zurück.

„Ja, Gouverneur", antwortete der.

„Diese *sie*, von der Sie sprechen, ist meine Gefährtin. Für Sie ist sie Lady Rone."

„Ja, Gouverneur", wiederholte er, diesmal ein wenig kleinlauter.

Maxims Zufriedenheit floss mir durch die Adern, was mich kurzzeitig von meiner Situation ablenkte. Ich blieb stehen, wodurch Maxim an meiner Hand zerrte, bevor auch er stehenblieb.

„Ich weiß nicht, wohin wir gehen, und ich laufe mit nichts als einer Decke herum." Obwohl es mich nicht stören würde, wenn er sie mir wegzog, war ich nicht gerade scharf darauf, dass das in diesem seltsamen grün-weißen Gang passierte.

Ich spürte seine Verärgerung durch unsere verbundenen Hände hindurch.

„Wenn du so frustriert und verärgert über mich bist, dann bist du vielleicht mit einer neuen Gefährtin glücklicher."

Maxim blickte auf unsere verschränkten Finger hinunter. Ich spürte Rystons Zufriedenheit über unsere Verbindung. Wie konnte er so erfreut über die Situation sein, und gleichzeitig Maxim so enttäuscht von mir?

„Ah, ich verstehe", sagte Maxim, und seine Stimme verlor all die scharfen Kanten. Zur Abwechslung war sie sanft und glatt, geradezu leise.

„Was verstehst du?", fragte ich mit schnippischer Stimme.

„Die Kragen teilen unsere Gefühle zu deutlich, nicht wahr?", fragte Maxim, strich mir mit den Knöcheln über die Wange, dann über den verdammten Kragen. Ich *spürte* das, nicht nur auf meiner Haut, sondern über meine Emotionen. Maxims Verärgerung und seine aufsteigende Lust. Rystons Sehnen und den Neid über diese Berührung.

„Unser Band, die Verbindung zwischen uns, ist sehr intensiv. Es wird einige Zeit dauern, aber du wirst lernen, unsere Emotionen herauszufiltern. Fürs Erste sollst du wissen, dass ich nicht dir gegenüber verärgert oder frustriert bin, Gefährtin. Ich bin verärgert darüber, wie strikt sich der Arzt an die Regeln halten möchte. Ich bin verärgert über mich selbst, ein Heuchler gewesen zu sein. Ich bin auch darüber aufgebracht, dass ich mich nicht um dich und deine grundlegendsten Bedürfnisse gekümmert habe, wie etwa, für Kleidung und Komfort zu sorgen. Ryston."

Er sprach nur den Namen seines Sekundärs aus, nichts weiter, aber der Mann ging uns bereits voraus den Gang entlang, bog um die Ecke und war außer Sicht.

Maxim starrte in meine Augen. Seine Ernsthaftigkeit und sein Wunsch, mich glücklich zu machen, wurden durch den Kragen laut und deutlich übertragen. „Es ist neu für mich, Gefährte zu sein. Es tut mir leid, wenn ich manchmal zu wünschen übrig lasse. Ryston wird Kleidung für dich in unserer Zimmersuite bereitgelegt haben. Bis dahin—"

Er hob mich in seine Arme und trug mich den Gang entlang. Ich packte seine Schultern, aus Sorge, dass ich hinunterfallen könnte, aber das war nicht notwendig. Ich fühlte mich winzig in seinen Armen und seinem festen Griff. Er würde mich nicht fallenlassen. Er würde nicht zulassen, dass mir irgendetwas passierte. Das spürte ich in ihm. Als ich mich entspannte, wusste ich, dass er mein Vertrauen und meine Freude über seine Fürsorge spüren konnte, so mühelos, wie ich vor wenigen Augenblicken seinen Frust gespürt hatte.

„Bis dahin laufe ich nackt auf der Basis herum?"

Maxim blickte mit seinen dunklen Augen auf mich hinunter und ging weiter.

„Während du meine Gefühle spüren kannst, zweifle bitte nicht daran, dass ich auch *deine* spüre. Erregung pulsiert von deinem Kragen zu meinem, und zu Rystons. Aus diesem Grund meine ich, dass ich direkt sein kann. Du wirst nackt bleiben, solange du mit mir im Bett bist." Etwas in seinem Blick veränderte sich, und ich spürte eine Hitzewallung, eine Sehnsucht über seinen Kragen. Ja, auch er war erregt. Ich keuchte über das kurze Aufblitzen auf, mein Kitzler pulsierte. „Oder gegen die Wand gedrückt, mit gespreizten Beinen auf dem Tisch liegend, auf den Knien vor mir. Zwischen mir und Ryston. Wie möchtest du genommen werden?"

Seine Stimme wechselte von scharfem Kommando zu rohem Verlangen. Bilder davon, zwischen den beiden Kriegern zu liegen, machten meine Nippel hart und meine Pussy feucht. Das wollte ich. Es ergab keinen Sinn. Diese beiden waren Fremde von einem fremden Planeten, und doch begehrte ich sie mit einer Leidenschaft, die ich noch nicht kannte. Oh ja, ich wollte sie, und dem Begehren nach zu urteilen, das mein Gefährte verströmte, würde ich sie auch bekommen. *Schon bald.*

Maxim

Rachel war federleicht in meinen Armen, und doch floss Hitze durch mich an jeder Stelle, an der sich unsere Körper berührten. Wie etwas so Weiches und Zerbrechliches wie diese Frau eine solche Stärke, unbändigen Willen besitzen konnte, war ein Wunder, das ich womöglich nie verstehen würde.

Und als sie ihren Kopf an meine Schulter lehnte und sich in meinen Armen entspannte, fühlte ich mich wie ein Eroberer.

Die Kragen, die wir alle trugen, verbanden uns miteinander durch ein intimes, telepathisches Band, von dem ich bereits gehört hatte, das ich mir aber nicht vorstellen hatte können. Starke Emotionen durchströmten mich, und nicht nur meine eigenen. Die meiner Gefährtin. Rystons.

Ihre Reaktionen auf meine Gefühle erschufen eine Schleife, die an mir zerrte und mich verletzlich machte auf eine Weise, die ich zuletzt als kleiner Junge empfunden hatte.

Rachel lehnte sich an mich, und ich beschleunigte meine Schritte durch die langen, leeren Gänge. Die dunkelgrünen Streifen unten an der Wand und in der Mitte des Fußbodens wichen einem dunklen Orange, und das wurde zu dezentem Beige, als wir die Wohnquartiere der Basis erreichten. Die Zimmersuite, die ich nun betrat, war neu für uns drei. Vor der Gefährtinnen-Zuordnung hatte ich in einem kleinen Zwei-Zimmer-Bereich über der Kommandozentrale von Basis 3 gewohnt, damit ich nahe am Geschehen war, wenn es notwendig wurde.

Aber nun war ich dankbar für den viel größeren Wohnbereich. Als die Tür aufglitt und ich meine Gefährtin zum ersten Mal hinein trug, machte sich Zufriedenheit in mir breit. Ich setzte Rachel auf die Füße und ließ sie im Raum herum wandern und den Ort erkunden.

Unser neues Zuhause. Zum ersten Mal,

seit ich auf die Kolonie verbannt worden war, hatte ich das Gefühl, ein Zuhause zu haben. Eine Familie.

Ihr Blick blitzte zu meinem, einmal, dann noch einmal. Konnte sie meine Gefühle über den Kragen spüren? Das sanfte Lächeln, das sie mir über die Schulter hinweg zuwarf, nachdem sie einen Blick ins Schlafzimmer geworfen hatte, verriet mir, dass es so war. Es war beruhigend zu wissen, dass sie mich verstehen konnte—so gut wie jemand den Gouverneur einer verbannten Gruppe von Kriegern eben verstehen konnte.

Rachels Hand strich über die Rückenlehne eines großen braunen Sofas. Es gab zwei davon im Zimmer, die einander gegenüber standen. Ein Arbeitsbereich mit Stuhl stand an der Wand unter einem Kommunikator-Bildschirm, der beinahe so hoch war wie meine Braut. In der gegenüberliegenden Ecke des Raumes stand die S-Gen-Unit, die nur auf die Befehle meiner Gefährtin wartete, um alles zu erstellen, was sie wünschte. Und wenn sie etwas wünschte, das noch nicht in unser System programmiert worden war, würde ich einen Weg finden, es für sie zu besorgen.

Egal was. Ich würde ihr alles geben.

Zur Seite stand ein kleiner Essbereich, aber die meisten von uns nahmen Mahlzeiten in den Gemeinschaftsräumen und Kantinen ein, da die Mahlzeiten für viele die einzige Gelegenheit zum sozialen Austausch waren. Die Kolonie-Krieger arbeiteten schwer. Wir betrieben einige der tiefsten, gefährlichsten Minen im Sonnensystem. Wir überwachten die Aktivitäten der Hive und meldeten Informationen über alle Mitglieds-Welten an Prillon weiter. Wir waren Analysten und Architekten, Programmierer und kampferprobte Kommandanten. Wir planten Kampfstrategien und überwachten die Front auf Strategie-Änderungen der Hive. Und jeder Wissenschaftler, Arzt und Techniker auf dem Planeten arbeitete an einem Weg, die Implantate loszuwerden, die uns kennzeichneten und uns unwürdig machten. Die uns um Bräute brachten. Um Familien. Um ein Leben außerhalb dieser vergessenen Welt.

Aber nun, da meine Gefährtin mit

neugierigem Blick in unserem neuen Zuhause herum wanderte, veränderte sich alles in mir.

Als ich den Kragen anlegte, nachdem ich von meiner offiziellen Zuordnung erfahren hatte, hatte ich erst einmal keine Veränderung verspürt. Es war nur das äußerliche Symbol einer stattgefundenen Zuordnung, das um meinen Hals lag. Als Ryston seinen Kragen anlegte, spürte ich seinen Stolz darüber, mein Sekundär zu sein, über die Bestätigung des Kragens, dass diese Entscheidung dauerhaft war. Auch er war begierig, unsere Gefährtin kennenzulernen. Ich hatte seine Gefühle und Emotionen von meinen filtern können. Sie waren keine große Last, die ich mit meiner tragen musste. Vielleicht lag das daran, dass wir beide Männer waren, oder gemeinsam im Krieg gewesen waren, oder auch nur beide Prillonen. Eine ähnliche Hintergrundgeschichte, eine ähnliche Vorstellung von Tradition, Regeln und Bräuchen.

Als Rachel den Kragen im Abfertigungszentrum auf der Erde um ihren Hals legte und uns beide damit als ihre zugewiesenen Gefährten annahm, war das etwas völlig Anderes. Es war, als würde ich von den Hive festgenagelt sein und meine Emotionen, meine Gefühle, mein ganzes verdammtes Gehirn aus mir herausgezerrt werden.

Das Gefühl, die Bedürfnisse und Wünsche einer Gefährtin aufzusaugen, ihre Ängste und Enttäuschungen, war so kraftvoll und machte meinen Schwanz in Sekundenschnelle steinhart. Das Bedürfnis, sich bis zum Anschlag in ihr zu vergraben, war unmittelbar und intensiv gewesen.

Aber das war gedämpft worden, denn als nächstes traf mich jeder Funke ihres Frustes über ihre Gefangennahme, ihre Unschuld und ihren Drang, diese zu beweisen. Dem folgte ihre Unschlüssigkeit darüber, unsere Gefährtin zu werden und die Erde zu verlassen.

Was zum Teufel sollte das? Ich hatte gewusst, dass sie die Zuordnung abgelehnt hatte, aber sie war im Gefängnis gewesen, hinter Gittern. Ohne Freiheit. Ich hatte sie selbstverständlich davor gerettet, so wie ich

Ryston und andere aus der Gefangenschaft der Hive gerettet hatte.

Es war alles da in meinem Kopf, ihre Emotionen und ihre Wut, und sie bombardierten mich und machten mich wehrlos.

Als Gouverneur war ich verantwortlich für eine große Gruppe von Männern, oder Ausgestoßenen, in der Kolonie. Es war nicht einfach, sie zu regieren und in eine friedliche Gesellschaft zu sortieren. Wer konnte ihnen ihre Widerspenstigkeit vorwerfen, nach allem, was sie durchgemacht hatten? Was wir alle durchgemacht hatten? Ich hatte Mauern errichtet, um meine persönlichen Meinungen zurückzuhalten, damit ich unvoreingenommen regieren konnte und immer vor Augen behielt, was für uns alle am Besten war.

Aber jetzt? Verdammt, jetzt wollte ich nur noch diejenigen ausfindig machen, die Rachel auf der Erde ein Verbrechen untergeschoben hatten, und ihnen die Köpfe abreißen. Es waren nur Erdlinge. Es würde mir ein Leichtes sein, jeden zu eliminieren, der ihr...auch nur irgendetwas außer Freude bereitete.

Aber ich hatte nicht bedacht, dass meine Emotionen sie bombardieren würden. Ich hatte nicht bedacht, dass mein eigener Ärger und Frust für sie bedrückend sein würden, oder dass sie es als auf sie gerichtet missverstehen würde. Selbst, wenn ich meine Gefühle vor allen, die mich sehen konnten, verbarg, würde sie die Wahrheit hinter der Fassade kennen. Sie würde es *spüren*. Es genauso deutlich empfinden wie ich.

Und Rystons Emotionen ebenso. Er war genauso sehr ein Krieger wie ich, daher musste sie mit uns beiden fertig werden. Wie sie es schaffte, bei all der Intensität, die von allen Seiten auf sie einhagelte, nicht eingerollt am Boden zu kauern, wusste ich nicht.

Sie hatte keine schwache Persönlichkeit. Nein, sie war stark. Tapfer. Widerspenstig. Wunderschön.

Ich wusste in der Sekunde, als ich sie hinter diesen beschissenen Gefängnisgittern erblickte, dass sie mir gehörte. Ich war zehn

Lichtjahre für sie gereist, und eine Reihe von schwachen Metallstäben würden mich nicht von ihr fernhalten. Während sie nur über menschliche Stärke verfügte, waren Ryston und ich nicht nur Prillon-Krieger, sondern auch noch modifiziert. Wir hatten die Kraft eines Prillonen, plus der Technologie der Hive. Die Gitterstäbe waren wie Zweige unter unseren Muskeln.

Aber Rachel? Sie war an unserer intensiven Aufmerksamkeit nicht zerbrochen, nicht an der Verdammung durch ihr Justizsystem, nicht einmal an dem verdammten prillonischen Arzt. Ihr Rückgrat hätte genauso gut von den Hive verstärkt sein können, und es passte gut zu ihrem wunderschönen dunklen Haar und ihrer blassen Haut. Ihr Kopf reichte mir gerade mal an die Schulter, und doch hatte sie üppige, volle Kurven, die perfekt waren für meine und Rystons großen Hände. Ich war Primus Nials Gefährtin Jessica von der Erde begegnet und kannte daher deren Körperbau. Ich war nicht überrascht über ihre Färbung und wie stark sie sich von meiner unterschied. Wovon ich aber überrascht war, war, wie sehr ich mich zu ihr hingezogen fühlte. Augenblicklich. Intensiv. So verdammt kraftvoll. Ich dachte, dass ich sie attraktiv finden würde. Ansprechend. Gut zu ficken. Aber ich war nicht vorbereitet, eine solche...Verzweiflung zu verspüren.

Ich wollte sie küssen, sie berühren, sie schmecken, sie ficken, aber ich wollte, dass sie das auch von mir wünschte. Von Ryston. Von uns beiden gemeinsam.

Bevor wir irgendetwas mit ihr taten— ihr antaten—musste ich mir versichern, dass auf ihre Bedürfnisse eingegangen wurde. Ihre Verweigerung der ärztlichen Untersuchung war absolut gewesen. Ich hatte es von ihren Lippen gehört. Es über den Kragen gespürt. Es nicht nur mit dem Ohr eines Gouverneurs abgewägt, sondern auch mit dem Herzen eines Gefährten.

Sie würde sich der ärztlichen Untersuchung nicht unterziehen müssen. Rachel hatte recht gehabt. Ihre Fruchtbarkeit war nicht relevant. Ihr einen Test aufzuzwingen, von dem ich spüren konnte, dass er für sie herabwürdigend war,

war nicht akzeptabel. Wie ich dem Arzt gesagt hatte, würden Ryston und ich die Einzigen sein, die ihr etwas in die Pussy steckten. Unsere Schwänze, unsere Finger, unsere Spielzeuge.

Ihr Atem wurde schneller, ihr Blick blitzte zu meinem, dann wieder fort, und ich erkannte, dass sie mein Verlangen spüren konnte. Meine Lust. Ja, die Kragen funktionierten ausgesprochen gut.

Aber ich war kein Tier. Ich hatte noch nie so starkes Verlangen verspürt, aber die Bedürfnisse meiner Gefährtin gingen vor. Ich würde so lange warten, bis sie bereit war. Das Letzte, was ich im Universum tun wollte, war, sie zu sehr unter Druck zu setzen und sie zu verschrecken.

Solange sie mich nicht als ihren zugewiesenen Gefährten akzeptiert und es Ryston und mir gestattet hatte, sie in der Besitznahme-Zeremonie zu nehmen, konnte sie von uns fortgehen. Sie konnte einen Anderen wählen.

Der Gedanke daran schlug sich wie eine Axt zwischen meine Schulterblätter, und mir wurde bewusst, dass ich es nicht überleben würde, sie zu verlieren. Ich hätte den Rest meines Lebens ohne Hoffnung leben können. Aber sie hier zu haben, meine mir zugeordnete Gefährtin, die einzige Frau im Universum, die mir gehörte, und sie dann wieder zu verlieren? Sie unglücklich zu machen? Sie in die Arme eines anderen Kriegers und seines Sekundärs zu treiben?

Lieber würde ich sterben.

Mein Schwanz würde sich einfach nur beruhigen müssen, bis sie bereit zum Spielen war. Bis dahin würden wir mit ihr sprechen und ihre Bedenken beschwichtigen. Ich war fest entschlossen, ihr Vertrauen und ihre Zuneigung zu gewinnen. Ich hoffte entgegen aller Vernunft, dass sie eines Tages lernen konnte, über unsere Hive-Verseuchung hinwegzusehen und Gefühle für uns zu entwickeln.

Und wo war Ryston mit ihrer verdammten Kleidung? Bei jedem ihrer Schritte schleifte die Decke über den Boden, spielte Verstecken mit der nackten Haut auf ihrem Rücken und ihrer Schulter. Sie brauchte nur die Arme zu senken, dann würde der Stoff herunterfallen und sie würde glorreich nackt vor mir stehen.

Ich hielt mich nahe der Tür auf, besorgt darüber, wie lange meine Entschlossenheit anhalten würde, sie nicht anzufassen, wenn ich ihr in den Wohnbereich folgte. Ryston würde ihr eine Robe bringen, mit der sie sich bedecken konnte, und wir würden sie zum Ankleiden ins Schlafzimmer schicken.

Weich und warm und so unsäglich nackt unter der Decke war sie eine zu gefährliche Versuchung.

Rachel wanderte durchs Zimmer und fasste alles an. Sie hob ein Kissen vom Sofa und roch daran. Wie seltsam.

„Ich hoffe, die Suite ist akzeptabel für dich, Gefährtin. Sie ist nun dein Zuhause. Wenn du irgendetwas ändern möchtest, brauchst du nur zu fragen."

Ihr Lächeln war eine spannende Mischung aus Nervosität und Resignation, und das waren auch die Emotionen, die mich über den Kragen bombardierten.

„Es ist in Ordnung. Vorerst." Sie warf das Kissen wieder zu den anderen aufs Sofa zurück und nahm den gesamten

Raum mit einem Blick auf. „Es riecht hier nach nichts."

Ich trat einen Schritt nach vorne und betrachtete sie eindringlich. „Ich verstehe nicht. Ist das nicht akzeptabel?"

„Nein. Darum geht es nicht." Sie kam langsam auf mich zu, verringerte die Distanz zwischen uns, während ich zu atmen vergaß. Sie war so klein und doch hatte sie mich völlig in der Hand. Mich und meine langsam platzenden Eier. „Ein Zuhause sollte doch nach etwas riechen, weißt du? Etwas wie frisch gebackene Kekse. Oder Weichspüler aus dem Wäschetrockner. Vielleicht Nudelsuppe auf dem Herd oder eine Duftkerze, die in der Küche brennt." Sie stockte, als sie in Reichweite meiner Arme war, und blickte hoch, weit hoch, in meine Augen. „Aber es riecht hier nach gar nichts. Es ist wie ein Musterhaus, das hingestellt wird, um Häuser zu verkaufen. Es ist hübsch, aber niemand *wohnt* dort."

Es lag kein Ärger in ihren Worten, und ich war mir nicht sicher, was sie wollte oder was sie von mir zu hören brauchte. „Ich habe keine Ahnung, wovon du sprichst,

Gefährtin. Aber wenn du möchtest, dass unser Zuhause nach etwas Bestimmtem riecht, werde ich die Programmierer auf der Basis beauftragen, was immer du wünscht in die S-Gen-Datenbank einzuspeichern, damit es repliziert werden kann."

Ihr Lächeln glich meine Verwirrung gänzlich wieder aus. „Ich habe keine Ahnung, was du gerade gesagt hast."

„Dann sind wir ja quitt. Ich habe in diesem Raum noch nicht geschlafen. Dies sind Quartiere für jene mit Gefährten. Es ist für mich ebenso neu wie für dich."

Ich erwartete, dass sie wieder weggehen würde, aber sie rührte sich nicht, stand einfach nur vor mir und betrachtete mein Gesicht, als wäre ich ein großes Rätsel, das sie zu lösen versuchte. „Gefährten. Also gehörst du tatsächlich mir?"

Die direkte Frage schockierte mich, aber die Verletzlichkeit, die ich hinter den Worten spüren konnte, raubte mir den Atem. Sie war so weit gereist, und obwohl ich mir Sorgen machte, dass sie uns ablehnen würde, war ich doch zu Hause. Dieser Planet war für sie neu. Ihre Sorge, abgelehnt zu werden, war ein ernsthaftes

Bedenken, zumindest, bis sie meinen Worten glauben konnte. „Ja."

Ihre Zähne gruben sich in ihre Unterlippe, die ich mich zu küssen sehnte. Aber ich hielt absolut still und spürte, wie ihre Emotionen zur Ruhe kamen, als hätte sie eine Art Entschluss gefasst. „Also was jetzt?"

Ich hielt ihr die Hand hin und machte beinahe einen Freudensprung, als sie nicht zögerte, ihre viel kleinere Hand in meine zu legen. Ich zog sanft daran und holte sie näher an mich heran, bis sie an meinen Körper geschmiegt war. Ich legte meine Arme um sie, und sie drehte sich herum und lehnte ihre Wange an meine Brust.

„Jetzt werden wir einander kennenlernen. Ich weiß, dass du vorsichtig bist, Rachel. Aber du gehörst mir und ich will keine Andere. Ryston und ich werden für dich sorgen. Wir werden dich beschützen, dich achten und für deine Lust sorgen. Wenn du ein Kind tragen solltest, werden wir euch beide über alles hinweg wertschätzen, was du dir vorstellen kannst. Du bist Hoffnung und Leben und Heimat für uns, Gefährtin. Du kannst dir nicht vorstellen, was du für uns bedeutest. Und wir werden warten. Wir werden damit warten, dich in Besitz zu nehmen, bis du bereit bist."

Ihre Arme schlangen sich um meine Taille, während ein Schauer durch ihren Körper lief. „Was, wenn ich nicht warten will? Was, wenn ich will, dass du mich jetzt sofort fickst?"

Verlangen breitete sich in mir aus, und erstmals wurde mir klar, dass ich nicht das Begehren meines eigenen Körpers verspürte, sondern ihres. Die Sehnsucht nach Zugehörigkeit, danach, sich hinzugeben, sich begehrt zu fühlen, wirbelte in meiner Gefährtin wie ein Sturm.

Die Tür glitt hinter mir auf, und Ryston trat ins Zimmer.

Während ich stets kontrolliert und meine Entscheidungen wohl überlegt waren, war Ryston unbändig und völlig furchtlos.

Ich drehte mich herum und sah ihn an, während er ein weiches, fließendes Kleid aus tiefstem Kupfer hinlegte—der Farbe der Familie Rone—und die ATB, die er vom Arzt erhalten hatte. In diesem Kästchen waren die Anal-Spielzeuge, die wir brauchen würden, um sicherzustellen, dass unsere Gefährtin für die Besitznahme-Zeremonie bereit war, und ich konnte es nicht erwarten, mit ihrem Einsatz anzufangen. Was das Kleid betraf, gefiel mir seine Wahl. Wenn ihr Kragen schon schwarz bleiben musste, bis sie offiziell in Besitz genommen war, wollten wir zumindest, dass jeder auf diesem Planeten wusste, wem sie gehörte.

Uns.

Ryston schob die Gegenstände zur Seite, als wären sie belanglos, und trat an uns heran. Ich musste hoffen, dass er ihr Begehren und ihre Not über seinen Kragen spürte. Sein Blick blitzte von unserer Gefährtin zu mir. „Bei allen Göttern, Maxim. Ihr beide bringt mich noch um."

Ja, auch er spürte es.

Rachel keuchte auf, als Rystons beinahe rasendes Verlangen, sie zu ficken, uns beide wie eine Kanonenkugel traf.

Ohne zu fragen legte er Rachel die Hände auf die Schulter und wirbelte sie zu sich herum.

Ihr Rücken war mir zugewandt, und er drückte sie mir entgegen, bis sie zwischen unseren harten Körpern gefangen war. Ich hätte protestiert, aber Rachels Reaktion hielt mich ab. Rohes, sehnendes Verlangen erfüllte sie, als Ryston seinen Kopf senkte und ihr einen Kuss entriss.

Sie an sich riss. Denn das Verlangen war wie Feuer in seinem Blut. Reuelos. Dominant. Fordernd.

Unsere Gefährtin schmolz mir entgegen, und ich hob die Hände und umfasste ihre Brüste, während Ryston sie mit der Kraft seines Kusses nach hinten drängte, wo ihr Kopf sich an meine Brust schmiegte.

Er ließ seine Hände an die Hüften unserer Gefährtin gleiten. Dankbar über ihr leises, ermutigendes Stöhnen gab ich den Gedanken auf, es langsam angehen zu lassen, erst ihre Kurven über der Decke zu erkunden. Scheiß drauf. Ich ließ meine Hände unter die lästige Stoffschicht wandern, um nackte Haut zu spüren, die schwere Wölbung ihrer Brüste zu umfassen und ihre Nippel zwischen meinen Fingern zu massieren. Ja. Gott, sie fühlte sich in meinen Händen himmlisch an.

Sie stöhnte auf und wandte ihren Kopf ab, aber Ryston schüttelte den Kopf und legte sanft seine Hand um ihren Hals, zwang sie, seinem Blick zu begegnen. Zwang sie, ihren Kopf wieder in den Nacken zu legen. Sie steckte wahrlich zwischen uns fest.

Der Rausch des Verlangens, den sein Handeln auslöste, traf uns beide wie Fäuste und würgte meinen harten Schwanz. Sie scheute nicht vor seiner Kraft zurück. Sie hatte keine Angst. War nicht schüchtern. Ihr gefiel seine Dominanz. Sie *liebte* es. Ihren Emotionen nach zu schließen, brauchte sie es.

„Möchtest du, dass wir aufhören?", fragte Ryston, auch wenn er schon wusste, dass sie Nein sagen würde.

Sie antwortete nicht sofort, und ich könnte schwören, dass mein Herz stehengeblieben war, während ich auf ihre Antwort wartete. Ich wollte nicht aufhören, ich wollte meinen Schwanz in ihrer nassen Hitze versenken und sie mit meinem Samen vollpumpen. Ich wollte, dass mein

Kind in ihrem Bauch heranwuchs. Als ihr primärer Gefährte war es mein Recht, sie als Erstes zu nehmen, meinen Samen in ihrem Bauch zu pflanzen. Sie zu meinem Eigentum zu machen. Nachdem sie mit unserem ersten Kind schwanger war, würde Ryston an die Reihe kommen. Aber bis dahin gehörte Rachels heiße, nasse Pussy mir alleine.

Rachel hielt ihren Blick auf Ryston gerichtet—nicht, dass er ihr die Wahl ließ, irgendwo anders hin zu blicken—und hob die Arme hoch, schlang sie um meinen Nacken. Sie vergrub ihre Finger in meinem Haar und streckte den Rücken durch, schob ihre Brüste in meine Hände, forderte mehr Zuwendung.

„Nein. Ich will nicht aufhören."

6

Maxim

„DEN GÖTTERN SEI DANK." Rystons Worte waren ein unbeherrschtes Flüstern, und er senkte seinen Kopf und eroberte ihren Mund noch einmal. Ich nutzte meine Position, um die Decke, die die Kurven unserer Gefährtin verhüllte, auf den Boden zu unseren Füßen zu befördern. Nichts war nun zwischen uns, nur sie.

„Scheiße", murmelte ich und ließ die Schönheit vor mir auf mich wirken. Ihre Haut war milchig weiß...überall. Nun, beinahe überall. Als ich hinunterblickte, konnte ich ihre Nippel sehen, die blassrosa waren. Ich stellte mir vor, wie sie rubinrot anliefen, wenn man mit ihnen spielte. Den schwarzen Kragen um ihren Hals zu sehen, machte mich nur noch härter, denn sie gehörte uns und uns alleine.

Die Erregung steigerte sich mehr und mehr zwischen uns, während sie sich küssten. Obwohl es ihre Lippen waren, die aufeinander trafen, ihre Zungen, die einander umschlangen, genoss ich es genauso süß.

Ryston hob seinen Kopf und trat zurück.

„Halte sie, Maxim."

Mit Vergnügen. Mit meinen Händen an ihren Brüsten konnte sie mir nicht entwischen.

Nicht, wenn ich ihre Nippel zwischen meine Finger nahm und an ihnen zerrte, zupfte, kniff. Der sanfte Schmerz war ein Test. Als sie wimmerte, drückte ich etwas fester zu. Als sie meinen Namen wie wild herausschrie, wusste ich, wie viel sie vertragen konnte.

Ryston kam mit der ATB zurück, die

der Arzt uns gegeben hatte, und hob den Deckel.

„Du bekommst Maxims Schwanz in diese süße Pussy, Rachel, aber du bekommst auch einen von diesen hier."

Ich ließ ihre Nippel los, hielt nur noch sanft ihre Brüste und streichelte sie. Sie musste sehen und denken können, zumindest eine Minute lang. Danach, kein Denken, nur Fühlen.

„Sind das—"

„Stöpsel für deinen Hintern", bestätigte Ryston. Er blickte vom Kästchen hoch. Obwohl ich ihr Gesicht nicht sehen konnte, sah ich den intensiven Blick meines Sekundärs, wusste, dass er ganz auf sie konzentriert war. Sie kam für ihn an erste Stelle, und das würde immer so sein.

Eine Hitzewelle überrollte mich. Rystons Augen leuchteten wissend auf. „Dir gefallen Spiele mit dem Hintern?"

„Spiele? Ja, aber ich habe noch nie... ich meine, ich bin dort noch nie gefickt worden."

„Mit einem Schwanz, meinst du?", raunte ich ihr ins Ohr.

Sie nickte an meiner Brust.

„Gefällt es dir, wenn man dort mit dem Finger gegen dich drückt, während du gefickt wirst?", fragte ich.

Sie nickte wieder.

Ich vertiefte meine Stimme zu einem halben Knurren und presste ihr meinen harten Schwanz in den Rücken, sodass sie wissen konnte, wie sehr ich sie begehrte. „Was ist mit einem Finger tief in dir, der deinen Hintern fickt, während ein Schwanz deine Pussy fickt?"

„Ja", flüsterte sie.

„Was ist mit Stöpseln? Also, einen in dir zu haben, während du gefickt wirst?"

Sie wimmerte, starrte eindringlich das Kästchen an und die Stöpsel in unterschiedlichen Größen.

„Ich... ich habe noch nie... Gott, das hier ist so krass. Es ist... ich kann euer Verlangen *spüren*, zusätzlich zu meinem eigenen."

„Ja", sagte Ryston und fesselte sie mit einem wissenden Blick. „Und wir beide wissen, dass du von uns willst, dass wir mit deinem Hintern spielen, dieses jungfräuliche Loch auf meinen Schwanz vorbereiten."

„Ja. Ja, bitte."

Ryston ließ sie das Kästchen betrachten, und sie wählte einen Stöpsel aus, der schmal und klein war. Dem Aussehen nach konnte Rachel nicht erkennen, dass er vibrierte, aber das würde sie schon bald herausfinden, wenn er erst tief in ihr steckte.

Ryston legte eine Hand in ihren Nacken und zog sie sachte an sich heran, eroberte ihren Mund mit seinem. Der Kuss war wilder diesmal, roh und unkontrolliert, so wie er. Für ihn gab es keine Zurückhaltung. Ich war ein gründlicher Liebhaber, kraftvoll, lustvoll, aber ich besaß nicht Rystons unbändige Dringlichkeit. Er würde unsere Gefährtin an ihre Grenzen treiben, uns beide, und sich darauf verlassen, dass ich ihn wieder zügelte, wenn er zu weit ging. So wie ich es in allen Dingen tat.

Ich war aus gutem Grund Gouverneur der Basis, und er unser berüchtigtster Kampfpilot. Ryston lebte für den nächsten Gefahrenrausch, der durch sein Blut schoss. Er war wild und ungezügelt, während ich das solide Fundament war, das unerschütterliche Zentrum. Ich war der Dreh- und Angelpunkt der gesamten Basis, der Anker. Vorsichtig und bedächtig.

Ryston testete die Grenzen aus. Und ich war mir noch nie so sicher gewesen, die richtige Wahl zum Sekundär getroffen zu haben, wie in dem Moment, als er seinen Kopf hob und den Stöpsel hochhielt. „Der hier gehört dir, Gefährtin. Nimm ihn. Fühle ihn. Du sollst wissen, dass ich ihn schon bald tief in dich einarbeiten werde."

Ihre Reaktion traf mich wie ein Schlag in die Magengrube. Ich wusste, noch bevor ihre Knie nachgaben, dass meine und Rystons Lust sie überwältigte. Ich wechselte meinen Griff und hielt sie fest, bis sie sich gefangen hatte und wieder fest auf den Beinen stand.

Ryston setzte das Kästchen ab und hielt ihr mit verschmitztem und begierigem Grinsen die Hand hin. Als sie ihre Hand in seine legte, ließ ich sie los, und er führte sie ins Schlafzimmer. Ich folgte hinterher, erfreute mich am Schwung ihres wunderschönen nackten Hinterteils, wusste, dass es schon sehr bald Rystons persönliche Spielwiese sein würde, während sie meinen Schwanz ritt.

Sie stockte, blickte nach unten. „Ich bin kahl."

Ryston ging zum Bett, drehte sich herum, blickte auf ihre Pussy hinunter. Ich hatte sie noch nicht gesehen und Scheiße, wie sehr ich das wollte.

Ich stellte mich neben ihm, ließ Rachel sich an uns sattsehen. Wir waren um einiges größer als sie und in voller Panzerung, und ich wunderte mich darüber, dass sie nicht vor Grauen davonlief. Auch ich betrachtete sie. Für jemanden, der so klein war, waren ihre Beine lang und wohlgeformt, ihre Hüften breit und üppig, ihre Taille schmal, ihre Brüste stramm und ihre hochstehenden Nippel fest zusammengezogen.

Ihre Schamlippen, die zwischen ihren Beinen hervorlugten, waren auch pink, aber eine dunklere Schattierung. Es gab keine Haare, die ihre Lust verbergen konnten, und sie glänzte mit offensichtlicher Erregung.

„Ja, wir lieben eine kahle Pussy. Das wirst du auch", sagte ich. „Besonders, wenn du über meinem Gesicht kommst."

Rachel rieb ihre Beine aneinander. Als

würde das ihr Verlangen stillen. Nichts würde den Hunger in uns allen stillen, außer guter harter Sex.

„Sind wir anders als Erdenmänner?", fragte Ryston, der bemerkte, dass sie uns neugierig und gespannt anstarrte.

Ich hatte mir über unsere Unterschiede zu den Männern auf ihrem Planeten noch keine Gedanken gemacht. Dem Himmel sei Dank, dass ich einen Sekundär hatte. Ich hätte die ganze Zuordnung vermasselt, wenn er nicht wäre, um die richtigen Dinge zu fragen und zu sagen.

Sie lächelte, dann zuckte sie die Schultern. „Ich sehe nicht viel von euch, das ich vergleichen könnte."

„Willst du damit sagen, dass du uns sehen möchtest, Gefährtin?", fragte ich. „Alles an uns?"

Sie nickte, biss sich in die Lippe. „Jeden nackten Zentimeter."

Während wir Stiefel und Panzerung abwarfen, fuhr sie fort. „Ich habe gehört, dass Außerirdische riesige Schwänze haben. Dass ihr stundenlang ficken könnt."

„Ist dies ein Gerücht, das du über uns gehört hast, oder eine persönliche

Fantasie?", fragte Ryston und schob sich die Hosen runter, sodass sein Schwanz ins Freie sprang.

Ich entkleidete mich hastig, dann packte ich meinen Schwanz an der Wurzel und strich langsam darüber, ließ mich von ihr anstarren. Mit großen Augen und noch größerem Hunger. Hitze und Begehren strömten von ihr aus.

Ich war nicht verschämt, nicht im Geringsten. Wenn sie, unsere Gefährtin, uns angaffen wollte und uns zusehen, wie wir vor ihr stehend kamen, dann machte mir das nichts aus. Ich würde bald tief in ihrer Pussy sein, also hatte ich keinen Grund, Ryston in seinem Spiel zu unterbrechen.

„Weder, noch. Ich hoffe, dass es Realität ist."

Sie trat an uns heran und nahm kühn einen Schwanz in jede ihrer kleinen Hände.

„Ich kann euch nicht einmal ganz umfassen." In ihrer Stimme lag Bewunderung. Sie ging vor uns auf die Knie, eine Hand um jeden unserer Schwänze geschlungen, und zog uns unsanft auf sich zu, plötzlich der aggressive Part. Sie fuhr sich mit ihrer pinken Zungenspitze über die Unterlippe. „Kommt her. Wenn diese Schwänze mir gehören, will ich sie schmecken." Ryston warf den Kopf in den Nacken und knurrte, als ihr Mund sich über ihn stülpte. Sie massierte die Spitze meines Schwanzes, während sie ihn bearbeitete, und ich konnte meinen Blick nicht lösen, denn in wenigen Sekunden würde dieser scharfe kleine Mund mir gehören.

R*achel*

H*eilige*. *Verdammte. Scheiße.* Sie waren riesig. Ihre Köpfe und Gesichter waren ein wenig größer als die eines Menschen, und ihre etwas kantigeren Gesichtszüge verliehen ihnen ein wildes Aussehen, wie außerirdische Raubtiere.

Wie sie mich beobachteten, und die rohe Lust, die mich über unsere Verbindung mit diesen verdammten magischen High-Tech-Krägen auffraß, ließen mich nicht klar denken. Ich konnte nichts tun als zu *wollen*.

Kein Künstler hätte sich zwei perfektere Körper ausmalen können als die beiden, die vor mir standen. Ihre Brust war mit Muskeln bepackt, jeder Strang und jeder Muskel klar definiert, von den ausgeprägten Oberarmen bis zu den Waschbrettbäuchen, die ich nur zu gerne erkunden wollte. Ihre Schwänze waren riesig, so groß, dass ich mir schon Sorgen machte, ob ich viel mehr tun konnte als sie nur zu lecken. Ihre Körper waren kraftvoll, von den dicken Fingern, die ich in meiner Pussy haben wollte, zu den massiven Oberschenkeln, die sie wie Panzer auf dem Boden verankerten.

Mit Rystons goldener Perfektion und Maxims dunkler Rost-und-Mokka-Haut konnten sich meine Augen einfach nicht an die Perfektion vor mir gewöhnen.

Kein Mann dürfte so perfekt sein. Und ich hatte *zwei* davon.

Maxims linker Arm war vom Oberarm bis zum Ellbogen mit den seltsamen silbrigen Schaltkreisen überzogen, die

Ryston an seiner Schläfe hatte. Auf seiner dunkleren Haut stachen die Anzeichen seiner Hive-Gefangenschaft hervor wie silbrige Tinte, definierten jede Linie seiner Muskeln, die massive Größe seines Arms.

Ich wusste, wie stark er war, denn er hatte die Gitterstäbe meiner Zelle auseinandergebogen, als wären sie warmes Wachs. Und diese Kraft, so brutal und mächtig in beiden meiner Männer, ließ meinen Körper vor Vorfreude beben. Solche Kraft, so viel Beherrschung.

Ich wollte diese Beherrschung austesten. Ich wollte sie an die Grenzen treiben. Ich wollte, dass sie so verzweifelt danach waren, ihre Schwänze in mich zu bekommen, dass sie nicht klar denken konnten. Rystons Gesicht. Maxims Arm. Es war nicht viel, aber das schimmernde Silber machte sie nur noch exotischer. Und höllisch sexy.

Gott, ich hatte mich immer schon ein wenig wie ein unanständiges Mädchen gefühlt, aber bei diesen beiden und ihrer Lust fühlte ich mich wie eine läufige Hündin. Und es gefiel mir.

Das hier würde so viel besser werden

als meine eigenen Finger in der Dunkelheit einer Gefängnis-Decke. Ich wollte sie beide. Ich wollte sie Haut an Haut, um mich herum. Ich wollte die Sahnefüllung in einem Prillon-Doppelkeks sein.

Der Teppich unter meinen Knien war weich, und ich zog sie mir entgegen...an ihren Schwänzen. Der sanfteste Druck, und sie bewegten sich, wohin ich wollte. Diese riesigen Kerle, mit all ihrer Kraft, gehörten mir.

Ich hatte mich noch nie so feminin gefühlt, so mächtig. So scharf auf Sex, dass ich nicht atmen konnte.

Wer brauchte schon Luft, wenn man den Körper eines Mannes mit einem Zungenschlag beherrschen konnte?

Ich lehnte mich vor und bearbeitete Maxim mit der rechten Hand, während ich Ryston in den Mund nahm, begierig darauf, seinen Geschmack zu erfahren.

Er warf den Kopf zurück und knurrte. Lust, intensiv und heiß, rauschte über die Kragen, und Maxim zuckte in meiner Hand, spürte Rystons Reaktion ebenso wie ich. Meine Pussy war bereits heiß und nass, aber das Verlangen breitete sich zu meinen

Brüsten aus, die zu schwer herunterhingen, zu heiß und voll und verhungert nach Berührung, während meine Mitte pulsierte, sich um nichts herum zusammenzog. Leer.

Ich bearbeitete Ryston noch ein paar Augenblicke länger, bevor ich ihn aus meinem Mund entließ, um Maxim zu erobern, seine dunklere Haut ein erotischer Anblick, den ich nur zu gerne verkosten wollte.

Mit Rystons hartem, feuchtem Schwanz in meiner Linken nahm ich Maxim in den Mund, mit einem raschen, geschmeidigen Streich, bis die Spitze seines Schwanzes an meinen Rachen stieß.

Er blieb stoisch und ungerührt, schweigend, aber das Aufflammen, das über seinen Kragen kam, rollte mir die Zehen ein und ließ mich um seinen harten Schaft herum aufstöhnen.

„Götter." Ryston stöhnte für uns alle drei und trat vor, um seine Faust in meinem Haar zu vergraben. „Saug ihn kräftig, Rachel. Mach ihn fertig."

Die Worte waren grob und fordernd, und etwas Primitives und Unterwürfiges stieg in mir hoch als Reaktion auf seinen

Tonfall und seine Faust in meinem Haar. Ich hatte schon immer Männer bevorzugt, die im Bett den Ton angaben, aber das hier? Ich dachte, es würde Maxim sein, der die Kontrolle übernahm. Er war der verdammte Gouverneur von Basis 3. Er hatte „Kommando übernehmen" im Blut. Aber er war der stoische, reservierte Typ von Mann. Ryston würde dominieren, aber ich würde nicht vergessen, dass Maxim genauso fordernd sein konnte, wenn er wollte.

Kacke. Je mehr Ryston knurrte, umso feuchter wurde ich.

Ich verdrehte die Hand um Rystons Schwanz herum, ein wenig zu kräftig, und er stieß sich vorwärts in meinen groben Halt, während ich den Kopf zurück zog und Maxim wieder und wieder tief aufnahm, so schnell ich konnte, und die empfindliche Unterseite seines Schwanzes mit meiner Zunge liebkoste.

Sie schmeckten unterschiedlich, heiß und feurig. Sie fühlten sich in meinem Mund unterschiedlich an, die Spitze von Maxims Schwanz war breiter, und Rystons Schaft war viel dicker.

„Mach mich fertig, Gefährtin." Ich drückte und rieb. „Ja! Saug stärker. Nimm ihn tiefer." Rystons Dirty Talk trieb mich an, bis meine Brüste mit der Bewegung meines Körpers wippten, während ich Maxim mit meinem Mund fickte. Er war ein Berg aus Stein, ein Fels in der Brandung, die Ryston und mich in gefährliche Raserei trieb.

„Das reicht", sprach Maxim. Ein knapper Befehl, und ich zog mich zurück, befreite ihn mit einem lauten Schmatzen. Ich wartete dort, auf den Knien vor ihm, unfähig, mich ihm zu widersetzen, mein Körper nicht mehr mein Eigentum, sondern seines. Mein Atem war unregelmäßig, meine Lippen geschwollen, meine Nippel steinhart.

Maxim streckte mir die Hand entgegen und zog mich auf die Füße, um meinen Mund mit einem Kuss zu erobern, der so sanft und beherrscht war, wie Rystons wild gewesen war. Meine Brüste waren an seine Brust gedrückt, und Maxim hob mich hoch und hielt mich in der Luft, während er sich seine Zeit nahm, meinen Mund mit einer

Gründlichkeit zu erforschen, die mir den Atem raubte.

Nur, weil er nicht viel sprach, hieß das noch lange nicht, dass er nicht gründlich war. Fordernd.

Während Maxim mich küsste, kam Ryston von hinten an mich heran. Seine Hände strichen über meinen Rücken und meine Beine, er umfasste und drückte meinen Hintern, während seine Lippen über meinen Rücken und meine Schultern wanderten. „Ich will ihre Pussy vernaschen", knurrte er.

Maxim unterbrach den Kuss und schüttelte den Kopf. „Nein. Du hattest ihren ersten Kuss. Ihre Pussy gehört mir."

„Wie herzlos."

Maxim knabberte an meinen Lippen, während Ryston hinter mir sprach. „Heb ihre Beine um deine Hüften, damit ich ihren Hintern mit dem Stöpsel füllen kann, den sie gewählt hat. Dann können wir sie ficken."

So verdammt unfeine Worte, aber mein Körper hatte seine eigene Meinung dazu. Rystons Hand wanderte tiefer und umfasste meine Pussy von hinten.

„Oh ja, Maxim. Der Gedanke gefällt ihr. Ihre Pussy ist so nass, dass wir sie sofort nehmen könnten."

Maxim trat nach hinten und setzte sich aufs Bett. Er lehnte sich zurück und zog mich vorwärts auf sich, meine Knie zu beiden Seiten meiner Hüften, so dass ich auf ihm saß. Seine Arme legten sich wie Stahlfesseln über meinen Rücken, positionierten mich so, dass mein Hintern Ryston entgegengestreckt war.

Er hob eine Hand an meinen Nacken und wickelte sich mein langes Haar um die Finger, bis es stramm war. Der Stich ließ meinen Körper zucken, als Reaktion auf seine Kontrolle. Ich blickte ihm in die dunklen Augen. Ja, er durfte nicht unterschätzt werden. Er war im Bett genauso dominant wie sein Sekundär.

„Tu es, Ryston."

Ich hatte keine Zeit, zu protestieren, da Maxim meinen Mund zu seinem herunter zog und mich mit einem feurigen Kuss eroberte. Sein steinharter Schwanz war zwischen uns eingeklemmt, und ich spürte, wie Rystons Hand sanft meinen Hintern erkundete und dann etwas sehr Kleines in meinen Hintereingang gleiten ließ. Ich wackelte mit den Hüften, als etwas Warmes und Nasses mich füllte, als würde er Gleitgel zur Vorbereitung in mich gießen. Maxims Mund und Rystons ruhiges Zureden ließen mich entspannen, und ich gab mich ihnen beiden hin, für was auch immer sie von mir in diesem Moment wollten oder brauchten.

Ich brauchte es, ihnen genug zu sein. Ich brauchte es, sie glücklich zu machen. Vollständig. Zufrieden.

„Halt still, Gefährtin." Ryston nahm den Gleitgel-Behälter weg, dann glitt sein Finger über mein enges Loch hinweg und darum herum, verteilte die warme Flüssigkeit, die sich wie Öl anfühlte. „Dieser Hintern gehört mir."

Die Nervenenden dort erwachten zu feurigem Leben, heizten meinem Körper auf, bis Schweiß meine Haut benetzte. Es war dunkel und intensiv, so anders, und ich liebte es. Ich spürte, dass auch sie es so wollten, und ich ließ meine letzten Hemmungen los. Ich war am Anfang so kühn gewesen, und ich würde weiterhin kühn sein.

Maxim stieß seine Zunge tief in meinen Mund, während Ryston einen Finger gleichzeitig in meinen Hintern und in meine Pussy gleiten ließ. Ein dritter Finger bewegte sich über meinen Kitzler, und ich versuchte, mich von Maxims Kuss zu lösen, als ein scharfer Lustschrei meiner Kehle entfuhr. Ryston war zwar sanft, verlangte mir aber alles ab. Sie neckten nicht, sie gingen gleich direkt zum Genuss über.

Maxim drückte mich nach unten und trank jeden meiner Schreie, als würden sie ihm gehören.

Ryston fickte mich mit den Fingern, vorsichtig und doch eifrig, während Maxim mich nach unten drückte. Rein. Raus. Seine Finger waren lang und dick und wurden etwas grober, als er spürte, wie sich in meinem Körper Spannung aufbaute.

„Unsere kleine Gefährtin wird gleich auf meinen Fingern kommen."

Ich versuchte, mich zu bewegen, meinen Körper vor und zurück zu bewegen, damit Rystons Finger in der Geschwindigkeit in mir ein und aus fuhren, die ich wollte. Die ich brauchte.

Aber nein. Er gab den Rhythmus vor.

Ein Orgasmus baute sich auf, so heiß und fest und—

Ryston zog sich weg, ließ mich leer und verzweifelt danach zurück, gefüllt zu werden.

Ich schrie auf, wimmerte vor Not.

Erneut versuchte ich, meinen Kopf zu heben, aber Maxim drückte mich nach unten, eng an sich, sein Mund auf meinem, seine Zunge in mir, und verdammt, das machte mich nur noch schärfer. Feuchter.

Scheiße.

„Unserer Gefährtin gefällt das, nicht wahr?" Rystons zufriedenem Auflachen folgte ein scharfer Stich, als seine Hand auf meinen nackten Hintern heruntersauste.

Ich zuckte, als Feuer sich über meinen Hintern ausbreitete, die Hitze direkt in meinen Kitzler fuhr. Ich stöhnte und saugte an Maxims Zunge, sog ihn in mich hinein, so wie ich auch seinen Schwanz wollte.

Klatsch!
Klatsch!
Klatsch!

Feuer. Hitze. Meine Pussy bebte und pochte vor Verlangen.

Ich wimmerte, und Maxim riss seine festen Lippen von meinen. „Das reicht."

Ryston lachte auf, aber seine Finger legten sich still auf meinen Hintern und ich spürte, wie die stumpfe, harte Spitze des Analstöpsels, den ich aus dem Kästchen ausgesucht hatte, sich sanft vorwärts schob. „Er ist so verdammt herrisch, nicht wahr?"

Mein Kopf war in Maxims Hals vergraben, und ich konnte die keuchenden Atemstöße nicht zurückhalten, die mir entkamen, während Ryston den Stöpsel in meinen Körper einarbeitete. Er war nicht groß, nicht so groß wie sein Schwanz es sein würde, aber ich fühlte mich voll und gedehnt und so, so unanständig.

Gott, fühlte es sich gut an, ein böses Mädchen zu sein. Wenn ich gewusst hätte, dass sich das so anfühlen konnte, hätte ich schon auf der Erde ein wenig Gruppensex ausprobiert.

Der Stöpsel flutschte mit einem Ploppen tief in mich hinein, und ich biss Maxim mit einem Stöhnen in die Schulter. So gut. Aber nicht genug. Selbst so gefüllt fühlte ich mich leer. Verzweifelt. Hungrig.

Tränen traten mir in die Augen, als ich

die Emotionen nicht mehr länger halten konnte, die Verzweiflung, die Not.

Maxim hob mich hoch und drehte sich so herum, dass sein Kopf nahe an der Bettkante war. Es war gerade genug Platz für meine Knie, und er senkte meine Pussy über seinen Mund herab.

Seine Zunge badete ein paar Sekunden lang meinen Kitzler, und ich ließ den Kopf nach hinten fallen, während Ryston sich vor mich stellte, sein Schwanz genau da, wo er sein musste, damit ich ihn in den Mund nehmen konnte.

Ich war begierig darauf, sie beide an die Grenze zu treiben, kippte meine Hüften und drückte meinen Kitzler Maxim ins Gesicht, während ich Rystons riesigen Schwanz in beide Hände nahm und sie sanft verdrehte, die Spitze in den Mund nahm und kräftig daran saugte, so kräftig, wie ich von Maxim bearbeitet werden wollte.

Er schmeckte so gut, dunkel und leicht nach Moschus, und sehr potent. Wie er sich anfühlte, dick und beinahe pulsierend, ließ mich die Wangen einsaugen, versuchen, ihm seinen Samen zu entziehen. Ein salziger Schuss Vortropfen benetzte meine Zunge, und ich stöhnte bei dem Geschmack auf.

Maxims Arme kamen hoch und fächerten meine Pussylippen auf, hielten mich offen, während seine Zunge tief in mich stieß und vormachte, was sein Schwanz hoffentlich bald tun würde, nur noch viel tiefer. Der Genuss, dem seine Aufgabe ihm brachte, kam über den Kragen wie ein Lustschwall, und ich wackelte auf seinem Gesicht mit den Hüften, mich nicht darum bekümmernd, ob er atmen konnte. Ich brauchte ihn. Ich brauchte ihn so tief und so heftig, dass ich ihn nie wieder aus mir raus bekommen konnte.

Mit einem eigenen Stöhnen hob Maxim mich von seinem Mund. Ich war gezwungen, Rystons Schwanz loszulassen, und Ryston zog mich zu einem Kuss an sich heran. Maxim setzte sich an die Bettkante. Als Ryston mich wieder senkte, setzte er mich in Maxims Schoß ab, als würde ich in einem Stuhl sitzen.

Maxims Arme legten sich um mich, sodass er meine Brüste umfassen konnte, und seine tiefe, heisere Stimme brachte mich dazu, mich zu winden. „Ich werde dich nun ficken und mit meinem Samen füllen. Und du wirst Rystons Schwanz lutschen, jeden Tropfen von ihm schlucken."

Mein Blick blitzte zu Ryston, und seine Augen waren so mit Lust und Begehren erfüllt und mit solch starkem Verlangen, dass ich ihm nichts verwehren konnte. „Ja."

„Ryston." Mit Maxims Befehl trat Ryston vor und hob mich leicht an, sodass Maxim seinen Schwanz am Eingang meiner Pussy positionieren konnte. Der Stöpsel in meinem Hintern dehnte mich, aber machte auch meine Pussy enger, so verdammt eng.

Mit den Händen an meinen Hüften und einer Art wortloser Kommunikation zwischen meinen Gefährten hoben sich mich hoch und nieder, gerade genug, um meine nasse Mitte über Maxims Schwanz zu führen, mit jedem Mal tiefer und tiefer.

„Ich...du bist so groß", stöhnte ich, als es zu viel wurde. Ich war zu weit gedehnt, er ging so tief. Er war einfach *zu* groß.

„Schh", säuselte mir Maxim ins Ohr.

Mit einer sanften Hand auf meinem Rücken sagte er: „Lehn dich vor. Ja, so ist gut."

„Oh", keuchte ich, denn mit diesem Positionswechsel sank ich völlig auf ihn herunter. Die weichen Haare auf seinen starken Oberschenkeln kitzelten die Unterseite meiner Beine. Mit dem Stöpsel in meinem Hintern war es so eng. Wie würde ich sie je beide zugleich ficken können? Ich blinzelte, sah Ryston vor mir stehen, über seinen Schwanz streichen und zusehen, wie ich seinen Freund, seinen Gouverneur, seinen Primus, nahm.

Ein Tropfen von Flüssigkeit trat aus der Spitze hervor, und mir lief das Wasser im Mund zusammen, es erneut zu schmecken.

Ich rückte ein wenig mit den Hüften herum, atmete und versuchte, mich zu entspannen, meinen inneren Wänden Zeit zu geben, sich an Maxim anzupassen.

„So ist gut. Braves Mädchen. Ist es so besser?", fragte Ryston. „Hast du überhaupt eine Ahnung, wie wunderschön du bist? Ich habe gerade zugesehen, wie diese perfekte Pussy Maxims Schwanz verschlungen hat. Nur der Gedanke daran, wie er tief in dir versenkt ist, bringt mich fast zum Kommen. Und der Stöpsel, Gott, ich bin verdammt noch mal eifersüchtig auf einen Anal-Stöpsel. Schon bald, Gefährtin. Schon bald. Aber zuerst, lutsch meinen Schwanz, und wir werden alle gemeinsam kommen."

Der Gedanke daran gefiel beiden Kriegern. Ich spürte es über meinen Kragen, den Gedanken daran, dass wir alle Lust in den Körpern der anderen finden würden. Die Tatsache, dass wir so sein konnten, so offen, so wild, so *animalisch*, nachdem wir uns gerade erst begegnet waren.

Wir waren füreinander perfekt, und doch verstand ich, dass ich es war, die uns alle miteinander verband. Während ich mich noch weiter vor lehnte, Rystons Schwanz in meinen Mund nahm und seine Eier mit der Hand umfasste, sie sanft massierte, hob und senkte ich mich über Maxims Schwanz. Mit seinen Händen an meinen Hüften half er nach, fickte sich selbst mit mir, wie es ihm gefiel.

Die Lust wirbelte zwischen uns. Ein Gleiten über den Schwanz, ein Lecken, ein

Saugen. Ein Stöhnen, ein Flehen. Ich konnte nicht mehr. Meine Fingerspitzen kribbelten, meine Haut erhitzte sich, mein Atem kam stoßweise. Mein Hintern war voll, meine Pussy gefüllt. Mein Mund war weit offen.

Ich war ein dreckiges Mädchen. Es war wild. Dies war alles, was ich je ersehnt hatte, aber es war mir nie bewusst gewesen, dass ich es brauchte.

Als Maxims Hand um mich herum reichte und an meinem Kitzler spielte, der hart und geschwollen war, da kam ich. Meine Schreie wurden von Rystons Schwanz gedämpft, aber meine Lust trieb ihn über die Grenze, und heiße Samenspritzer trafen auf meine Zunge. Die salzige Essenz schluckte ich, wieder und wieder, nahm seine eigene Lust auf und verschmolz sie mit meiner. Es war zu viel für Maxim, und er packte meine Hüften, zog mich hinunter und kam mit einem heftigen Stöhnen.

Das Gefühl seines Samens heiß und tief in mir trieb mich noch einmal an die Spitze. Ohne Rystons Schwanz—er hatte ihn herausgezogen und streichelte nun meine Wange—schrie ich ihre Namen aus, einen nach dem anderen. Ich wusste nicht, wen ich zuerst nennen sollte, denn obwohl Ryston Maxims Sekundär war, gehörten sie mir beide.

Gleichermaßen. Und als ich ihre Lust über die Kragen spürte, war sie gleichmäßig verteilt. Wir alle waren gesättigt. Zufrieden. Ausgesprochen gut durchgefickt.

7

Ryston, drei Tage danach

„Ich sehe keinen guten Grund dafür, zu gehen. Wir brauchen die Suite nicht zu verlassen", grummelte Maxim.

Es war erheiternd, den Krieger, der die gesamte Basis anführte, darüber jammern zu hören, zu einer formellen Abendveranstaltung zu müssen. Es war eine der ersten auf der Kolonie, und die allererste auf Basis 3. Und das erste Mal, dass die Kolonie den Primus unserer Heimatwelt zu Gast hatte. Vor Primus Nial, seinem Sekundär und seiner Gefährtin hatte jahrzehntelang niemand von Prillon Fuß auf die Kolonie gesetzt. Die Bürger des Heimatplaneten hatten zu viel Angst vor den verseuchten Kriegern, die hierher verbannt wurden, um ihren Lebensabend zu verbringen. Selbst mit dem neuen Primus und den Änderungen in unseren Gesetzen blieben die alten Vorurteilen, alte Stigmata und Aberglaube erhalten.

„Primus Nial und seine Familie werden nicht gerne Essen aus dem S-Gen in der Basis-Kantine speisen, während wir unsere schöne Gefährtin in einem anderen Zimmer ficken." Ich lachte, höchst erfreut über unsere Gefährtin und unsere Zukunftsaussichten. Sie war beim Liebesspiel begierig und leidenschaftlich, und gab sich meinen wilden Gelüsten so liebenswert hin. Ihr Körper war zu meiner Obsession geworden. Ich ertappte mich dabei, stundenlang darüber nachzudenken, was ich mit ihr anstellen konnte, was sie mir gestatten würde—und was nicht. Ich wollte sie testen, bis an ihre Grenzen treiben. Ich wollte wissen, was sie danach hungern ließ, dass wir sie nehmen.

Ich wollte, dass sie vor Lust bettelte und sich wand. Ich wollte, dass sie so scharf auf ihre Gefährten war, dass sie keinen klaren Gedanken in ihrem hübschen Kopf fassen konnte.

Und ich wollte sie für immer in Besitz nehmen, ihren jungfräulichen Hintern nehmen, während Maxim ihre süße Pussy fickte. Ich wollte das so dringend, dass ich nicht mehr ordentlich atmen konnte, wenn ich zu viel darüber nachdachte.

„Götter, Ryston. Hör auf damit, sonst schaffen wir es nie in den Festsaal."

„Tut mir leid, Maxim. Ich kann nicht aufhören, darüber nachzudenken, wie viel Glück wir haben." Ich rieb mir die Hand durchs Haar, während Maxim seine Stiefel anzog, und zum ersten Mal war die Stille zwischen uns ungemütlich. Ich wusste, was ich sagen musste, aber die Worte aus meinem Hals hervorzubringen war hart, als würde man Nägel kotzen. Ich war der Ehre unwürdig, die Maxim mir erwiesen hatte, indem er mich zu seinem Sekundär ernannt hatte. Andere Krieger lebten auf der Kolonie, die größer waren, stärker, hochrangiger. Männer, die länger an der

Front gekämpft hatten als ich. Ich war unwürdig, aber ich konnte sie nicht aufgeben, nicht jetzt, nachdem ich das Paradies gekostet hatte. „Danke, dass du mich gewählt hast, Maxim. Ich weiß, dass es andere gab—"

Maxim blickte mich grimmig an und stand mit einer hastigen Bewegung auf. Eine seltsame Emotion, die ich nicht ganz erfasste, traf mich über den Kragen. Mit unserer Gefährtin verbunden zu sein, war göttlich, aber die Schockwellen von nahezu gewalttätigen Emotionen von Maxim warfen mich aus dem Rhythmus. Maxim war Maxim. Gouverneur. Anführer. Ein Gesicht aus Granit, und ein Wille stärker als Stahl. Nach außen hin war er der gleiche Mann, dem ich in zahlreiche Schlachten gefolgt war, der gleiche Mann, auf den ich mich verlassen hatte, uns durch die finstersten Zeiten zu bringen, als wir vom Hive gefangengenommen und gefoltert wurden. Seine Kraft hatte die gesamte Einheit durch die Trostlosigkeit von Überleben und Verbannung gebracht.

Und in all dem war Maxim eine unlesbare Konstante gewesen, ein

Anführer, den ich respektierte und bewunderte, und das genaue Gegenteil meines Drangs, die Grenzen auszutesten, Streitereien vom Zaun zu brechen und mich Hals über Kopf in die Schlacht zu stürzen.

Aber dank unseres Bundes mit Rachel erhielt ich nun Einblicke hinter die Maske, und die gewaltigen Schwankungen in seinen Emotionen schockten mich, ihre Unbändigkeit würgte mich geradezu.

Aber die Emotion, die nun von ihm ausströmte, setzte sich als Zufriedenheit wieder ab, ein seltsames und wunderbares Gefühl, das keiner von uns oft erfahren hatte, bevor *sie* da war.

„Es gibt keinen Anderen, den ich als meinen Sekundär haben wollte, Ryston. Und du hast die Weisheit meiner Wahl in der allerersten Nacht mit unserer Gefährtin bewiesen." Maxim kam auf mich zu und klatschte mir die Hand auf die Schulter. „Du hast genau gewusst, wie weit du sie treiben kannst. In meiner Vorsicht hätte ich sie unbefriedigt zurückgelassen, ihre Bedürfnisse ungestillt. Ich wäre ihr nicht gerecht geworden. Du warst die richtige Wahl. Sie braucht dich."

Seine Worte sickerten in meine Knochen wie tausend Insekten, die in meinem Inneren krabbelten. Ich war diese Art von Gespräch nicht gewohnt, und ich verlagerte das Gewicht von einem Bein aufs andere und wollte ein wenig Distanz zwischen uns bringen.

Scheiße. Ich musste raus und auf irgendetwas schießen.

„Wenn Männer sich näherkommen." Rachel kam ins Zimmer getanzt, in der kupferfarbenen Robe, die ich ihr in jener ersten Nacht generiert hatte. Es war das erste Mal in drei Tagen, dass es ihr erlaubt war, Kleidung zu tragen. Ihr Appetit nach Sex war ebenso unbändig gewesen wie unser eigenes Verlangen. „Wie niedlich. Ihr Kerle seid entzückend."

Maxim wich im gleichen Augenblick wie ich zurück, und Rachel lachte. Ihre braunen Augen funkelten vor Glück, und ihr Lächeln ließ mir das Herz in der Brust springen. Sie wirkte glücklich. Zufrieden. Wie es für eine Gefährtin sein sollte.

Und dieses Kleid schmiegte sich an jede

Kurve, schimmerte an ihren Brüsten und Hüften wie eine Liebkosung. Brüste und Hüften, die ich gekostet hatte. Berührt. Geleckt.

Mein Schwanz wurde steifer, während Maxim die Arme vor der Brust verschränkte und sie inspizierte.

„Jeder Krieger auf der Basis wird uns um dich herausfordern wollen." Maxims Seufzen war sowohl erfreut darüber, dass wir eine so wunderschöne Gefährtin hatten, als auch resigniert über das Unvermeidliche. Es gab sehr wenige Frauen auf der Kolonie. Und solange Rachels Kragen noch schwarz und die formelle Gefährtenzeremonie noch nicht vollzogen war, könnte es ein oder zwei Krieger geben, die närrisch genug waren, zu versuchen, sie von uns fortzulocken und davon überzeugen zu wollen, ihre Meinung zu ändern und sich stattdessen für sie zu entscheiden.

„Ich werde sie töten." Der Schwur war ausgesprochen, bevor ich darüber nachdenken konnte, meine Reaktion zu zügeln.

Einen Herzschlag lang dachte ich, dass

ich unsere Gefährtin vor den Kopf gestoßen oder verschreckt haben könnte, aber sie lachte, und der Klang war ein Licht in der Dunkelheit meiner bisherigen Existenz. Ohne sie gab es kein Lachen. Keine Freude. Keine Hoffnung.

Dann blickte ich zu Maxim. „Du hast recht. Ich finde, wir sollten die Suite nicht verlassen."

„Wir gehen. Ich werde Jessica kennenlernen. Sie ist von der Erde, und ich will mit ihr sprechen." Unsere Gefährtin fuhr sich übers Haar, über die komplizierte Frisur, die sich auf ihrem Hinterkopf auftürmte, ihr Gesicht in sanft herabfallenden Farben umrahmte und ihren Nacken freiließ, für meinen Mund zugänglich.

„Ich habe es dir ja gesagt, Ryston." Maxim ging zu unserer Gefährtin und legte ihr die Hand auf die Wange. Alles in mir wurde ruhig bei der zärtlichen Geste, als sie sich in seine Berührung hinein schmiegte und die Augen schloss, und ihr Körper geradezu vor Seligkeit schnurrte. „Nun ist der Primus hier. Es ist zu spät, abzusagen."

Rachel hob die Hand, um sie auf Maxims Wange zu legen, und lächelte. „Ihr sagt gar nichts ab. Wir gehen. Und zwar jetzt."

Rachel hatte sich im Badezimmer zurechtgemacht, sich versteckt, bis sie fertig war. Wir hatten über eine Stunde gewartet. Maxim hatte es sich auf dem Sofa gemütlich gemacht, sein Körper reglos, aber seine Emotionen in seinem Kopf wirbelnd wie ein Biest, das seinen eigenen Schwanz jagte. Ich hatte die Stunde damit verbracht, auf und ab zu laufen, von der Tür zum Bett und zurück, und den Drang zu unterdrücken, mich auszuziehen und zu ihr ins heiße Wasser zu steigen, während wir zuhörten, wie sie ihren nackten Körper einseifte und abspülte. So, wie Maxim sich die Anzughose zurechtgezupft hatte, vermutete ich, dass er das Gleiche dachte.

Ich hatte den Großteil der letzten Stunde damit verbracht, mir vorzustellen, wie ihre Haut sich hübsch rosa färbte, ihr Haar sich im Wasserdampf sanft kräuselte, ihre Nippel in der Wärme weich und groß wurden, wenn sie badete.

Ich kannte den Effekt des heißen

Wassers auf ihre blasse Haut aus erster Hand, da wir sie bereits zweimal im Bad genommen hatten.

Ich konnte ihre Pussy nicht ficken, bis Maxims Samen Wurzeln gefasst hatte, und da ihr Hintern noch nicht bereit war, einen Schwanz aufzunehmen, musste ich mich damit zufrieden geben, sie zu lecken, während sie sich an die Wand des Beckens zurück lehnte. Es war nicht gerade eine Qual gewesen, besonders, wenn ich dabei meinen Schwanz bis zum Höhepunkt selbst reiben konnte, mein Samen über ihren feuchten Bauch und ihre Brüste spritzte und mich zwang, sie gleich noch einmal zu waschen.

Rachel saugte den Atem ein und funkelte mich an, ihre Nippel hart und unter dem Kleid deutlich zu sehen. „Du da, hör sofort damit auf."

„Du bist unwiderstehlich, Gefährtin. Ich kann nicht aufhören, dich zu wollen."

Rachel zog die Augenbraue hoch und ging zurück ins Bad, um was auch immer für mysteriöse Dinge zu tun, die Frauen taten, um sich zurechtzumachen. Mir fiel auf, dass sie barfuß war, und erkannte, dass sie wohl zurückging, um ihre Schuhe zu holen.

Maxim blickte ihr nach und fuhr sich mit der Hand durchs Haar, in einer seltenen Demonstration des Unwohlseins, das ich über seinen Kragen spürte. „Der Primus ist ein frisch zugeordneter Krieger. Er wird unser Bedürfnis verstehen, Rachel zu ficken. Verdammt, wir haben nur dreißig Tage, nein, siebenundzwanzig, um sie davon zu überzeugen, uns anzunehmen." Er fuhr sich noch einmal mit der Hand durch sein dunkles Haar. „Wir hätten diese Feier nicht vor der Besitznahme-Zeremonie abhalten sollen."

Ich lehnte mich an die Kante des Sofas und verschränkte die Arme. Maxim und ich waren beide abmarschbereit. Wir hatten nichts mehr zu tun, als auf unsere Gefährtin zu warten. Ich war noch nie so glücklich darüber gewesen, nichts zu tun zu haben. „Die Lady Deston möchte ihre Hilfe anbieten. Sie ist von der Erde und sollte Rachel helfen können, sich hier willkommen zu fühlen. Sie hat sogar einen Erdenkrieger eingeladen, der hier auf Basis 3 lebt. Wenn Rachel andere wie sie finden kann, mit ähnlichen Sitten, dann kann sie sich vielleicht schneller anpassen, hier glücklich werden. Wir werden für sie kämpfen und sie beschützen, Maxim, aber Rachel ist intelligent und hat eine Leidenschaft fürs Leben. Leider wird Ficken nicht ausreichen, um sie hier glücklich zu machen."

An dem Blick, den Maxim mir zuwarf, erkannte ich, dass ihm meine Antwort nicht gefiel. Er wusste aber, dass ich recht hatte, denn er antwortete nicht.

Dann kam Rachel aus dem Badezimmer, und ich begutachtete schamlos jeden Zentimeter an ihr. Das Kleid, das ich ihr gleich nach ihrer Ankunft gebracht hatte, war bis heute über den Stuhl drapiert geblieben. Nun ergänzte das sanft fließende Kleid unseren Besitzanspruch an ihr nur noch. Der Schnitt war perfekt für sie, hob ihre atemberaubenden Kurven hervor, einen Hauch von Dekolleté, einen verlockenden Blick auf ihre geschmeidigen Beine, wenn sie sich bewegte. Der Stoff reichte ihr bis an die Knöchel. Das dunkle Kupfer war ein Zeichen von Maxims

Anspruch als ihr primärer Gefährte, denn die Farbe repräsentierte die Familie Rone. Jeder, der sie sah, würde wissen, dass sie uns gehörte. Obwohl ihr Kragen noch schwarz war, ein Zeichen dafür, dass sie noch nicht vollständig in Besitz genommen war, würde das Kleid sie beschützen. Niemand wagte es, an eine Frau heranzutreten, die die Farben eines anderen Kriegers trug.

Zumindest war es auf Prillon Prime so gewesen. Aber hier, mit so vielen gefährtenlosen Männern und so wenigen Frauen? Ich musste hoffen, dass Ehre und Ritterlichkeit die anderen unter Kontrolle halten würde, bis sie für ihre eigenen Gefährtinnen getestet worden waren.

Die Hoffnung auf eine eigene zugewiesene Gefährtin würde wohl viele davon abhalten, sich an sie heranzumachen. Und doch war ihre reine Anwesenheit der Grund dafür, dass es überhaupt Hoffnung gab.

„Ihr starrt mich beide an." Sie blickte an sich hinunter. „Stimmt etwas nicht? Es war ein wenig verwirrend, das Kleid anzuziehen, aber es ist ja nicht so, dass der

Saum in meiner Unterwäsche steckt oder so, denn ich trage ja keine."

Dann funkelte sie Maxim an, und er grinste zur Antwort.

„Es gibt keinen Grund dafür, deine Pussy zu bedecken. Nur deine Gefährten werden wissen, dass du unbedeckt bist."

„Ich wäre auch unbedeckt, wenn ich ein Höschen anhätte", entgegnete sie.

Maxim trat an sie heran, legte die Hand an die langen Stoffbahnen des Kleides und fing an, es hochzuziehen. Ich sah zu, wie die geschmeidige Wölbung ihres blassen Beines zum Vorschein kam.

„Ja, aber dann könnte ich dich nicht so umfassen." Ihre Augen fielen zu, während seine Hand auf ihr zu ruhen kam. „Oder meine Finger in deine Pussy schieben, so."

Als er sich vorbeugte und ihr ins Ohr raunte, fielen ihre Augen zu. „Wann immer ich will."

Sie stöhnte, als er seine Finger hervorzog und das Kleid wieder zu Boden gleiten ließ. Maxim hielt ihren Blick fest, während er sich die glänzenden Finger in den Mund steckte und sie sauber leckte.

Ich musste meine Handfläche gegen

meinen Schwanz pressen, denn das verdammte Ding pochte beim Gedanken daran, dass sie scharf und feucht für uns war. „Verdammt, wir müssen los, bevor wir nie wieder hier raus kommen."

Maxim hielt ihr die Hand hin, und Rachel nahm sie, auch wenn die Röte auf ihren Wangen und ihr verschwommener Blick mich denken ließ, dass auch sie lieber einfach in der Suite bleiben würde.

8

yston

„Vielen Dank, Gouverneur Rone, dass Sie uns zum Abendessen mit Ihnen und Ihrer neuen Gefährtin eingeladen haben. Es ist uns eine Ehre, hier zu sein." Die Stimme von Primus Nial erhob sich über all den unterschiedlichen Unterhaltungen um den großen, quadratischen Tisch. Der Tisch bot Platz für vierzig Gäste, zehn an jeder Seite. Während es Gouverneure gab, die durch Herausforderung und Kampf dazu erkoren worden waren, die unterschiedlichen

Basen auf dem Planeten zu regieren, bedeutete ein quadratischer Tisch, dass jeder, der daran Platz nahm, gleichgestellt war, wie es auf der Kolonie auch sein sollte. Gleicher Respekt für alle, die gedient hatten und so viel geopfert hatten, um die Einwohner der Koalitionsplaneten zu schützen.

Als Anführer aller Prillonen, ob sie sich nun auf Prillon Prime befanden, auf einem der zahlreichen Schlachtschiffe stationiert waren, oder hier in der Kolonie, hätte der Primus ansonsten auf dem Ehrenplatz am Tisch gesessen. Aber der gleichgestellte Platz mit allen anderen schien ihm nichts auszumachen. Seine Gefährtin Jessica saß zu seiner Rechten, und sein Sekundär Ander zu ihrer Rechten, so dass sie geschützt zwischen ihnen saß. Wie es sein sollte.

Jessica war wie Rachel eine Menschenfrau von der Erde, aber da hörte sich die Ähnlichkeit auch schon auf. Rachel war klein und hatte Kurven, mit sattem braunem Haar und sanften braunen Augen. Ihre Haut war ein sanftes

Cremefarben mit nur einem Hauch von Bräune.

Jessica, oder Königin Deston, wie ich die Ehre hatte, sie anzusprechen, war größer als meine Gefährtin und goldfarben wie ich. Ihr Haar war von schimmerndem Gold, das ihr über die Schultern fiel, und ihre Augen waren blau wie die Gletscher auf der Erde, hervorstechend über vollen pinken Lippen. Die Haut war so blass war, dass ich ihre Adern im Handgelenk nachzeichnen konnte. Sie war gewiss eine Schönheit, und ihre beiden Gefährten Primus Nial und Ander, der riesenhafte Krieger, den er zu seinem Sekundär ernannt hatte, wichen ihr nicht von der Seite. Tatsächlich ließen sie ihre Gefährtin kaum jemals aus den Augen, und ich konnte ihre Obsession gut verstehen.

Ich konnte nicht aufhören, Rachel anzustarren, ihre cremige Haut, ihre weichen Kurven, ihre ausdrucksvollen Augen. Jede Emotion, die ich von ihr über den Kragen empfing, verdrehte mir den Kopf, ließ mich verrückt danach werden, ihr Gesicht zu sehen, die Umrisse ihrer

Augen zu sehen, wenn sie glücklich war, verärgert oder erregt.

Das Letztere hatte ich inzwischen gut gelernt, und ich konnte es nicht erwarten, diesen Ausdruck wieder auf ihrem Gesicht zu sehen.

Als mein Schwanz unter dem Tisch anschwoll, zuckte Rachel in ihrem Sitz zwischen mir und Maxim zusammen. Mit einem leisen Lachen schlug sie mir unter dem Tisch auf den Schenkel. „Hör auf damit. Ich muss essen."

Maxim lachte, aber sagte kein Wort. Das brauchte er auch nicht. Ich hatte damit angefangen. Meine lüsternen Gedanken daran, wie Rachels Mund weit offen über meinen Schwanz gespannt war, hatte ihre Pussy feucht gemacht. Ich konnte es riechen, und der süße Duft ihrer Erregung half mir nicht dabei, meine Gedanken zu zügeln. Anscheinend bekam Maxim die Reaktion ihres Körpers nur zu gut mit, denn nur wenige Sekunden später schoss seine eigene Lust über die Kragen.

„Ihr beiden seid solche Nervensägen. Im Ernst." Rachel lehnte sich nach vorne und hob ihr Glas an die Lippen, das halb voll mit Altan-Wein war. „Lasst das. Ich kann nicht denken."

Drei weitere Gouverneure waren herbeitransportiert, um sich dem Mahl anzuschließen, so wie auch ein Erdenkrieger, der auf Basis 3 lebte. Sein Name war Captain Brooks. Ich war ihm seit seiner Ankunft auf der Kolonie einige Male begegnet. Die Krieger von der Erde hatten sich erst vor Kurzem dem Krieg gegen die Hive angeschlossen, und nur wenige überlebten den Feind, wenn sie in Gefangenschaft gerieten. Captain Brooks war einer von nicht mehr als ein paar Dutzend Menschen, die überlebt hatten. Und trotz der Behauptungen der Erde, fortschrittlich zu sein, hatten sie ihre Hive-verseuchten Krieger auch nicht mehr zurück gewollt als Prillon oder Atlan oder eine der anderen Welten.

Wir waren alles verlorene Seelen hier. Verloren, bis Jessica, und nun Rachel, verseuchte Gefährten gewählt hatten. Uns akzeptiert hatten.

Ihre Anwesenheit war ein greller Hoffnungsschimmer für jeden Krieger auf dem Planeten.

Rachel hatte darauf bestanden, Brooks gleich nach unserer Ankunft bei der Feier aufzusuchen. Sie schien von seiner Anwesenheit erleichtert zu sein, so wie auch von der der Königin. Obwohl ich Prillon Prime für den Krieg verlassen hatte und wegen der Verbannung nie wieder zurückgekehrt war, war ich doch stets von meinen Brüdern umgeben gewesen, anderen Prillon-Kriegern. Rachel war bisher die einzige zugewiesene Gefährtin, die vom Bräute-Programm der Kolonie zugeordnet worden war. Es gab ein paar Kriegerinnen, die wegen ihrer Hive-Integrationen auf die Kolonie verbannt worden waren, aber die waren rasch in Besitz genommen worden, zu Gefährtinnen gemacht und sesshaft geworden. Rachel war aber anders. Sie war von der Erde, kannte unsere Sitten nicht und auch nicht die der Krieger von den anderen Planeten, die auf der Kolonie lebten. Noch wusste sie, wie es war, verseucht zu sein. Sie war die einzig Unversehrte unter denen, die auf der Kolonie lebten. *Sie* war hier der Alien.

Ich versuchte, mir vorzustellen, wie viel

Mut dazu notwendig war, so wie sie in ihr neues Leben zu springen, und musste erneut den sprichwörtlichen Hut vor unserer hübschen Braut ziehen. Sie lachte und plauderte und lächelte. Egal welche Kuriosität oder Missbildung die Hive hinterlassen hatten, von seltsamen silbernen Augen ohne Farbe, bis zu gänzlich künstlichen Gliedmaßen aus Metall, oder kahlen Köpfen, die mit neuronalen Drähten überzogen waren, behandelte sie alle mit Wohlwollen und Respekt.

Sie machte mich stolz und schockiert darüber, dass ich das Glück hatte, einer ihrer auserwählten Krieger zu sein. Ich hatte vorhin festgestellt, als ich zusah, wie sie den metallischen Arm eines Mannes ohne zu zucken berührte, und die schockierte Bewunderung in den Augen des Atlan-Kriegers sah, dass sie nicht mir gehörte.

Ich gehörte *ihr*.

Drei Tage, und schon gehörte ich ihr mit Haut und Haaren.

Dann war da der Erdenkrieger. Ich sollte ihm den Kopf von den Schultern reißen, wo unsere Gefährtin doch so interessiert an ihm war. Aber es war nicht Lust, sondern aufrichtiges Interesse daran, ein einigermaßen vertrautes Gesicht zu sehen, oder zumindest vertraute Gesichtszüge. Er hatte ein Lächeln auf ihre gespitzten Lippen gezaubert und die Anspannung in ihren Schultern gelindert. Maxim und ich hätten sie ficken können, um sie zu trösten, aber ihr Bedürfnis danach, jemand Ähnlichen zu finden, mit ähnlichen Sitten und ähnlichem Hintergrund, wäre nicht gestillt worden. Wir waren nicht von der Erde.

Und so ließen wir sie, wenn auch widerwillig, zu Captain Brooks. Sie unterhielten sich mit einer Vertrautheit, die ich beneidete, über fremde Dinge wie Burritos und etwas, das man TV nannte.

Primus Nial erhob sich, und wir alle horchten auf, als er sein Glas hob. „Wir wünschen, mehr über Ihre neueste—und einzige—Kolonie-Gefährtin zu erfahren."

Ein Schauer lief über Rachels Haut, und ihre Nervosität davor, im Mittelpunkt zu stehen, traf mich hart, direkt in die Brust.

Unter dem Tisch legte ich ihr eine Hand auf den Schenkel, um ihr zu zeigen, dass ihre Gefährten bei ihr waren. Ihr Blick hob sich zu meinem, dann zu Maxims, und schließlich zu Primus Nial. Ich schloss mich ihr an und blickte zum neuen Primus unserer Heimatwelt. Er war durchschnittlich groß für einen Prillon-Krieger, aber sein linkes Auge war ganz aus Silber, so wie auch ein guter Teil seiner linken Gesichtshälfte. Er war sichtlich mit Hive-Technologie verseucht, und ich hatte Gerüchte gehört, dass auch ein großer Teil seiner linken Körperhälfte silbern war.

Er war beängstigend anzusehen, aber wie durch ein Wunder, mit der Hilfe und der Liebe der Frau an seiner Seite, hatte er eine Herausforderung zum Anführer unserer Welt bestanden und die Lage für uns alle verbessert.

Rachel leckte sich die Lippen, und ich sah, dass ihr Blick von Primus Nial zu seinem Sekundär Ander gewandert war. Ander war nicht verseucht, nicht nach prillonischen Maßstäben. Er hatte keine Hive-Implantate. Aber er war riesig, selbst für einen Prillon-Krieger. Sein Gesicht war vernarbt. Eine Klinge hatte sichtlich beinahe ein Auge aus seiner Augenhöhle geschnitten, und die tiefe, breite Narbe verlief von der Mitte seiner Stirn über seine Augenbraue und sein Auge, wo der Schnitt über seine Wange bis zu seiner Brust weiter lief.

Ich fragte mich, wie er das überlebt hatte. Und vielleicht noch wundersamer, wie eine Schönheit wie Königin Deston einen silberäugigen Verseuchten und ein vernarbtes Monster lieben konnte.

Ihre gemeinschaftliche Präsenz war wie eine Droge für jeden Krieger auf der Kolonie. Der Primus war weit stärker verseucht als die meisten Krieger hier, mich inklusive. Wenn es für ihn Hoffnung gab, und für hässliche Klotze wie Ander, dann gab es Hoffnung für uns alle.

Primus Nial legte den Kopf schief und blickte meine Gefährtin an, dann zog er die Augenbraue hoch, als eindeutige Anweisung an sie, zu antworten. Ich drückte noch einmal ihren Schenkel, und Maxim setzte seine Hand an ihren Nacken. Wir umgaben sie mit Kraft, und sie atmete tief durch, um ihrem neuen Anführer zu antworten, denn sie war nun eine von uns. Ich würde sie nicht mehr gehen lassen.

„Ich bin...nun, ich war...eine Biochemikerin. Ich habe vergangenes Jahr meinen Doktortitel gemacht und leitete die Forschungsabteilung einer Pharmafirma auf der Erde, die GloboPharma heißt."

Königin Deston, Jessica, beugte sich mit erfreutem Ausdruck vor. „Du bist ein Doktor? Das ist ja toll. Woran hast du gearbeitet?"

„Keine Ärztin, sondern Wissenschaftlerin", erklärte Rachel. „Ich habe in einem Forschungslabor an einem Heilmittel für Krebs gearbeitet." Rachel schüttelte mit traurigem Lächeln den Kopf. „Aber wir haben mehr Leute umgebracht als geheilt. Der CEO fälschte meine Berichte an die Aufsichtsbehörde, damit das Medikament zugelassen werden würde. Als es auf den Markt kam, passierten schlimme Dinge. Menschen starben, und sie haben mir die ganze Sache angehängt und sind mit einer Geldstrafe davongekommen."

Ich wusste nicht, was manche der Worte bedeuteten, aber ich wusste, dass sie fälschlich beschuldigt und verurteilt worden war.

„Das ist ja doof. Aber warum warst du im Gefängnis? Dafür wird man doch üblicherweise nicht eingesperrt, oder?" Königin Deston nahm einen Schluck von ihrem dunkelvioletten Wein und blickte über den Glasrand hinweg auf meine Gefährtin. „Oder hast du dich freiwillig zum Bräute-Programm gemeldet?"

Rachel blickte auf ihren Teller hinunter und holte tief Luft. „Ich wurde wegen Betrugs, Verschwörung, Fälschung, Meineid verurteilt und stand so vielen Zivilklagen gegenüber, dass ich von ihnen völlig zugeschüttet worden wäre."

Primus Nials dunkle Augenbrauen fuhren in die Höhe. „Wie viele Unschuldige sind gestorben?"

„Mindestens vierhundert." Scham, dunkel und hässlich, schlängelte sich in Rachels Herz bei diesem Geständnis, und ich sehnte mich beinahe so sehr danach, sie in die Arme zu nehmen, wie danach, Primus Nials die Fresse zu polieren, weil er sie traurig gemacht hatte.

„Vierhundert Tote. Das ist tatsächlich eine ernsthafte Anschuldigung."

Königin Deston nahm Rachel in Schutz. „Aber sie hat es nicht getan." Die Frau hob ihr Glas meiner Gefährtin entgegen, eine Geste von Solidarität und Respekt. „Ich glaube dir absolut."

Rachels Wangen liefen zu einem interessanten Rosaton an. „Danke."

„Und es ist nicht so schlimm. Du bist hier gelandet, die süße Cremefüllung zwischen zwei harten Prillon-Oreos."

Rachel verschluckte sich fast an ihrem Wein. Captain Brooks hustete laut, und ich vermutete, dass er sein eigenes Auflachen hinter der Geste verbarg, als Rachels Wangen sich von rosa zu leuchtend rot färbten. Ich wusste nicht, was ein Oreo war, aber es war eindeutig eine Anspielung auf der Erde, da war ich mir sicher. Königin Destons Lachen erfüllte den Raum, und ihr sekundärer Gefährte Ander, ihr Monster von einem Krieger, blickte sie grimmig an. „Benimm dich, Gefährtin."

Aber Königin Deston lachte nur noch lauter und hob ihre Hand an seine Wange, und gab ihm einen raschen Kuss auf die

Wange, der seine Proteste wirkungsvoll zum Schweigen brachte.

Ich verstand seinen benommenen aber resignierten Blick zu gut.

Wenn Rachel mich mit solcher Zärtlichkeit berührte, konnte ich ihr nichts versagen. Das hieß nicht, dass ich nicht noch herausfinden würde, was ein Oreo war, sobald wir alleine in unserer Suite waren.

Maxim räusperte sich, und das Lachen verstummte. „Mir ist ihre Vergangenheit egal. Sie ist meine mir zugeordnete Gefährtin. Ich habe Captain Ryston Rayall zum Sekundär ernannt. Und wir sind hier, um das Eintreten einer neuen Ära auf der Kolonie zu feiern."

Primus Nial nickte. „Wie viele Ihrer Krieger haben sich bereits den Tests für das Bräute-Programm unterzogen?"

„Doktor Surnen?" Maxim wandte sich an den Arzt der Basis 3, und Rachels Nervosität darüber, im Mittelpunkt zu stehen, so viele fremde Augenpaare auf sich gerichtet zu haben, wandelte sich zu einem ruhigen, brodelnden Hassgefühl.

Also hatte meine Gefährtin uns noch

nicht verziehen, dass wir nach ihrer Ankunft den Fehler gemacht hatten, sie ins Untersuchungszimmer zu bringen. Ich rieb ihr sanft übers Bein, frischte meine Entschlossenheit auf, diesen Zorn später aus ihr rauszuficken.

Der Arzt räusperte sich. „Vor Lady Rones Ankunft hatten sich weniger als zehn Prozent der Krieger auf Basis 3 den Tests unterzogen. Aber seither haben sich die Test-Raten verdreifacht. Innerhalb der nächsten sechs Wochen wird jeder Krieger auf Basis 3 getestet worden sein."

Primus Nial nickte und wandte sich an Gouverneur Bryck von Basis 2. „Und Ihre Krieger, Bryck?"

Der große Mann nickte grinsend. „Ich gestehe, ich selbst bin noch nicht getestet worden. Allerdings", er stockte und blickte mit einem Ausdruck zwischen Königin Deston und Rachel hin und her, der an Hunger glich, „werde ich das sofort nach meiner Rückkehr nachholen."

„Ausgezeichnete Neuigkeiten." Primus Nial gratulierte uns, während um den Tisch herum gejubelt wurde. „Die Götter waren euch wohlgesonnen, Gouverneur Rone. Ryston."

„In der Tat." Ich konnte nur zustimmen, als ich auf meine wunderschöne Gefährtin blickte.

RACHEL

ICH BEGEGNETE Jessicas schelmischem Blick auf der anderen Seite des Tisches und brach beinahe in Gelächter aus.

Die Cremefüllung in der Mitte eines Prillon-Oreos?

Im Ernst?

Natürlich, sie würde es wissen. Und ihre Gefährten waren noch größer als meine. Der Primus war furchterregend mit seinem seltsamen Silberauge. Aber der andere sah einfach nur grobschlächtig aus. Die Narbe, die sich über sein Gesicht zog, ließ mich erzittern, und ich fragte mich, wie es wohl war, von ihm im Bett herumkommandiert zu werden.

Scharf. So war es wohl. Wirklich

verdammt scharf. Nicht, dass ich mich beschweren konnte. Meine Gefährten hielten mich auf Trab, und sie hatten mich noch nicht einmal gemeinsam genommen. Ich hatte gehört, dass Jessica sich von ihren Gefährten in einer Live-Übertragung vor Milliarden Leuten in Besitz nehmen hatte lassen, nach einer Art Gladiatoren-Kampf, inmitten einer verdammten Arena. Während tausende echte Zuschauer *persönlich* anwesend gewesen waren und sie angefeuert hatten.

Sex als Zuschauersport. Die Frau hatte Eier aus Stahl. Ernsthaft.

Du liebe Scheiße. Jessica war wunderbar, jetzt schon wie eine Schwester, und die Königin eines ganzen verdammten Planeten. Captain Brooks war ein Fan der Chicago Cubs, liebte Krimis und Superhelden-Filme und schwor, dass er den besten Apfelkuchen der Kolonie machen konnte, nach dem geheimen Familienrezept seiner liebsten Großmutter.

Und hier war ich nun, saß zwischen zwei Alien-Kriegern, aß an einem Tisch voller Aliens von zumindest fünf verschiedenen Welten, und es fühlte sich nach Heimat an.

Gott, das Leben war seltsam. Und unberechenbar. Und manchmal einfach wundervoll. Ich war drei Tage hier und wusste jetzt schon, dass ich nicht zu dem Leben zurückkehren konnte, das ich zuvor gehabt hatte.

Ich war ja ein richtig hartnäckiger Rebellentyp. Fick mir das Hirn raus mit ein paar aggressiven Liebhabern mit riesigen Schwänzen, bring mich mit ein paar Orgasmen zum Schreien, sorge dafür, dass ich mich wunderschön und angebetet und begehrt fühle...kurz gesagt—ich war hin und weg. Ganz plötzlich war die ganze politische Kacke auf der Erde nicht mehr so wichtig.

Aber trotzdem. Menschen waren *gestorben*. Und sie hatten es vertuscht, damit sie die gleiche Kacke wieder abziehen konnten.

Wenn ich sie nicht aufhielt. Irgendwie. Von der anderen Seite des Universums aus. Ich wusste, dass ich auf einem anderen Planeten war, aber mir fiel plötzlich auf, dass ich keine Ahnung hatte, wo ich in

Relation zu allem anderen war. Zur Erde. Zur Sonne. Zu allem und jedem, den ich mein ganzes Leben lang gekannt hatte.

Alles, was mich in den letzten drei Tagen bekümmert hatte, war leg-mich-übers-Knie-und-nimm-mich-Sex gewesen. Mit Maxim und Ryston zusammen zu sein war so gut, so vereinnahmend, dass ich mich völlig darin verloren hatte, in ihren Emotionen und ihrer körperlichen Dominanz. In der Lust, die ich zwischen ihnen gefunden hatte. Ich war immer stolz darauf gewesen, eine kluge, gebildete, eigenständige Frau zu sein. Aber bei ihnen fühlte ich mich nach—mehr. Und weniger. Und mein Gehirn hatte ernsthafte Auseinandersetzungen mit meinem Herzen über das ganze Schlamassel.

Schuldgefühle plagten mich, und ich nahm noch einen Schluck von dem Wein, den sie von einem Planeten namens Atlan hertransportiert hatten. Er war ganz gut, aber nicht stark genug, um meinen Wunsch danach wegzuwischen, dafür zu sorgen, dass der CEO von GloboPharma nicht noch mehr Menschen zu Hause schaden konnte.

Ich würde einen Weg finden müssen, meinen Anwalt John zu kontaktieren und mich darum zu kümmern, dass etwas geschah. Ich war vielleicht auf einem anderen Planeten, aber das hieß noch lange nicht, dass ich es bleiben lassen musste.

Ich hob meinen Blick und stellte fest, dass Jessicas riesiger sekundärer Gefährte, ein Krieger namens Ander, mich aufmerksam beobachtete. „Wie meine Gefährtin haben Sie das Verbrechen gar nicht begangen?"

Ich war ziemlich stolz auf mich dafür, dass ich unter seiner Aufmerksamkeit nicht zappelte. „Ja."

„So wie auch unsere Jessica unschuldig war. Es scheint, dass Ihr Justizsystem auf der Erde ein wenig schadhaft ist."

Jessica beugte sich zur Seite und schmiegte ihren Kopf an seine Schulter, als wäre es das Natürlichste auf der Welt. Ander reagierte sofort, legte seinen Arm um sie und rieb in einer sanften Geste über ihren Rücken, die überhaupt nicht zu seiner riesigen Körpergröße und seinem furchterregenden Gesicht passte.

„Ja, das ist es. Ich habe mich Strich für

Strich an das Gesetz gehalten. Als ich die Wahrheit über die Verbrechen erfuhr, über all die Leute, denen geschadet worden war oder die gestorben waren, habe ich das weitergeleitet."

„Die Leute wollen keine Wahrheit, Rachel. Wir sind die Wahrheit, die Wahrheit über den neuen Feind der Erde, und doch verstecken sie uns hier." Captain Brooks' Stimme war resigniert und voller Verbitterung. „Ich kann nicht nach Hause, genauso wenig wie Sie."

Alle Augen richteten sich auf ihn.

„Nicht mehr lange." Primus Nial erhob seine Stimme, um sicherzustellen, dass sie auch die entfernten Winkel des Raumes erreichen würde. Doch das war nicht notwendig. Die Worte des Captains schufen ein Geräuschvakuum, als würde es niemand wagen, die Worte selbst auszusprechen, sondern stattdessen auf die Antwort des Primus warten. „Meine Gefährtin war ziemlich hartnäckig und hat jedem, der es hören wollte, von Ihrer Tapferkeit erzählt, Veteran. Prillon-Gesetze sind nicht Erden-Gesetze. Sie können von hier weg, auf Ihren Heimatplaneten zurückkehren, wo Sie für Ihren Dienst anerkannt werden."

Der Captain blickte zu Lady Jessica. „Sie sind von der Erde. Von den Vereinigten Staaten. Denken Sie, dass ich für meine Tapferkeit anerkannte werde, wenn ich so aussehe?"

Der Captain erhob sich von seinem Platz und zog sich die Panzerung über den Kopf. Niemand hielt ihn davon ab, und ich starrte ihn an, schockiert über den Anblick seiner nackten Brust. Mehr als die Hälfte seines Oberkörpers war mit den seltsamen silbrigen Schaltkreisen überzogen, die identisch waren mit dem, was Rystons Schläfe bedeckte. Die untere Hälfte seines linken Arms war zur Gänze silbern, so sehr, dass ich mich fragte, wie mir der dunkle Handschuh vorhin nicht aufgefallen war, als er mir die Hand geschüttelt hatte. Ich war so froh darüber gewesen, mit jemandem von zu Hause sprechen zu können, dass ich überhaupt nicht darauf geachtet hatte. Sein rechter Arm sah vom Ellbogen abwärts wie ein Roboter-Gerät aus, ohne ein Stück menschlicher Haut in Sicht. Seltsame schwarze Markierungen durchzogen wie Adern in bizarren Mustern seine verbleibenden menschliche Haut, angefangen am Rand der Implantate, wo Mensch auf Maschine traf. Es war eine Mischung aus Inspektor Gadget und dem Terminator.

„Und da ist noch mehr. Auf meinem Rücken, mein linkes Bein entlang." Er verbeugte sich, erst vor Jessica, dann vor mir. „Wäre ich anerkannt, meine Damen? Oder gefürchtet? Danke für die schönen Fantasien, Primus Nial, aber die Erde ist nicht so fortschrittlich, wie Sie vielleicht denken." Er hielt Jessicas Blick stand, forderte eine Antwort. „Nun? Dies ist nun unsere Realität, meine Dame. Es gibt kein Zurück nach Hause. Für keinen von uns."

Jessica erhob sich, und alle Augen im Raum folgten ihrer Bewegung. „Ich war Soldatin auf der Erde. Ich habe acht Jahre im Einsatz verbracht, in der Armee. Mein Gefährte, der Primus eurer Welt, trägt die Markierungen aus seiner Zeit beim Hive. Ich liebe ihn. Das Silber in seinem Auge, die Markierungen auf seiner Haut bedeuten mir nichts. Er gehört mir. Die Lady Rone ist die erste Braut, die auf die

Kolonie zugewiesen wurde, und an der Art, wie sie ihre Gefährten ansieht, erkenne ich ohne Zweifel, dass sie ebenso für ihre Krieger empfindet. Unterzieht euch den Tests, meine Herren. Habt ein wenig Vertrauen. Wenn Sie nicht daran glauben, dass Sie nach Hause zurückkehren können, zu einem normalen Leben, dann bauen Sie sich hier ein neues Leben auf mit einer zugewiesenen Gefährtin. Eine neue Normalität. Lebt. Lasst nicht zu, dass Angst euch aufhält. Das Bräute-Programm wird euch keine Gefährtin schicken, die euch nicht dafür lieben kann, wer und was ihr seid. Rachel? Liege ich da falsch?"

Ein Schweigen hing in der Luft, und Jessica wandte sich an mich. Meine beiden Gefährten blickten mich gespannt an, und ich wusste, dass auch sie auf meine Antwort warteten.

9

achel

Diese Krieger auf dem Kolonie-Planeten waren verletzt und verloren. Ich hatte es nicht verstanden, als Aufseherin Egara versucht hatte, mir zu erklären, wie wichtig das Interstellare Bräute-Programm war. Ich hatte es nicht kapiert. Aber als ich zusah, wie Captain Brooks sich vor allen anderen entblößte, verletzlich und beschämt, war das wie ein Messer in meinem Herzen. Er war Mensch, ein ehemaliger Soldat aus der Sondereinheit der Armee. Zäh wie Leder, und darauf reduziert, sich in der Öffentlichkeit bloßzustellen und mich herauszufordern, ihn abzulehnen.

Ich erhob mich langsam, spürte die Gewichtigkeit jedes einzelnen Wortes, bevor ich es aussprach. „Einem zugeordneten Gefährten zum ersten Mal zu begegnen, geht weit tiefer als alles, was man sich vorstellen kann. Ich wusste es in dem Augenblick, als ich sie sah. Ich spürte die Verbindung. Ich kann nicht beschreiben, was mit mir geschah, als ich Maxim zum ersten Mal erblickte, seine Stimme hörte, oder als Ryston mich zum ersten Mal küsste. Aber hätte einer von ihnen so ausgesehen wie Sie, Captain Brooks, dann hätte mich nichts, was ich nun sehe, davon abgehalten, sie zu begehren."

Maxim legte eine Hand auf mein Bein, Ryston nahm meine Hand und verschränkte unsere Finger, während Gejubel den Raum erfüllte.

Hoffnung war wie eine Droge, und nun schien es, als wäre jeder Krieger im Zimmer berauscht davon.

Der Rest des Abendessens verging im

Flug. Captain Brooks zog sein Hemd wieder an, und wir aßen ein Festmahl aus frischen Früchten, die auf meiner Zunge explodierten, halbgefrorenes Orangen-Sorbet und Blaubeeren mit Limette. Das Hauptgericht, das den Männern serviert wurde, war eine seltsame Fleischsorte in mindestens fünf Zentimeter dicken Scheiben. Ich wollte schon aus Protest aufstöhnen, da wurde mir zu meinem Entzücken ein Teller frischer Lasagne vorgesetzt, mit Marinara-Sauce und Käse. Überglücklich blickte ich zu Jessica, die mich wie eine Mitverschwörerin angrinste. Ich bemerkte, dass auch Captain Brooks die Erdenspeise serviert bekommen hatte. Es schien, dass Gleichberechtigung auf der Kolonie bedeutete, sich *nicht* zu gleichen. Keiner hatte die gleichen Cyborg-Integrationen. Jeder war anders. Andere Planeten, andere Erfahrungen, selbst andere Geschmäcker beim Essen.

Im Laufe der Mahlzeit wanderte Maxims Hand von meiner Schulter an meinen Rücken, dann an mein Knie. Das hielt ein paar Minuten an, bevor seine Hand an meinem rechten Knie zupfte und

Rystons an meinem linken, und sie unter dem Tisch, der mit einem großen Tuch gedeckt war, meine Beine auseinanderzogen.

Ich hätte wirklich protestieren sollen, aber die Lust und der Stolz, das rohe Verlangen und die Zärtlichkeit, die mich von meinen Gefährten bombardierte, machten mich wehrlos gegen sie, während sie mich neckten, ihre Finger so nahe an meiner Mitte, aber mich nie ganz berührend.

Nicht, dass ich ein notgeiler Teenager war, und ich wusste auch, dass hier nicht der Ort dafür war, aber ihre heißen, schweren Hände so nahe an meiner Pussy trieben mich in den Wahnsinn, eine ständige Erinnerung daran, dass sie mir gehörten.

Mehrmals blickte ich zu Captain Brooks und stellte fest, dass er mich mit einem seltsamen Ausdruck anblickte.

Sobald das Mahl vorüber war, schob ich die Hände meiner Gefährten fort und erhob mich. „Ich möchte mich mit Captain Brooks unterhalten."

„Ich komme mit", bot Ryston sofort an,

und ich war froh über die Begleitung. Ich mochte den Captain, aber in einem Raum voller fremder Männer zu sein, die mich alle dank ihrer verstärkten Cyborg-Modifikationen buchstäblich in Stücke reißen konnten, machte mich doch ein wenig nervös.

Maxim nickte, als wir an ihm vorbei zogen. Er war in ein Gespräch mit Gouverneur Bryck verwickelt worden, der zu seiner Rechten saß, ein riesiges Vieh von einem Mann. Ein Atlan-Biest, wie Ryston mir erklärte. Er regierte Basis 2. Ich hatte gedacht, dass meine Prillon-Krieger groß waren, aber ein Atlane...

Ich kam langsam auf den Captain zu. Sein Teller war nicht einmal halb aufgegessen. Er sah ein wenig daneben aus, als wäre er krank.

Meine Hand lag auf seiner Schulter, bevor Ryston mich davon abhalten konnte. „Geht es Ihnen gut, Captain? Sie sehen ein wenig grün um die Nase aus. Und nicht deswegen, weil Sie ein Frosch-Soldat sind."

Er hatte mir vorhin erzählt, dass er bei den Navy SEALS gewesen war und sich mit seinem großen Bruder zwei Tage, nachdem die ersten Prillon-Schiffe mit der Erde in Kontakt getreten waren, freiwillig zur Koalitionsflotte gemeldet hatte.

Er hob den Kopf, um mich anzusehen, und ich erschrak. Die schwarzen Striemen, die mir vorhin auf seiner Brust und seiner Schulter aufgefallen waren, hatten sich bis auf seinen Hals und seine Wange ausgebreitet wie eine Infektion, die von einer Wunde ausgeht. „Nein. Etwas stimmt nicht. Ich kann nicht—mein Kopf—er tut weh."

Mist. Mist. Mist. Er kippte nach vorne, und ich versuchte, ihn aufrecht zu halten, aber er war viel größer als ich, und leblos schwer.

Rystons Arm packte ihn von hinten und hielt ihn davon ab, mich mit sich umzureißen. Mein Gefährte rief über die Schulter: „Holt den Arzt. Sofort!"

Es gab ein Durcheinander, und der Arzt, das Arschloch, dem ich die Beinahe-"*Untersuchung*", die er mir verpassen wollte, noch nicht so ganz vergeben hatte, eilte mit seinem kleinen Stab herbei, während Ryston Captain Brooks auf den Boden legte.

„Was sind diese schwarzen Striemen?", durchbrach Primus Nials Stimme das Schweigen.

Der Arzt antwortete, aber er blickte nicht von seinem Patienten hoch. „Wir wissen es nicht. Sie traten vor ein paar Wochen zum ersten Mal auf. Auf den ReGen-Scans scheint nichts auf. Nach ein paar Tagen verblassen sie. Ich dachte, es wäre ein neuer Virus oder ein anderes Anti-Gen, das auf der Kolonie heimisch ist. Wir entdecken immer noch täglich Neues auf dieser Welt."

„Das sieht nicht aus, als wäre es verblasst, Doktor", fügte Ryston hinzu.

„Er ist der erste Mensch, der infiziert wurde. Ihr Immunsystem und ihre Physiologie ist anders." Der Arzt blickte dem Captain in die Augen, prüfte seinen Puls, blickte noch einmal auf seinen kleinen Stab, während ich Captain Brooks' Kopf in meinem Schoß hielt. Brooks atmete noch, schwach, und ich wollte nicht, dass er sich alleine fühlte, für alle Fälle. Ich fuhr ihm mit der Hand übers Haar, wieder und wieder, hielt ihn einfach nur, beruhigte ihn, so gut ich konnte.

„Er hat Spuren von Quell in seinem System." Die Worte des Arztes ließen Ryston neben mir erstarren, und ich strich mit den Fingern über die Stirn des Captains. Ich hoffte, dass er meine Berührung spüren konnte, während ich mich gleichzeitig fragte, was zum Teufel hier vor sich ging. Breitete sich gerade irgendeine Infektion in ihm aus?

„Quell? Sind Sie sicher?", fragte Maxim.

„Ja", antwortete der Arzt, ohne aufzublicken.

Was war Quell? Warum war Maxims Zorn so stark, dass meine Kehle sich zuschnürte und ich dagegen ankämpfen musste, nicht Lasagne über den ganzen Fußboden zu kotzen? Und stimmte es, dass Captain Brooks der erste betroffene Mensch war? Verstanden sie vielleicht die menschliche Physiologie zu wenig? Hatte die Erde den Koalitionsärzten nicht genügend Daten zur menschlichen Physiologie übermittelt, bevor wir unsere Soldaten, und unsere Bräute, ins Weltall schickten?

Drei stockende Atemzüge später bekam der Captain Krämpfe.

Ryston riss mich zurück, aus dem Weg, während vier riesige Krieger herankamen, um Brooks niederzudrücken. Es schien ewig anzuhalten, und ich klammerte mich in Todesangst an Ryston. Maxim gesellte sich zu uns, stellte seinen Körper zwischen mich und den Anblick des Captains, der am Boden zuckte und bebte.

Als es schließlich vorüber war, schüttelte er Arzt den Kopf.

„Er ist tot."

10

Maxim

Ein Krieger war gerade vor unser aller Augen gestorben. Während eines Festmahls, bei dem der Primus zu Gast war. Es war kein gutes Zeichen für die Kolonie, insbesondere Basis 3. Aber das war alles weniger wichtig als meine Gefährtin. Um sie machte ich mir die größten Sorgen. Hatte sie zuvor jemanden sterben gesehen? Jeder im Raum, abgesehen von Lady Jessica, hatte gegen die Hive gekämpft, war gefangen und gefoltert worden. Sie wussten, was es bedeutete, zu *erdulden*, den Tod vor Augen zu haben und eine Wahl zu treffen. Sich ans Leben zu klammern, zu kämpfen und sich vom Abgrund zurückzukrallen, oder sich abzuwenden und zuzulassen, dass der Tod einen holte. In meiner persönlichen Hölle, die der Hive mir beschert hatte, hatte ich mich oft gefragt, ob ich mich richtig entschieden hatte. Bevor Rachel kam, fantasierte ich manchmal darüber, dass der Tod eine bessere Wahl gewesen wäre als das Überleben.

Denn bis vor ein paar Tagen, als ich Rachel zugeordnet worden war, tat ich nichts anderes als das: Überleben.

Genau, wie Primus Nial gesagt hatte, bevor die Hölle ausgebrochen war: nun war es an der Zeit, zu leben.

Aber jetzt, Scheiße. Jetzt war unsere Gefährtin Zeugin des grausamen Todes einer ihrer eigenen Leute geworden. Sie war in meinen Armen, steif und unbeweglich. Sie ließ sich nicht auf meine Umarmung ein, auf das Schutzschild meiner Arme. Mein Körper konnte ihr weder Schutz noch Trost spenden. Sie ließ sich nicht von mir trösten oder sich vor dem Geschehen abschirmen. Nein, sie riss sich los und kehrte an Captain Brooks' Seite zurück.

Meine Gefährtin war auf ihre Weise eine Kriegerin. Sie trug vielleicht keine Waffe, aber ihr Verstand war scharf wie eine Klinge, und ich konnte ihre Emotionen klar über den Kragen spüren. Sie hatte keine Angst. Sie war wütend. Entschlossen. Dickköpfig. Und so verdammt schön, ihre wilde Entschlossenheit ließ mich sie nur noch mehr begehren.

„Es war Quell. Ohne Zweifel. Er hatte eindeutig eine Schwäche." Die Stimme von Doktor Surnen war voller Abscheu, und Rachel erstarrte bei seinem Tonfall. Die Verachtung, die sie für den Doktor empfand, schoss über den Kragen wie Gift in meinen Kopf. Offensichtlich hatte der Arzt keinen guten ersten Eindruck hinterlassen. Und meine Gefährtin hatte ihre erste Begegnung mit ihm weder vergeben, noch vergessen.

Rachel entzog sich meiner Umarmung und wirbelte auf dem Absatz herum. Ihr

Kleid schwang mit ihr mit. „Ich habe keine Ahnung, was dieses Quell ist, aber er war nicht *schwach*. Er war ein SEAL, Doktor. Zeigen Sie ein wenig Respekt." Ihre Worte waren knapp und voller Missachtung.

Ich mochte Doktor Surnen nicht, das hatte ich noch nie, aber er wusste, was er tat. Er war klug und hatte schon mehr als einem Krieger das Leben gerettet, seit ich ihn kannte. Viele Einwohner der Kolonie kamen direkt nach ihrer Bergung aus der Hive-Gefangenschaft an, gebrochen und kaum erkennbar. Dem Doktor gelang es jedes Mal, sie zurückzuholen. Jedes Mal. Er rettete, was sonst niemand für rettbar hielt. Dafür, wenn auch für sonst nichts, hatte er sich meinen Respekt verdient.

„Meine Dame." Doktor Surnen hob den Kopf und blickte meine Gefährtin an. „Ich wollte Ihnen nicht zu nahe treten. Quell ist eine chemische Substanz, die auf der Kolonie wohlbekannt ist. Sie verändert die Hirnchemie, sodass der Benutzer sich glücklich fühlt und die Qual seines neuen Lebens abgeschwächt wird. Die Hive-Integrationseinheiten passen sich an die Biosynthese unseres Systems an, bis sie

Spuren davon herstellen und freigeben. Wenn wir von den Hive-Frequenzen abgetrennt werden, gehen diese Befehlsfunktionen verloren und die Cyborg-Zellen stellen die Herstellung der Droge ein. Nicht jeder kommt damit zurecht. Viele werden abhängig."

„Also ist es eine Droge? Ist es legal hier?"

„Nein." Ich antwortete, bevor der Arzt sie noch weiter verstören konnte. „Der Hive setzt es ein, um den Stoffwechsel anzuregen und die Willenskraft ihrer Gefangen während des Integrations-Prozesses zu schwächen. Danach wird ein konstanter Spiegel davon in unserem Blutstrom aufrecht erhalten, um unseren Willen zu schwächen und dafür zu sorgen, dass wir—gefügig sind."

Sie blickte auf den Captain hinunter, ihre Augen nachdenklich zugekniffen. „Also ist es ein bewusstseinsveränderndes High, wie Ecstasy zu Hause auf der Erde. Es führt zu Glücksgefühlen? Zufriedenheit?"

Der Arzt zog eine Augenbraue hoch. „Der Begriff Ecstasy ist mir nicht bekannt.

Aber Quell wird oft von unseren Kriegern missbraucht, um zu versuchen, mit der düsteren Realität ihres neuen Stellenwertes fertigzuwerden."

„Stellenwert?" Rachel trat näher an den Doktor heran, ragte über ihm auf wie ein Schatten.

„Als minderwertig. Verseucht. Ausgestoßen." Der Arzt ignorierte meine Gefährtin und schwenkte den ReGen-Stab von Kopf bis Fuß über die Leiche von Captain Brooks. Mir gefiel nicht, wie er das formuliert hatte. Die anwesenden Krieger brauchten solch düstere Worte nicht von unserem Heiler zu hören. Unsere Cyborg-Implantate waren ein grausamer Denkzettel daran, wie wir gekämpft und überlebt hatten.

„Sie sind ein Arschloch." Königin Deston drängte sich nach vorne an die Seite meiner Gefährtin, und die beiden Frauen tauschten einen Blick aus, den ich unmöglich entziffern könnte ohne die Verbindung, die ich mit Rachel teilte. Zustimmung. Einigkeit. Freundschaft. „Und Rachel hat recht. Wenn er ein SEAL war, war er knallhart. Ich glaube nicht daran, dass er sich beim Essen das Hemd vom Körper reißen und uns so herausfordern würde, und sich dann zu einem Ball zusammenrollen und an einer Überdosis sterben. Auf keinen Fall."

Rachel nickte. „Ich möchte ein paar Tests durchführen."

Die Erdenfrauen waren *nicht* erfreut darüber, was gerade mit einem von ihrer Art geschehen war.

Königin Deston legte den Kopf schief, während Ander und Primus Nial sie flankierten, zwei der furchterregendsten Bastarde, denen ich je begegnen durfte. Die Königin hob ihre Hand an Rachels Schulter. „Also gut, Frau Doktor der Biochemie. Finde heraus, was zum Teufel hier wirklich passiert ist. Er ist ein Veteran. Er ist einer von uns. Ich will Antworten, denn das hier ist Schwachsinn."

Er ist ein Veteran. Er ist einer von uns.

Diese Worte brachten den ganzen Raum zum Schweigen, während jeder der anwesenden Krieger die Reaktion der beiden Frauen auf sich wirken ließ. Wir waren alle als Ausgestoßene abgestempelt worden. Minderwertig. Aber Veteran war eine respektvolle Bezeichnung, die unsere Königin uns anbot. Wir hatten unser Volk beschützt und die schlimmste vorstellbare Hölle überlebt. Ihre Akzeptanz und Unterstützung waren wie Balsam, aber es tat auch weh. Es war so, als wenn man an den Rändern einer frisch verheilten Wunde kratzt. Aber es war ein Schmerz, den ich begrüßte.

„Es besteht kein Zweifel, dass manche in der Kolonie Quell missbrauchen, aber nicht jeder", entgegnete ich.

Doktor Surnen erhob sich und stimmte mit einem Nicken zu. „Ich wollte niemanden beleidigen, Lady Rone, aber diese Testresultate besagen, dass Captain Brooks zu jenen gehörte."

Rachel blickte auf den Captain hinunter, der immer noch am Boden lag. „Ich habe erst vor Kurzem mit ihm gesprochen. Er unterzog sich gestern dem Testprotokoll des Bräute-Programms, schien gespannt darauf zu sein, zugeordnet zu werden. Ein Krieger, der sich selbst mit illegalen Drogen zuschüttet, um seine *Qual* zu lindern, würde sich nicht testen lassen", entgegnete sie. Ja, sie hatte das unglücklich gewählte Wort des Arztes aufgegriffen.

„Sie sind neu in der Kolonie und kennen das geistige Leid nicht, dem wir ausgesetzt sind", entgegnete der Arzt. „Sie haben gesehen, wie betrübt er darüber war, die Hive-Integrationen zu tragen."

„Das stimmt", antwortete Rachel, sichtlich darüber nachdenkend, wie der Mann sich während eines Essens mit dem Primus das Hemd vom Leib gerissen hatte. Wäre das ein angemessenes Verhalten für eine Veranstaltung auf der Erde gewesen? „Aber ich kenne Erdenmänner. Und ich kenne menschliche Physiologie und weiß, wie unsere Körper auf Drogen reagieren. Das war mein Job."

„Ja, und Sie haben hunderte Menschen vergiftet und getötet."

Ich fauchte auf, trat einen Schritt auf den Doktor zu, Ryston an meiner Seite.

„Vorsicht", knurrte ich, und meine Hände ballten sich zu Fäusten.

Primus Nial trat zwischen uns. „Sie werden sich bei Lady Rone entschuldigen. Sie wissen nichts über ihre Zeit auf der Erde, oder ihre Vergangenheit. Ich glaube an ihre Unschuld, und ihre Gefährten ebenso. Wenn Sie offen das Gegenteil behaupten, dann zeigt das mangelnden Respekt vor ihr als Gefährtin, vor dem Gouverneur Ihrer Basis, sowie mir gegenüber, dem Anführer des gesamten prillonischen Volkes."

Der Arzt wirkte zerknirscht, aber nur darüber, vom Primus zurechtgewiesen zu werden und nicht, weil er seine Worte bereute.

Er spitzte die Lippen und verneigte seinen Kopf. „Ich bitte um Verzeihung, Primus Nial. Gouverneur."

„Zum Teufel damit. Entschuldigen Sie sich nicht bei uns. Entschuldigen Sie sich bei Lady Rone", stieß ich zwischen knirschenden Zähnen hervor.

„Ich bitte vielmals um Verzeihung, Lady Rone."

Rachel wedelte mit der Hand durch die Luft, als wäre keiner der Männer im Raum von Bedeutung, und sprach mit der Königin. „Quell im Körper des Captains bedeutet gar nichts. Es sagt uns nicht, *wie* es in seinen Kreislauf gelangt ist. Vielleicht hat er die Droge selbst eingenommen.

Vielleicht nicht. Vielleicht wurde er damit vergiftet. Hat die Droge je zuvor diesen Effekt verursacht, die schwarzen Striemen auf seiner Haut?"

„Nein."

Sie hatte recht. Ich hatte so etwas vor dem heutigen Tag noch nie gesehen. Während ich den Ärger und Frust meiner Gefährtin über den Doktor spüren konnte, war ich auch stolz auf sie und voller Staunen darüber, ihrem wissenschaftlichen Gehirn bei der Arbeit zusehen zu dürfen. Es gab keine Zeit zu verlieren. Wir mussten der Wahrheit über den Tod des Captains auf die Spur kommen. Wenn die Ursache böswillig war, dann mussten wir sofort Beweise sammeln. Vage Vermutungen des Arztes oder von sonst jemandem würden die Ermittlungen nur behindern. Und weitere Krieger zu dem gleichen Schicksal verdammen.

Und wenn ich in Gefahr war, oder mein Volk, dann musste ich darüber Bescheid wissen. Sofort. Geduld war ein Luxus, den ich nun nicht mehr hatte. Ich wandte meine Aufmerksamkeit wieder dem Arzt zu.

„Jeder Tod in der Kolonie ist zu untersuchen. Ein kurzes Wedeln des ReGen-Stabes ist nicht ausreichend, Doktor. Bringt ihn auf die Krankenstation, wo er untersucht werden kann. Wir müssen die Wahrheit erfahren." Ich blickte zu Rachel, legte die Hand an ihre Wange. „Egal, was es ist."

Sie blinzelte mit ihren dunklen Augen. Wir beide wussten, dass die Wahrheit manchmal nicht das war, was wir hören wollten. Und egal, welche Wahrheit ans Licht kommen würde, ich hatte volles Vertrauen in ihre Fähigkeit, objektiv zu bleiben. Dem Rest von uns, inklusive dem Doktor, traute ich das nicht zu. Wir alle waren zu vorbelastet, zu verwickelt. Wir alle akzeptierten die einfache Antwort, die vorhersehbare Antwort, zu gerne. Quell. Es war schon ein paar Jahre lang ein Problem, und sobald wir einen Händler vom Planeten jagten, schien sofort ein anderer an seine Stelle zu treten.

Ich blickte kurz zu Rachel, dann zu Primus Nial. Ich sah, wie sein Verstand die Worte meiner Gefährtin verarbeitete. Ich spürte keinen Zweifel in ihren Aussagen, nur standhafte Objektivität. Ich blickte zu Ryston und konnte den Moment erkennen, als er verstand, was sie sagen wollte.

Der Primus war kein Mann, der um den heißen Brei herumredete. „Sie meinen, dass hier böse Absichten am Werk sein könnten? Dass es Mord war?"

Rachel zuckte die Schultern, aber blickte unserem Anführer in die Augen. „Ich weiß es nicht. Die ersten Vermutungen des Doktors könnten auch korrekt sein. Es kann sein, dass Captain Brooks einfach einer Überdosis Quell erlegen ist. Die ersten Angaben Ihres…Stab-Dings sind sicher bis zu einem gewissen Grad zutreffend. Aber sie enthalten nicht alle Details. Ich kannte ihn nur kurz, aber er schien mir nicht wie ein Drogenabhängiger. Er war klug und hatte einen scharfen Sinn für Humor. Wir sollten unseren Fokus nicht so stark eingrenzen. Wenn hier wirklich böse Absichten am Werk sind, ist eine solche Annahme genau das, was unsere Feinde erreichen wollen."

„Was für Feinde?", fragte der Primus.

Rachel zuckte mit den Schultern. „Ich bin neu hier und kenne die politischen

Hintergründe nicht." Sie blickte mich an. Ich kannte die politischen Hintergründe, und wenn Rachel die Möglichkeit eines Mordes in Betracht zog, dann steckten wir in Schwierigkeiten.

Ein medizinisches Team kam mit einer Bahre herein. Sie hoben flink den Leichnam des Captains auf und bedeckten ihn mit einem Tuch.

„Bringen Sie ihn in die Leichenhalle, und ich will, dass er bewacht wird, bis wir ankommen. Entnehmen Sie alle Proben, die für die Tests notwendig sind, aber ich möchte, dass die Leiche da bleibt, bis Rachel ihre Untersuchung abgeschlossen hat." Die Krieger, die den Captain abtransportierten, nickten und verließen den Raum, während das Gesicht des Doktors orangerot anlief.

„Ich?", fragte Rachel.

„Ja. Du. Deine Expertise wird ebenso gebraucht."

Der Blick, den sie mir zuwarf, war...nun, es gab kein Wort dafür. Es war nicht Liebe. Es war nicht Hoffnung. Es war nicht Überraschung. Es tat ein wenig weh, dass sie nicht damit gerechnet hatte, dass ich sie inkludieren würde. Dass sie dachte, ich hielte sie nicht für klug genug. Dass ihre Ausbildung und Erfahrung sie nicht dazu berechtigte, teilzunehmen, nur weil sie...was war? Weiblich? Von der Erde? Nur eine Gefährtin?

Zum Teufel, die Kolonie war ein Ort, an dem jeder sich ausgeschlossen fühlte, unnütz, überflüssig. Geistig schadhaft, nur weil ein Auge ein optisches Implantat hatte, oder die Muskeln im Arm mit biosynthetischer Hive-Technologie verseucht worden waren. Ich wusste genau, wie auch alle anderen Krieger auf der Kolonie, wie es sich anfühlte, beiseite geworfen zu werden. Wertlos. Schwach.

Das würde ich Rachel nicht antun. Nicht nur, weil sie meine Gefährtin war, sondern weil sie *sie* war. Niemand auf der Kolonie würde wollen, dass sie sich unfähig oder inkompetent fühlte. Meine Gefährtin war viel mehr als ein weibliches Wesen zum Ficken. Ihr Verstand war wie ein Computer, arbeitete sich jetzt bereits durch alle möglichen Antworten durch. Dachte nach. Stellte Fragen, die uns nicht eingefallen waren. Sie war eine

Außenseiterin und eine Wissenschaftlerin, die möglicherweise auf ein verborgenes Problem auf unserem Planeten gestoßen war. Sie war perfekt. Stark. Und so verdammt schön, dass mein Kopf schon davon schmerzte, sie nur anzusehen.

„Ich bin bestens dazu in der Lage, eine Autopsie durchzuführen, Gouverneur." Doktor Surnen verschränkte die großen Arme vor der Brust und blickte grimmig drein.

Soviel zur verdammten Politik. „Ich weiß, Doktor. Ich zweifle nicht an Ihren Fähigkeiten. Aber Rachel ist hier eine Fremde, und auf ihrer Welt eine Doktorin. Sie hat menschliche Körper studiert und weiß, wie sie funktionieren. Ich bitte Sie, sie assistieren zu lassen auf der Suche nach etwas, das wir als Prillonen vielleicht übersehen könnten."

„Ausgezeichnete Idee", stimmte Primus Deston zu. „Unterschätzen Sie niemals eine Frau, Doktor. Sie ist menschlich. Gestatten sie ihr, einen gefallenen Freund zu ehren."

Der Doktor blickte zwischen mir und meiner Gefährtin hin und her, und seine Schultern sackten zusammen. „Natürlich.

Lady Rone, Sie sind in meinem Labor willkommen."

„Vielen Dank." Rachels leise Stimme erklang klar und deutlich, und es schien, als wäre ein Bann gebrochen. Jeder, der vor Schock erstarrt war, schien plötzlich im Zeitraffer wieder lebendig zu werden. Geschirr klirrte, als Tische abgeräumt wurden. Stimmen wurden lauter, als wilde Spekulationen durch den Raum jagten und diejenigen, die den Zusammenbruch des Captains mitbekommen hatten, die Nachricht verbreiteten. Schon bald würde der gesamte Planet wissen, was hier vorgefallen war. Und wir mussten in der Lage sein, Antworten zu geben.

„Doktor, versammeln Sie Ihr Team und bestimmen Sie die genaue Todesursache. Wenn Captain Brooks auch nur ein Haar gekrümmt worden ist, irgendetwas verdächtig oder ungewöhnlich erscheint, dann will ich es wissen."

Der Arzt verneigte seinen Kopf, drehte sich auf dem Absatz um und ging davon. Als ich mit Rachel an meiner Seite dastand, Ryston neben ihr und der Primus, Ander und Königin Deston in einem kleinen Kreis zusammen, jagte mir das Stirnrunzeln des Primus die Gänsehaut über.

„Sie wissen, was das bedeutet, Gouverneur. Es tut mir leid."

Scheiße. Ich hatte befürchtet, dass das passieren würde. „Machen wir die Verlautbarung nicht sofort. Ich will nicht, dass die Männer die Hoffnung verlieren. Nicht, wenn sie noch so frisch ist."

Rachels Hand glitt an meinem Arm entlang, und ihre kleinen Finger legten sich um mein Handgelenk. „Wovon redet er? Was für eine Verlautbarung?"

Primus Deston blickte auf meine Gefährtin hinunter, die Augen von Reue vernebelt. „Keine Bräute mehr."

„Was? Warum das denn?" Rachels Hand schloss sich fest wie eine Klemme.

„Es ist zu gefährlich", antwortete ich.

Sie schüttelte den Kopf, während ich fortfuhr.

„Wir können keine Bräute hierher bringen, Rachel, bis wir wissen, was genau mit uns geschieht."

„Es ist ein Mann. Nur einer."

„Nein, meine Liebe. Ich fürchte, es ist mehr als das." Ich blickte zu Ryston, der nickte, und ich entzog meinen Arm aus Rachels Griff und rollte den Ärmel meiner Tunika weit genug hoch, bis die Hive-Implantate freigelegt waren. Der leise Aufschrei der Königin versicherte mir, dass ich meinen Punkt deutlich gemacht hatte, noch bevor Rachels Fingerspitzen die silbernen Linien der Implantate sowie das schwarze Gewirr, das sich wie ein Netz knapp unter der Hautoberfläche von meiner Schulter bis zum Handgelenk erstreckte, nachzeichneten.

„Was? Wann ist das passiert?" Sie blickte mich an, ihre Augen ganz glasig vor Tränen. „Das hattest du letzte Nacht noch nicht, als du..."

Nackt und bis zum Anschlag in ihr vergraben war? Sie zum Wimmern und Beben brachte und dazu, nach Erlösung zu betteln? Nein. Noch vor wenigen Stunden gab es noch nichts, um das ich mir Sorgen machen musste. Und jetzt hatte ich den Vorboten des Todes auf meiner Haut.

RACHEL

. . .

Meine Gefährten brachten mich über die farbcodierten Flure zu unserer Suite. Sie schwiegen. Ich konnte ihren Ärger und ihre Feindseligkeit spüren, aber ich war in Gedanken versunken. Traurigkeit. Captain Brooks war nicht an einer Überdosis gestorben. Er war zwar darüber aufgebracht gewesen, was die Hive mit seinem Körper angerichtet hatte, aber er war ein Kämpfer gewesen. Ich weigerte mich, zu glauben, dass er sich den Tests des Bräute-Programms unterziehen würde, um sich danach in Drogen zu ertränken. Und kurz vor einer Abendveranstaltung?

Unmöglich. Ich kannte Schmerz. Ich hatte unzähligen Menschen dabei zugesehen, wie sie um jeden Atemzug kämpften, während der Krebs sie von innen auffraß. Ich wusste, wie es aussah, den Kampf zu verlieren. Und Captain Brooks hatte nicht ausgesehen, als hätte er verloren. Er hatte stinksauer ausgesehen, verbittert, aber stolz und bereit dazu, diesem Leben eine Chance zu geben.

Sich dem Bräute-Testprogramm zu

unterziehen war der erste Schritt, und er hatte ihn getan. Alle Krieger in der Kolonie kannten den gleichen Schmerz darüber, vom Feind modifiziert worden zu sein, aber sie waren nicht alleine. Jedem waren die gleichen Gräuel widerfahren. Aber sie hatten überlebt und bauten sich ein neues Leben auf, einen neuen Planeten.

Vielleicht hatte der Captain Quell genommen. Vielleicht hatte er es eingesetzt, um seinem Kopf Erleichterung zu verschaffen. Zweifellos hatte er posttraumatisches Syndrom wie alle anderen. Das hieß noch lange nicht, dass er daran gestorben war. Die schwarzen Striemen, und wie schnell sie sich entwickelten, ließen mich denken, dass es keine Überdosis war. Etwas anderes ging hier vor. Ich war nicht länger eine ahnungslose Wissenschaftlerin, die am Mikroskop klebte.

Das hatte ich hinter mir. Die naive Närrin, die dem CEO vertraut hatte, das Richtige zu tun und nicht das Profitabelste, war lange verschwunden. Ich hatte viele lange Stunden im Gefängnis darauf verwendet, mich vertraut damit zu machen, wie die bösen Jungs funktionierten und wie sie einen täuschten.

Die Tür schloss sich leise hinter uns. Ryston packte ein eigenartiges schwarzes Ding, etwas wie eine Fernbedienung, vom Tisch neben der Tür und schleuderte es durchs Zimmer.

Ich zuckte zusammen, als es in Stücke zerbrach und sich in kleinen Splittern auf dem Boden verteilte. Sein Zorn war nicht lautlos oder beherrscht. Die Emotion erdrückte ihn, als wäre er eine Traube unter dem Stiefel eines Riesen. Seine Angst und sein Zorn strömten aus ihm hervor, als wäre er in zwei Stücke gerissen worden.

Das Bild von Maxims Arm verfolgte mich noch während ich auf das S-Gen-Gerät zuging und auf die Plattform stieg. „Medizinische Uniform."

Ich erteilte dem Gerät den Befehl und stand still, während die Maschine ihre Arbeit tat, das Kleid, das ich trug, vermaß und entfernte, und es durch etwas ersetzte, in dem ich mich wesentlich wohler fühlte. Die dunkelgrüne Kleidung fühlte sich dick und warm an, bequem und flexibel, wie die Krankenhaus-Uniformen zu Hause. Ich trug weiche, warme Stiefel an den Füßen, wie waldgrünes Rauhleder mit Baumwollfutter. Bequem. Ich würde stundenlang in ihnen arbeiten können. Stundenlang. Tagelang. So lange, wie es dauerte, eine Antwort zu finden.

Ich strich mit der Hand den Stoff glatt und holte tief Luft. *Dies* war meine Panzerung. *Dies* war eine Schlacht, die ich gut kannte, eine, die ich gewinnen konnte. Captain Brooks hatte Gerechtigkeit verdient, aber das war nicht länger mein Antrieb. Ich würde auf die Krankenstation gehen und diesem Problem auf den Grund gehen. Ich würde meinen Gefährten *nicht* verlieren. Ich weigerte mich.

„Maxim." Sein Name war kaum mehr als ein Flüstern, aber er hörte mich. Er trat näher an mich heran und nahm mich in die Arme, während Ryston wie ein Wilder hinter mir auf und ab lief.

Maxim war ebenso aufgewühlt wie Ryston, aber er beherrschte seine Gefühle. Hätte ich ihn nicht so gut gekannt, hätte ich angenommen, dass das daran lag, dass er der Gouverneur war, was ein wenig...Diplomatie erforderte. Aber nachdem ich drei Tage mit ihm verbracht hatte, wusste ich, dass ruhige, kühle Gefasstheit einfach in seiner Natur lag. Aber das hieß nicht, das er weniger betroffen war. Rystons Zorn entludt sich wie ein zerstörerischer Sturm. Maxims Zorn war immer noch tief in seinem Inneren vergraben, gefasst, eine Untiefe von eiskaltem Zorn, die ihn von innen auffraß. Aber sein Atem und sein Herzschlag waren gleichmäßig. Seine Hände zitterten nicht. Wenn der Kragen nicht wäre, würde ich nicht einmal wissen, dass er aufgebracht war.

„Dieser Doktor ist ein Arschloch", stieß Ryston aus.

Er wirbelte herum und kam zu mir, und seine Gefühle trafen auf mich wie Wellen auf einen Strand. Ich wollte zurückweichen, aber tat es nicht. Stattdessen blickte ich ihm entgegen, während er den Abstand zwischen uns verringerte. Die Aggression, die ich über seinen Kragen spürte, war nicht auf mich gerichtet, aber er suchte nach etwas, das nur ich ihm geben konnte.

Bemerkenswerterweise war das eine

Umarmung. Seine Arme legten sich um mich und zogen mich an sich. Meine Füße hoben sich vom Boden, er legte sein Gesicht in die Mulde an meinem Hals und atmete mich einfach ein.

Während die Seite meines Kopfes an seine Brust gedrückt war, konnte ich seinen beständigen Herzschlag hören, die Wärme spüren, die er verströmte und die in mich einsickerte.

„Es tut mir so leid, Gefährtin. Ich hätte die Beherrschung nicht verlieren dürfen."

Ich schüttelte, soweit es die Umarmung zuließ, den Kopf über seinen verletzlichen Tonfall. „Das muss es nicht. Ich will auch mit etwas um mich schmeißen."

Maxims leise Worte ließen mich erzittern. „Du glaubst, dass hier etwas Übles am Werk ist. Das wir vergiftet werden? Gejagt, wie Beutetiere?"

Bei Maxims Worten ließ Ryston mich frei, setzte mich wieder auf die Füße. Er drehte mich herum, sodass mein Rücken an ihn gelehnt war, und legte eine seiner großen Hände auf meine Schulter.

„Ich weiß es nicht", sagte ich. Es war die Wahrheit. „Als Wissenschaftlerin sehe ich keine Anzeichen dafür, zumindest noch nicht. Wenn der Arzt recht hat, dann war Quell die Ursache für Brooks' Tod." Ich ging zu ihm und schob seinen Ärmel hoch. Ich musste seinen Arm noch einmal sehen, mir das Todesnetz ansehen, das sich durch seine Haut arbeitete. "Aber hast du Quell eingenommen?"

"Nein. Nie."

"Lass mich sehen."

Maxim gehorchte, indem er das Hemd ganz auszog. So besorgt ich auch war, konnte ich die Schönheit seiner muskulösen Brust und Schultern nicht ignorieren, die dunkle Sanftheit seiner Haut. Ich hob meinen Zeigefinger und zeichnete eine einzelne Linie der schwarzen Markierung vom Bizeps bis zur Schulter nach. In den letzten paar Minuten hatte es sich weiter ausgebreitet, mindestens fünf Zentimeter weiter seine Schulter hoch.

"Verdammte Scheiße." Ich drückte gegen ihn, und er gab nach, drehte sich herum, damit ich die wachsende Markierung inspizieren konnte, die nun seinen Rücken erreicht hatte. "Das entwickelt sich rasend schnell. Wir haben nicht viel Zeit."

Maxim drehte sich herum, legte seine Hand auf meine. Ich blickte zu ihm hoch und sah das ganze verdammte Universum in seinen Augen. Er glaubte an mich. Er legte mir buchstäblich sein Leben in die Hände. „Rachel, du bist eine hoch angesehene Forscherin auf deinem Planeten. Du musst die Antwort finden, die wir suchen."

„Ich bin nicht sicher, dass Doktor Surnen kooperativ sein wird."

Ein zorniger Impuls kam von Ryston. „Zum Teufel mit dem Doktor."

Ich wandte mich zu ihm. „Was ist mit dir? Hast du auch gruseliges schwarzes Zeugs auf deiner Haut wachsen? Ich will keine weiteren Überraschungen." Ich funkelte Maxim an. „Und keine Geheimnisse."

Ryston drehte sich zu mir herum, bis ich seine rechte Schläfe deutlich sehen konnte. „Ich weiß es nicht, Gefährtin. Sag du's mir."

Ich lehnte mich eilig vor und zerrte ihn ins Licht. Mit einem erleichterten Seufzen drehte ich sein Gesicht herum und zog ihn zu mir hinunter, um ihm einen raschen Kuss zu geben. „Nichts. Gott sei Dank."

Es war beängstigend, zu wissen, dass Maxim in Gefahr war. Aber wenn sie beide in Schwierigkeiten stecken würden, wüsste ich nicht, ob ich das ertragen konnte.

Ich hob meine Hand, um Ryston durch sein perfektes goldenes Haar zu wühlen, dann schob ich ihn von mir und griff nach Maxim. „Ich werde dieses Problem lösen."

„Ich habe vollstes Vertrauen, dass du das kannst."

„Du könntest sterben." Die Worte waren kaum mehr als ein Flüstern mit zugeschnürter Kehle.

„Wenn ich sterbe, musst du mir schwören, dass du die Arbeit fortsetzen wirst, Gefährtin. Andere werden deine Hilfe brauchen."

Ich schüttelte den Kopf, wollte es nicht wahrhaben, aber er legte seine großen Hände an meine Wangen und hob mein Gesicht zu seinem hoch. „Versprich es mir. Dass egal, was mit mir passiert, du nicht aufgeben wirst. Dass du weiterkämpfst, für Ryston und für die anderen."

Ich konnte ihm nichts verwehren. „Versprochen."

Er küsste mich, kurz und kräftig, und es war viel zu schnell vorbei. „Wir haben nicht viel Zeit. Wir brauchen Antworten. Captain Brooks war ein guter Mann. Ein Mensch. Du weißt mehr über eure Spezies als Doktor Surnen. Du musst herausfinden, was mit meinen Kriegern passiert." Er blickte auf seinen Arm hinunter. „Und mit mir."

11

Rachel

<small>Auf der Krankenstation zu</small> arbeiten fühlte sich an, als wäre ich ein Wasserskifahrer, dem man ein Snowboard in die Hand gedrückt hatte und einen Berghang hinunter schubste. Klar, theoretisch war Skifahren gleich Skifahren. Gleichgewicht. Gewichtsverlagerungen. Mit der Schwerkraft tanzen, während man über die Oberfläche rast. Aber dieses Labor war anders als alles, was ich bisher gesehen hatte.

Ein medizinischer Offizier namens Krael sprang herbei, um mir zu assistieren, sobald ich den Raum betrat. Der Doktor ignorierte mich, was in Ordnung war. Aber ich mochte ihre Instrumente nicht. Ich wollte mich nicht auf etwas verlassen, das ich nicht selbst sehen oder messen konnte. Es gab zu viel Fehlerpotential in ihren technischen Geräten. Wer machte die Programmierung? Woher konnte ich wissen, dass, wer auch immer diese Dinger kalibriert hatte, wusste, was er tat? Und waren sie dafür gebaut, an einem Menschen angewandt zu werden? Oder hatten sie nur Daten zu außerirdischer Physiologie?

Ich runzelte die Stirn über den Bildschirm vor mir, der voll mit Werten und Blutanalyse-Daten aus dem tollen kleinen Zauberstab des Doktors war. „Das ergibt keinen Sinn. Ich brauche eine biochemische Analyse von nur seinem infizierten Gewebe. Nicht all das hier." Ich wedelte mit der Hand durch die Luft. „So geht das nicht."

Krael beugte sich über meine Schulter.

„Das ist die komplette chemische Analyse, Lady Rone. Ich verstehe nicht."

„Ich will nicht wissen, was alles in seinem ganzen Körper war, ich will nur wissen, was im Gewebe um seine Implantate herum war. Ganz genau gesagt: in dem schwarzen Gewebe. Und in den Implantaten selbst."

Er schüttelte den Kopf. „Wozu? Quell wirkt sich nur im Gehirn aus."

Ich hätte ihn erwürgen können. Wo bekam man hier eine verdammte Stanzbiopsie, einen Satz Objektträger und ein einfaches Mikroskop her, wenn man es brauchte? „Hören Sie zu. Mir ist egal, was in seinem Kopf war. Ich habe Ihre Berichte gesehen. Die Makrophagen-Werte im Gewebe um die Hive-Implantate waren viel zu stark erhöht. Es ist, als hätte er die Implantate gerade erst bekommen, und sein Körper hatte eine riesige Entzündungsreaktion darauf. Ich muss wissen, was dort ist. Ich brauche ein Mikroskop und Objektträger. Ich brauche ein komplettes Blutbild, das ich selbst machen kann."

„Ich verstehe nicht, wonach Sie hier verlangen, meine Dame." Doktor Surnen kam auf uns zu, seine Nase in einem Tablet-Bildschirm vergraben. Er war nicht gerade freundlich gewesen, aber er war mir auch nicht in die Quere gekommen. „Das menschliche Immunsystem ist primitiv, Krael. Primitiv und höchst aggressiv. Ein menschlicher Körper zerstört sich buchstäblich selbst, um eine Krankheit abzuwehren." Er blickte zu mir hoch und hob die Augenbrauen. „Oder einen Fremdkörper anzugreifen."

Krael legte den Kopf schief. „Wie etwa ein Hive-Implantat."

„Ja." Ich wollte in die Luft springen. Ich hatte mit diesem Typen schon eine Stunde lang diskutiert. „Ich muss mir die Konformationen auf der Oberfläche der absorbierten Proteine ansehen. Ich denke, dass sein Körper die Hive-Implantate abgestoßen hat. Aber da ist zu viel Aktivität. Es ist, als wären die Implantate neu. Seine Entzündungsreaktion weist auf eine Frühphasen-Kaskadenreaktion hin, anstatt auf eine chronische. Bitte, könnt ihr Kerle ein einfaches Mikroskop herbeizaubern? Ein paar Glasplättchen? Die Blutwert-Messung und Gewebeproben schaffe ich dann selber."

Doktor Surnen deutete zum S-Gen-Gerät in der Ecke der Krankenstation. „Versuchen Sie doch, eines zu bestellen. Vielleicht hat das System Ihr Mikroskop in seiner Datenbank."

Ich nickte und ging zur S-Gen-Plattform, und legte die Hand auf den Aktivierungsschalter, wie es mir gezeigt worden war. Wir waren in einem großen Arbeitsbereich weitab von den eigentlichen Behandlungsräumen. Dieser Raum fühlte sich an, als wäre er für Sichtungen oder größere Notfälle gebaut worden. Vier Krankenhausbetten standen wie Statuen in der Mitte des Raumes. Die grellen Lichter und herumhängenden Stäbe und Geräte waren Dinge, die ich später verstehen lernen würde. Im Moment wollte ich einfach ein verdammtes Mikroskop. Ich musste die Hive-Implantate *ansehen* können. Krael hatte mir erklärt, dass die Hive-Technologie biosynthetisch war, künstlich erbautes lebendes Gewebe, das sich regelrecht mit den Zellen des

Wirtskörpers *verband*. Ich musste mir genauer anschauen, wie das aussah. Vielleicht kamen die beiden Zellen nicht gut miteinander klar. Der Anzahl der weißen Blutkörperchen im Captain Brooks' Blut nach zu urteilen war sein Körper mit *irgendetwas* in einem ausgewachsenen Kriegszustand gewesen. Und dieses Etwas griff gerade in diesem Moment meinen Gefährten an, fraß sein Fleisch auf, wollte ihn umbringen, wie es auch Brooks umgebracht hatte.

Nur über meine Leiche.

„Kippbares LED-Mikroskop, auf Zytologie konfiguriert, 3500-fache Vergrößerung." Ich hatte wenig Hoffnung darauf, dass meine Anfrage funktionieren würde, aber ich hüpfte auf und nieder, als sich das Gerät auf der S-Gen-Plattform materialisierte. Krael hatte mir erklärt, dass es eine Adaptierung ihrer derzeitigen Transport-Technologie war. S-Gen stand für spontanen Materie-Generator, und alles, was ins System einprogrammiert worden war, konnte mit einer einfachen verbalen Anweisung erworben werden, von

Essen über Kleidung bis hin zu…Laborausstattung.

Und jetzt hatte ich mein Mikroskop. Komplett mit Stromkabel. Als Nächstes bestellte ich Objektträger und Abdeckungen. Ich hob das Kabel hoch und wandte mich an den Doktor. „In Ordnung. Wo kann ich das anschließen?"

12

achel

Die grüne medizinische Uniform, die ich trug, war bequem und lose, aber das war nur ein kleiner Trost auf meinem Weg zurück zur Suite, die ich mit meinen Gefährten teilte. Mein Hirn tat geradezu weh, erschöpft vom stundenlangen Brüten über chemischen Analysen, Gewebeproben und Blutwert-Ergebnissen.

Aber noch viel mehr fühlte sich mein Körper an, als wäre ich mit einem Stock verprügelt worden. Doktor Surnen war ein verbohrtes Arschloch. Das war eine Tatsache. Aber er war genial. Er hatte mir alles gegeben, wonach ich verlangt hatte, und mich dann meiner Arbeit überlassen. Er hatte mich jedes Mal mit Adleraugen bewacht, wenn ich mich Captain Brooks' Leiche näherte, bei jeder Probe, die ich entnahm, jeder Notiz, die ich in den Spiralblock niederschrieb, den ich mir aus dem S-Gen geholt hatte.

Ja, ich konnte stundenlang an einem Computer arbeiten, aber es hatte etwas für sich, Dinge niederzuschreiben, mit einem Stift aufs Papier zu bringen. Es half mir oft dabei, Muster zu erkennen, die ich sonst übersehen hätte. Mein System funktionierte, und ich hielt mir den Notizblock an die Brust wie ein wertvolles Besitztum, das er auch war. Die Antwort war hier drin. Da war ich mir sicher. Mein Bauchgefühl drehte und wand sich und wartete darauf, dass ich dahinterkam. Da war etwas, das ich übersehen hatte, eine Verbindung. Ein Muster. Eine Antwort.

Die ganze Situation ließ jeden

Warninstinkt in mir aufschreien, dass *hier etwas faul war*. Irgendein Element hatte ich übersehen, ein ausschlaggebendes Puzzleteil. Und die schlechte Laune des Arztes half mir nicht gerade dabei, mich zu entspannen und nachzudenken. Ich brauchte Platz und Zeit, um die Daten auf mich wirken zu lassen. Ich musste aus dieser improvisierten Leichenhalle raus, und weg von der Testosteron-Überladung. Der Doktor mit seinem grimmigen Maulen, und Krael, der an mir klebte, trieben mich noch in den Wahnsinn.

Ich konnte mich nicht entscheiden, ob der Arschloch-Faktor des Arztes darauf beruhte, dass ich eine Frau war, oder eine Außenseiterin, oder weil er sich von mir bedroht fühlte, oder weil er etwas zu verbergen hatte.

Meinen bisherigen Erfahrungen unter Wissenschaftlern nach zu schließen, und, wo wir schon dabei waren, in amerikanischen Großunternehmen, standen die Chancen gut, dass er eine frauenfeindliche Arschgeige war. Ausgesprochen gut.

Zwei riesige Krieger schritten hinter mir her, als ich zu der Suite zurück eskortiert wurde, die ich mit meinen Gefährten teilte. Maxim musste sich um Basis-Angelegenheiten kümmern und hatte eine Krisensitzung mit Primus Nial, dem Anführer ihres gesamten verdammten Planeten. Also konnte ich nicht gerade jammern wie ein Baby und darauf bestehen, dass einer von ihnen neben mir rumstand und mir beim Arbeiten zusah.

Ich hätte sie sowieso ignoriert. Mein Kopf viel zu beschäftigt mit biochemischen Reaktionen und Gewebeproben. Trotzdem, ich war mit der vollen Ladung von Doktor Surnens Arschloch-Gehabe alleingelassen worden. Das ließ mich nur erkennen, wie abhängig ich von meinen Gefährten geworden war. Noch vor einer Woche hätte ich um den dämlichen Doktor herum arbeiten können, seine Sticheleien ignorieren und mich davon überhaupt nicht stören lassen. Ich war es gewohnt, stark zu sein.

Aber nun hatte ich nicht nur einen, sondern zwei große, starke, zähe Krieger, die mir den Rücken stärkten, die für mich kämpfen, sterben, sogar töten würden.

Es war schockierend, wie schnell ich mich dran gewöhnt hatte, auf sie angewiesen zu sein. Mich auf sie zu stützen und mich auf ihre Fähigkeiten zu verlassen, dass sie sich um mich kümmerten.

Schwach. Ich war schwach geworden. Und so erschöpft davon, im Labor um Freiraum zu kämpfen, dass ich nicht einmal widersprach, als einer meiner Wächter vortrat und die Hand auf den Scanner legte, der meinen Gefährten mitteilen würde, dass ich zu Hause war.

Die Tür glitt sofort auf. Ryston warf nur einen Blick auf mich und nahm mich sofort in die Arme. Die Tür glitt zu, und die Wachen blieben im Gang zurück. Ich schmolz in Rystons warme Umarmung. Hinter ihm hörte ich eine Frauenstimme, und Maxims.

„Es tut mir leid. Nein", sagte er.

„Maxim, ich bin deine Mutter. Komm nach Hause. Bring deine neue Gefährtin und Ryston mit. Ich will meine neue Tochter kennenlernen."

„Dann wirst du auf die Kolonie kommen müssen", entgegnete er. „Ich kann nicht weg. Die Männer brauchen uns hier."

Die Diskussion ging weiter, und so sehr ich mich auch auf den gleichmäßigen Herzschlag von Ryston konzentrieren wollte, wurde ich doch neugierig und warf mein Notizbuch auf den Boden. Später. Ich würde es mir später ansehen. Jetzt gerade sprach Maxim mit seiner Mutter. War sie damit nicht meine Schwiegermutter? War sie hier? Oh Gott, ich sah furchtbar aus. So konnte ich ihr nicht gegenübertreten!

Ich hob den Kopf und blickte um Rystons Schulter herum, um auf den Bildschirm zu sehen, der an der Wand über dem Sofa befestigt war. Eine prillonische Frau füllte den Bildschirm aus, der wie ein riesiger Fernseher auf der Erde war. Die Frau war sichtlich älter als meine Gefährten.

Ich seufzte erleichtert. Sie war nicht hier. Ich wollte sie kennenlernen, aber nicht in diesem Moment. Nicht, wenn ich nicht in Bestform war. Ich brauchte Make-Up, oder zumindest eine Dusche, bevor ich meiner Schwiegermutter gegenübertrat.

Sie war nicht so dunkel gefärbt wie Maxim, aber auch nicht hell wie Ryston. Ihr Haar war goldfarben wie Eichenholz, und ihre Augen waren wie die ihres Sohnes, tiefbraun. Ihr Haar war, anstatt wie bei einem älteren Menschen mit grau durchsetzt zu sein, von nahezu schwarzen Strähnen durchzogen.

Ihr Gesicht sah aber ihrem Sohn sehr ähnlich. Die Ähnlichkeit war nicht zu leugnen, und ich wurde neugierig, wie wohl sein Vater aussah.

„Ich werde die Kolonie nicht verlassen, Mutter. Und Ryston wird auf Prillon Prime nicht willkommen sein. Wenn du deine neue Tochter kennenlernen willst, wirst du Vater davon überzeugen müssen, dir einen Transport zu bezahlen."

„Es gibt dort nichts für dich. Und Primus Nial hat den Bann gegen alle Kolonie-Einwohner aufgehoben. Du bist nun frei. Frei, nach Hause zu kommen."

Maxim fuhr sich mit der Hand über den Nacken, ein klares Anzeichen dafür, dass er frustriert war. Diese eine äußerliche Geste war vielsagend. In der kurzen Zeit, seit ich ihn kannte, hatte er in einer

Konfrontation kaum mit der Wimper gezuckt. Aber dies war seine Mutter, und ich wusste, dass Familie anstrengender und lästiger sein konnte als selbst der schlimmste Feind.

„Ich bin der Gouverneur von Basis 3. Es ist meine Aufgabe als Anführer, für die Krieger da zu sein. Es ist kein frivoles Hobby. Ryston ist hier, und Rachel auch. Mein Leben ist hier."

„Ich sage ja nicht, dass du sie zurücklassen sollst", wiederholte sie. „Ich will nur meine Enkelkinder sehen."

„Wir haben unsere Gefährtin noch nicht in Besitz genommen."

Sie wirkte schockiert. „Wie? Warum?"

„Weil sie eine Interstellare Braut ist. Sie hat dreißig Tage Zeit."

Die Frau schnaubte entrüstet, sichtlich unzufrieden mit dieser Antwort. „Du lässt zu, dass sie dich kontrolliert? Bist du schwach geworden auf diesem wilden Planeten? Nimm sie in Besitz, ob sie will oder nicht. Ich will Enkelkinder. Ich will dich zu Hause haben."

„Wenn du einen Transport zum Besuch

arrangierst, gib mir Bescheid. Auf Wiedersehen, Mutter."

Der Bildschirm wurde schwarz. Ich spürte die Emotionen meiner beiden Gefährten über den Kragen. Frust, schwarz wie Schlamm.

„Habe ich dir das angetan?", fragte ich. „Mache ich dich unglücklich?"

Maxim drehte sich bei meinen Worten herum, sah uns da stehen. Er schloss kurz die Augen, und ich spürte eine Mischung aus Glück und Traurigkeit. Und zwar nicht wie auf einer Waage, wo sie einander ausglichen. Sondern eher wie eine krankhafte Mischung aus Emotionen, die in ihm Krieg führten.

„Habe ich dich schwach gemacht?"

Das wollte ich nicht. Überhaupt nicht. Beide Männer waren so stark und mächtig, selbst ohne ihre Aufgaben auf dem Planeten. Von einer Frau in die Knie gezwungen zu werden, war selbst auf der Erde schon ein Angriff auf die Männlichkeit. Hier würde es sich nur noch schlimmer anfühlen.

„Rachel, du hast nichts dergleichen getan", sagte Maxim, trat an uns heran und wischte mir das Haar aus dem Gesicht. „Du hast dunkle Ringe unter den Augen."

Ich konnte es gerade nicht brauchen, dass er sich auch noch um mich Sorgen machte. Ja, ich brauchte Schlaf, aber das hieß nicht, dass wir nicht darüber reden konnten.

„Weigerst du dich deswegen, mich zu ficken? Weil wir noch nicht verbunden sind?" Ich blickte über meine Schulter zu Ryston. Ich wartete nicht auf seine Antwort, denn ich stellte Maxim meine nächste Frage. „Wirst du als *minderwertig* angesehen, weil ich dir noch nicht gesagt habe, dass du mich in Besitz nehmen sollst? Denkt sie, dass ich euch an den Eiern herumführe?"

Da lachte Maxim, ein seltenes Ereignis. „Gefährtin, du hast mich definitiv an den Eiern."

Er musste die Veränderung in meiner Stimmung bemerkt haben, denn er nahm meine Hand und legte sie an seine Brust.

„Wenn du mich und Ryston siehst, was sind deine ersten Gedanken?"

Ich runzelte die Stirn, aber antwortete. „Groß. Kraftvoll. Gebieterisch."

Er nickte kurz. „Ja, wir sind all diese Dinge."

Rystons Hände legten sich auf meine Schultern, seine Berührung war warm.

„Aber wenn du uns ablehnst? Wenn dein Herz nicht uns gehört, was sind wir dann?" Er legte einen Finger an meine Lippen. „Die Antwort ist: gar nichts. Ohne dich sind wir gar nichts. Ich weiß, dass du dreißig Tage Zeit hast, aber du musst wissen: wenn wir auch außerhalb des Schlafzimmers grobe Klotze sind und dich im Bett dominieren, bist du diejenige, die die Macht hat."

Ich verstand es nicht wirklich.

„Du kannst deine Gefährtin haben und deine Mutter glücklich machen", sagte Ryston. „Bring sie nach Hause, Maxim."

Maxim blickte über die Schulter zu seinem Sekundär. „Was zum Geier willst du damit sagen?"

Der Zorn, der sich verzogen hatte, als er mich ansah, spitzte sich wieder zu.

„Du hast eine Familie, die dich liebt und dich zurückhaben will. Du brauchst dir hier kein neues Leben aufzubauen. Du hast jetzt eine Gefährtin. Dein Leben ist komplett. Geh nach Hause."

Maxim trat einen Schritt zurück, dann noch einen. Schnitt mit der Hand durch die Luft. Dies war das erste Mal, dass ich ihn wirklich fassungslos sah.

Ich blickte zu Ryston. „Was willst du damit sagen? Dass du nicht mein Gefährte sein willst? Und sein Sekundär?"

Ryston hob das Kinn. Seine blassen Augen wirkten irgendwie dunkler, intensiver. „Wenn es Maxim glücklich macht. Alles, was wir je wollten, seit wir hierher auf diesen Planeten verbannt wurden, war, akzeptiert zu werden, nach Hause zurückzukehren. Nun können wir das, dank des Primus. Es gibt nichts, das Maxim hier hält, besonders jetzt, wo er dich hat. Er ist ein angesehener Krieger, ein Veteran, der mit einer Gefährtin gesegnet worden ist. Er kann nach Prillon Prime zurück. Maxim, geh *heim*."

„Und was ist mit dir?", fragte ich und betrachtete ihn eingehend.

„Ich hatte kein so großes Glück. Sobald meine Familie sah, wie ich von den Hive integriert wurde, haben sie mir alles Gute gewünscht und mich informiert, dass sie nie wieder von mir hören möchten." Er hielt seine Hand an sein Gesicht, wo das Metall im Licht schimmerte. „Ich bin vielleicht ein Veteran, aber ich bin nicht angesehen. Niemand auf der Heimatwelt wird sich darüber freuen, dass ich zurückkehre. Es gibt dort nichts für mich. Mein Leben ist auf der Kolonie."

Ryston war wegen seiner Hive-Teile abgewiesen worden? Sie schätzten ihn geringer, weil seine Schläfe ein wenig silber war und sein Auge einen leichten Metallschimmer hatte, wenn das Licht richtig stand? War seine Familie denn von allen guten Geistern verlassen? „Das ist doch lächerlich."

„So ist es im Krieg. Es gibt Dinge, von denen man nicht zurückkommt."

„Das akzeptiere ich nicht." Hatte deren Volk denn eine Ahnung, was er alles zum Schutz ihres Planeten getan hatte? Zum Schutz aller Koalitionsplaneten? Er hatte Opfer gebracht und überlebt, und er war abgewiesen worden? „Deine Mutter?"

Er schüttelte den Kopf, sein Blick voller Resignation und Hinnahme. Der Schmerz, den er fühlte, war alt, wie eine dicke Narbe auf seinem Herzen.

„Wenn sie dich nicht wollen, dann sind sie ein Haufen egoistischer Idioten", sagte ich und wollte am liebsten Rystons Mutter auf den großen Bildschirm holen und ihr die Meinung geigen.

„Maxims Mutter ist vielleicht ein wenig skeptisch der Kolonie gegenüber, aber sie macht sich nur Sorgen um ihren Sohn." Ryston blickte zu Maxim. „Sie liebt dich. Will dich zu Hause haben. Sie würde alles tun, um dich wieder daheim zu haben, selbst Dinge sagen, die dich verletzen."

„Deine Ehre ist der Grund, warum du hierbleibst", sagte Maxim. Ryston nickte. „Meine Ehre hält mich davon ab, zu gehen."

Ich sah das Verständnis auf Rystons Gesicht aufleuchten. „Ich werde nicht aufgeben, was wir hier haben. Ihr seid jetzt meine Familie." Maxim deutete mit der Hand auf uns. „Ich werde das hier nicht für meine Mutter aufgeben. Sie wird es verstehen müssen. Ich will das hier. Uns drei. Hier, auf der Kolonie."

„Aber—"

„Wenn wir Rachel in Besitz nehmen, dann können wir auf Prillon zurückkehren, aber nur für einen kurzen Besuch. Und Ryston, du kommst auch mit. Ich werde nicht riskieren, mit Rachel ohne meinen Sekundär zu reisen, der sie beschützt. Wenn meine Eltern an unserem Leben teilhaben und ihre Enkelkinder aufwachsen sehen wollen, dann werden sie auf Basis 3 kommen müssen."

Ich lief rot an beim Gedanken daran, mit ihnen Babys zu machen, aber dann erinnerte ich mich daran, dass es auf Prillon so Sitte war. Es war nicht so, dass ich für Maxim eine Kindermaschine war. Es wurde von allen Prillon-Gefährtinnen erwartet, dass sie schon bald nach der Besitznahme schwanger wurden. Die Verbindung war zu stark für alles andere als Sex rund um die Uhr. Und wenn ich Rystons Schwanz in meiner Pussy haben wollte, dann musste ich diese Eizellen in Bewegung bringen.

Ich stellte mir einen kleinen Jungen vor mit Maxims grimmigem Gesicht und seinen warmen Augen, und ein kleines Mädchen mit Rystons goldenem Haar und seinem feurigen Temperament. Es fühlte sich an wie ein Traum, etwas, das zu perfekt war, um je Wirklichkeit zu werden. Aber ich wusste, wenn ich bleiben würde, würde ich ihre Kinder bekommen. Und zwar schon bald. Wir würden eine richtige Familie werden. Und ich war schockiert darüber, wie sehr ich diese Zukunft wollte.

Maxim war strikt dagegen, ohne Ryston nach Prillon Prime zu reisen. Ryston bestand darauf, dass Maxim sich wieder mit seiner Familie traf. Sie beide waren so voller Ehre. So voller Opferbringung.

„Ihr beide opfert so viel für mich", gab ich mit leiser Stimme zu.

Ryston stellte sich neben Maxim. Sie blickten einander an, dann nickten sie. Ihr kleiner Streit war mit einem Kopfnicken vorüber? *Männer.*

„Wir sind vielleicht in manchen Dingen unterschiedlicher Meinung", sagte Ryston. „Aber wir werden dir niemals widersprechen."

„Das stimmt", fügte Maxim hinzu. „Im ersten Augenblick, als wir dich in dieser Gefängniszelle sahen, da wussten wir es. Du gehörst uns. Du bist es, die uns zusammenführt. Und wenn du uns gestattest, dich in Besitz zu nehmen, wird das nicht nur in Worten oder Gedanken so sein. Sondern du wirst auch unsere Körper miteinander verbinden."

Mein Körper wurde bei dem Gedanken heiß, und ich spürte, wie ihre Erregung in meinen Kreislauf strömte wie geschmolzenes Karamell.

„Du meinst, wenn du meine Pussy fickst und Ryston meinen Hintern."

„Zugleich, ja", fügte Ryston hinzu.

„Die Besitznahme wird vollständig sein, wenn wir in dir kommen, dich mit unserem Samen füllen. Dein Kragen wird die Farbe wechseln und nicht länger schwarz sein. Du wirst uns gehören. Für immer."

Mir wurde heiß bei Maxims Worten. Nicht, weil sie erregend waren—das waren sie—sondern, weil sie eine Leere in meinem Herzen füllten, von der ich nicht gewusst hatte, dass sie da war.

„Was, wenn ich das jetzt gleich will?", fragte ich und biss mir in die Lippe.

Maxims Schultern senkten sich. „Willst du damit sagen, dass du meine Besitznahme annimmst?"

Wollte ich das? Wollte ich sie ablehnen und einem anderen Satz Gefährten auf der Kolonie zugeordnet werden? Der Gedanke an zwei andere Männer, Fremde, ließ mich eine innere Leere verspüren. Aber es permanent zu machen, so richtig, richtig permanent, war beängstigend.

13

achel

„Ich...ich will euch. Beide. Und ich will alles. Aber heute? Jetzt gleich?" Ich schüttelte den Kopf. Um uns herum war zu viel los. Ich konnte nicht an ein „glücklich und zufrieden bis an ihr Lebensende" nachdenken, wenn ein Mann, den ich gerade erst kennengelernt hatte, ein Mensch, ein neuer Freund, gerade buchstäblich in meinen Armen gestorben war. Wenn die schwarze Krankheit sich auf Maxims Körper ausbreitete, hatte ich keine

Ahnung, wie ich sie aufhalten sollte. Solange der Doktor missmutig war und mich beobachtete, als wäre ich der Feind. Solange die Labor-Ergebnisse nicht zusammenpassten.

Mein Gehirn verarbeitete Daten wie ein Computer. Ich konnte es rattern spüren, nachdenken, Puzzleteile zusammenfügen. Das war meine Arbeit. Ich saugte Daten auf, sah mir die Fakten an und ließ sie in meinem Kopf vor sich hin köcheln, bis mein Gehirn buchstäblich schmerzte, bis ich völlig in dem Rätsel aufging. Bis ich es gelöst hatte.

Ryston fuhr mit den Fingern über den Kragen an meinem Hals. „Es gibt derzeit zu viele Komplikationen. Zu viel Chaos um uns herum."

Ich wollte protestieren, ihm versichern, dass ich ihn *wirklich* wollte, *wirklich* brauchte, aber ich hätte es wissen sollen. Die Kragen verbanden uns. Ich spürte sein Mitgefühl für mich so deutlich, wie er meine nervöse Anspannung spüren musste, mit der ich mich wieder an die Arbeit machen wollte. Etwas war faul, und diese Tatsache brachte mich dazu, dass ich abwechselnd weinen und mir die Haare raufen wollte. Aber im Moment war ich für beides zu müde.

Mein Hirn hatte jedoch nicht vor, mir Ruhe zu gönnen, und das war beinahe so frustrierend wie alles andere. Auf der Erde hatte ich meinen Verstand, der laufend und hartnäckig *nachdenken* wollte, oft mit Hilfe einer guten Schlaftablette ausgetrickst. Hier hatte ich nichts. Ich würde nicht ruhen können. Ich wusste es, und bei dem Gedanken daran wollte ich mich zu einer Kugel zusammenrollen und wimmern.

Ich brauchte eine Pause. Gott, brauchte ich eine Pause. Nach zehn Stunden am Stück davon, Gewebeproben zu entnehmen, ihre doofen Gerätschaften bedienen zu lernen, mit dem Doktor zu diskutieren und meine eigenen Tests zu entwickeln, war ich völlig ausgelaugt. Aber mein Verstand? Der lief immer noch auf Hochtouren. Gedanken blitzten mir in den Kopf und verschwanden wieder, wie Feuerwerk am dunklen Himmel.

Ryston legte mir die Hand auf die Wange, und ich schmolz ihm entgegen. Ich brauchte das. Ich brauchte es, mich sicher zu fühlen und von meinen Gefährten umgeben zu sein. Nie zuvor in meinem Leben hatte ich mich so sicher und beschützt gefühlt.

„Lass dich von uns umsorgen, Rachel. Du hast für Erste alles getan, was du kannst. Captain Brooks, die Tests, die rätselhaften Ereignisse, es setzt uns allen zu." Rystons Daumen strich mir über die Unterlippe, und ich seufzte, als Maxim herantrat.

„Wir haben Zeit. Und wir werden dich nicht zwingen, deine Wahl zu treffen, bevor du bereit bist." Er stellte sich hinter mich und legte mir seine große Hand ins Kreuz, warm wie eine Fackel, und ich wollte diese Hitze auf meiner nackten Haut. Ich stand zwischen ihnen und ließ den Stress des Tages hinweg schmelzen, als seine tiefe Stimme mir ins Ohr flüsterte. „Wir werden dahinterkommen, was hier los ist. Und wenn du bereit bist, werden wir über die Besitznahme-Zeremonie sprechen."

Sie verstanden mich. Gott, sie schienen immer genau zu verstehen, was ich brauchte. Waren sie zu ehrenhaft? Opferten sie das Einzige, was sie im Leben wollten--eine in Besitz genommene Gefährtin--nur weil ich zu schwach war? War ich egoistisch?

„Das bedeutet nicht... ich meine, ich will euch trotzdem", gestand ich.

Maxim blickte zu Ryston. Irgendetwas wurde zwischen ihnen ausgetauscht. Auch wenn ich die Worte nicht wusste, spürte ich einen mächtigen Hitzeschwall und Dominanz über den Kragen.

„Und wir wollen dich. Denk daran, Rachel, um dich in Besitz zu nehmen, müssen wir dich beide zugleich ficken, dich beide mit unserem Samen füllen. Dafür bist du noch nicht bereit."

„Vielleicht bin ich das", widersprach ich.

Maxim drehte meinen Kopf herum und hob mein Kinn mit einem Finger hoch. „Ja, ich spüre, dass du bereit dazu bist, Ja zu sagen, und das erfreut mich. Auch Ryston. Wir können dein Verlangen spüren. Aber dein Körper ist noch nicht bereit. Ryston hat deinen Hintern vorbereitet, ihn gedehnt, damit gespielt, aber noch nicht genug. Jetzt werden wir uns aber erst mal um dich kümmern. Deine Gedanken sind wie ein Sturm. Ich kann die Anspannung in deinem Körper sehen, die Art, wie deine Augen herumblitzen. Du musst loslassen, Rachel." Er senkte seinen Kopf und hauchte einen Kuss auf meine Lippen, während Rystons Hände zu meinen Hüften wanderten. „Lass dich von uns auf andere Gedanken bringen."

Meine Nippel wurden bei dem Gedanken hart. „Und wie?" Ich musste es wissen. Ich wollte hören, wie er es in seiner knurrend tiefen Stimme sagte.

Maxim schenkte mir ein teuflisches Grinsen. „Du wirst meinen Schwanz reiten, und Ryston wird einen Stöpsel in deinen Hintern schieben."

Der Gedanke daran, Maxims Schwanz mit einem Stöpsel im Hintern zu nehmen, machte mich scharf. Das letzte Mal hatte sich das so gut angefühlt. Ich war unglaublich heftig gekommen. Ich hatte keine Ahnung gehabt, dass mir dieser dunkle, primitive Akt so gefallen würde, und war erst mal peinlich berührt gewesen. Aber keiner der beiden hielt weniger von mir, weil ich es genossen hatte. Das Gegenteil war der Fall. Es war so Sitte mit

Prillon-Kriegern. Um in Besitz genommen zu werden, musste ich sie beide gleichzeitig nehmen. Doppelte Penetration. Und dank der Tests, der Zuordnung, wusste ich bereits, dass es mir gefallen würde. Nein, dass ich es lieben würde.

Das beruhigte mich genauso sehr wie die Tatsache, wie gut mir Rystons Spiele gefielen. Und wenn es Zeit für seinen Schwanz war? Ich wimmerte.

„Ja, ich sehe, dass der Gedanke dir gefällt."

„Und was ist mit dir?", fragte ich Ryston. „Du musst doch auch kommen."

„Ja, damit kannst du mir helfen." Während er sprach, zog er sich bereits aus. „In deinem Mund? Ich liebe es, wenn du mir einen bläst. Oder deine Hand? So leicht und zart. Das musst du nicht sein. Ich könnte auch deine Brüste ficken. Hast du das schon einmal probiert?"

Bis er mir alle verlockenden Möglichkeiten aufgezählt hatte, war er nackt, sein Schwanz aufrecht und vor Lust tropfend.

„Hier und jetzt gibt es nur uns. Keine Überdosis, keine Tests, keine Analysen, keine nervigen Mütter. Das hier ist das Leben. Das Gute und das Schlechte. Wir wissen, dass wir das Gute nehmen müssen, wo wir es kriegen." Maxims Worte trafen mich tief.

Er hatte recht. Selbst mitten unter Tod und Zerstörung, Traurigkeit und Herzschmerz, selbst unter dem Frust, fälschlich beschuldigt zu werden, ging das Leben weiter. Wir mussten das Glück finden, wo wir konnten.

Ich hatte dem Transport nur zugestimmt, damit ich nicht im Gefängnis sterben würde. Aber jetzt, auf der Kolonie, akzeptierte ich mein neues Leben. Ich hatte diese Krieger als mein Eigen angenommen. Die Besitznahme würde nicht heute stattfinden, aber sie gehörten mir ebenso wie ich ihnen. Was auch immer passieren würde, wir würden Trost, Freude und Lust an einander finden.

So wie jetzt. Ich packte mein Shirt am Saum und zog es mir über den Kopf. Sie sahen mir aufmerksam zu. Dieser Striptease war nicht besonders sexy, aber ich spürte, dass sie trotzdem erfreut waren. Ryston rieb sich selbst, während er zusah, und Maxim zog ebenfalls seine Kleidung aus, sodass wir alle nackt waren.

Maxim streckte die Hand aus und zog mich an einen gepolsterten Stuhl. Er setzte sich und zog mich zu ihm herunter, sodass ich rittlings auf ihm saß.

„Das war ja keine besonders erregende Unterhaltung. Bist du überhaupt feucht für mich?", fragte er. Ich sah die Besorgnis in seinen schokobraunen Augen. Sie würden mich nicht nehmen, bevor ich mit dem Kopf bei der Sache war.

Ich lächelte verschämt und zuckte die Schultern. „Vielleicht kannst du das selbst herausfinden?"

Maxim hielt seinen Blick auf meinem, während seine Hand zwischen meine gespreizten Schenkel glitt und sanft über meine kahlen Schamlippen strich. Eine Sache, die mir an der Abfertigung für die Kolonie gefallen hatte, war, dass ich nun kahl war. Dauerhaft. Ich war nicht sicher, wie das möglich war, aber ich hatte auch nie geglaubt, dass ein Transport wie auf dem *Raumschiff Enterprise* möglich war. Wenn sie mich nun berührten oder leckten, war das so viel empfindlicher, nun da alle Haare *da unten* weg waren. Es konnte aber auch nur an ihnen selbst liegen. Alles, was sie taten, war so viel besser als jeder Mann vor ihnen.

„Mmm, sie ist feucht, Ryston, aber nicht genug."

Ryston stellte sich so hin, dass ich ihn sehen konnte, und holte einen weiteren Stöpsel aus dem Kästchen. Dieser war breiter als der Letzte, und auch länger. Aber er war nicht so groß wie einer ihrer Schwänze.

Maxim schnaubte. „Sie hat sich bei dem Anblick gerade um meinen Finger herum verkrampft. Ist auch feuchter geworden." Er blickte mir in die Augen. „Was wirst du tun, wenn er das in dich schiebt? Mir über die ganze Hand tropfen?"

Ich beugte mich vor und rieb meine Brüste an seiner nackten Brust. „Wenn dein Finger gleichzeitig in mir ist? Wahrscheinlich kommen."

Maxim grinste. „Braves Mädchen. Dann machen wir das doch. Danach kann ich dich ficken."

Er sagte nichts weiter, setzte nur diesen einen Finger in mir auf wundersame Arten ein. Neben dem fabelhaften Gefühl, mit den Fingern gefickt zu werden, von seinem dicken Finger, der in mir ein und aus glitt und vormachte, was sein Schwanz bald—hoffentlich—tun würde, hatte er auch ein Talent dafür, meinen G-Punkt zu finden und ihn auf eine Art zu reiben, die mich aufschreien ließ. Es war, als würde er einen Zauberknopf drücken.

Und als ich spürte, wie einer von Rystons Finger schlüpfrig und kühl gegen mein Hinterteil drückte, stöhnte ich. Die Laute, die sie mir entlockten, waren geräuschvoll, und ich hätte sie nicht zurückhalten können. Gott, ich schrie schon, und kam noch nicht einmal.

„So ist gut", sagte Ryston. „Lass mich ein. Nur ein Finger, schön schlüpfrig. Ja, braves Mädchen. Jetzt etwas tiefer."

Meine Augen fielen zu, und ich spürte meine Nippel hart werden.

„Wie fühlt es sich an, in beiden Löchern mit den Fingern gefickt zu werden?", fragte Maxim.

Ich konnte nicht antworten, so gut fühlte es sich an.

„Stell dir nur vor, wie es sein wird, wenn das unsere Schwänze sind."

Oh Gott, das würde mich fertig machen.

„Zwei Finger, Gefährtin", sagte Ryston. Beide Männer zogen sich einen Moment lang heraus und nahmen dann einen zweiten Finger hinzu. Es war so viel mehr. Meine Hände legten sich auf Maxims Schultern, meine Finger gruben sich in seine Haut, klammerten sich verzweifelt an ihn.

„Ja!", schrie ich. „Mehr."

Während Maxim weiterspielte, glitt Ryston aus meinem Hintereingang und platzierte stattdessen die stumpfe Spitze des Stöpsels dort. Er hatte sie dick mit Gleitgel bestrichen. Als er begann, ihn in mich einzuarbeiten, glitt er ohne viel Mühe hinein.

Ich konnte das Stöhnen nicht zurückhalten, das mir entwich. Gott, war der groß. Er war tief drin. Ich krampfte mich um den Ansatz herum zusammen, um Maxims Finger.

„Bist du bereit, zu kommen, Gefährtin?", fragte Maxim.

Ich nickte, und mein Haar fiel mir ins Gesicht.

Es brauchte nicht viel mehr, als dass er mit seinem Daumen über meinen Kitzler strich. Er war hart und geschwollen, hungrig nach der Berührung. Einmal, zweimal auf der linken Seite—wer hätte ahnen können, dass das die perfekte Stelle war?—und ich kam.

Mein ganzer Körper bebte unter der Lust, drückte und krampfte sich um den Stöpsel und um Maxims Finger zusammen. Ich spürte, wie ich feuchter wurde, auf seine Hand tropfte.

Mein Körper kribbelte. Meine Muskel wurden schlaff. Besser noch, mein Hirn leerte sich. Ich spürte nur noch den Orgasmus, und die wachsende Not meiner Partner.

„Mehr", flehte ich, als ich wieder zu Atem kam.

Vorsichtig zog Maxim seine Finger aus mir heraus und hob mich hoch, bis er mich herumdrehen konnte. Mit seinen Händen an meinen Hüften setzte ich mich erneut nieder, auf seinem Schoß, aber diesmal mit dem Rücken zu ihm.

„Jetzt kann ich dich ficken, und du kannst Ryston zum Kommen bringen", sagte Maxim, während seine Hand über meinen Rücken strich. Seine Finger, die von meiner Erregung benetzt waren, zogen eine feuchte Spur über meine Wirbelsäule. Ryston trat vor mich, wischte seine Hände an einem Tuch ab und warf es dann zu Boden. Mit einer großen Hand umfasste er eine meiner Brüste, rieb mit dem Finger über den Nippel. Seine freie Hand fasste an seinen Schwanz, packte ihn am Ansatz.

„Ich will deinen Mund ficken, während Maxim deine Pussy fickt."

Ich konnte nur nicken und meine Lippen lecken. Ja, das wollte ich. Ich wollte ihnen beiden Lust schenken. Obwohl ich kein Problem damit hätte, dass Ryston meine Pussy fickte, ließen es die prillonischen Regeln nicht zu. Noch nicht. Ich spürte, wie sehr er das wollte, aber der Gedanke, in meinem Mund zu kommen, schien ihn auch nicht zu stören. Es schien, als gefiel es allen Männern, ob auf der Erde oder einem fernen Planeten im All, ihren Schwanz gelutscht zu bekommen.

„Ja", sagte ich.

Mit meiner Zustimmung trat er vor, wartete aber, bis Maxim mich hochgehoben, seinen Schwanz an meine Öffnung gelegt und mich herabgesenkt hatte. Er war so langsam und vorsichtig dabei, sein Schwanz so groß, und zusammen mit dem Stöpsel mehr, als ich je gemeistert hatte.

Als ich wieder auf Maxims Schoß saß, zappelte ich, da ich ihn noch nicht zur Gänze in mir hatte. Ich lehnte mich Rystons Schwanz entgegen. Diese Bewegung ließ mich den Rest von Maxims Schwanz aufnehmen, und ich stöhnte auf. So voll.

Ryston platzierte seinen Schwanz direkt vor mir, und ich leckte die flüssige Perle von seiner Spitze ab, der Geschmack salzig auf meiner Zunge. Ich bearbeitete ihn wie eine Eiscreme-Tüte, bis er seine Finger in meinem Haar vergrub und mich sanft an sich heran zog. Er wollte in meinen Mund hinein, und ich würde es ihm nicht verwehren.

Erst, als mein Mund weit um Ryston herum geöffnet war und ich mich an seinem Schaft entlang auf und ab bewegte, begann Maxim, mich zu ficken. Wenn er mich hochhob, schob mich das näher an Ryston heran, und dann wieder fort, wenn er mich auf seinen Schoß zurück zog. Mit jeder Bewegung von Maxims Händen brachte er mich auch dazu, Rystons Schwanz mit meinem Mund zu ficken. So dick, so hart über der seidig weichen Haut. Ich musste mich gar nicht bewegen, nichts tun als mich von ihnen nehmen zu lassen.

Kein Denken war notwendig. Nur Fühlen, und das war unglaublich. Ich spürte Rystons verzweifelte Lust darüber, einen geblasen zu bekommen. Maxim war so stolz, mir dabei zuzusehen, wie ich seinen Sekundär befriedigte und ihn dabei so gut aufnahm, besonders mit dem Stöpsel.

Nun verstand ich seine Bemerkung von vorhin. Ich hatte die gesamte Macht. Obwohl Maxim mich bewegte, wie er wollte, und Ryston meinen Atem kontrollierte, indem er tiefer und tiefer in meinen Hals vordrang, konnte ich Nein sagen. Ich konnte ihnen sagen, dass sie aufhören sollten. Ich konnte ihnen sagen, dass ich andere Gefährten wollte. Unsere

Beziehung, unsere Zuordnung, hing gänzlich an mir. Es war meine Entscheidung.

Ich hatte sie beide an den Eiern, und ich hatte nicht vor, loszulassen.

Es war berauschend, zu wissen, dass ich so viel Macht über zwei feurige, dominante Männer hatte. Dabei stärkten sie mich damit, dass ich wusste, dass ich geschützt, geborgen, verehrt war. Ich konnte arrogante Ärsche wie Doktor Surnen ertragen. Ich konnte das Übel ertragen, das den Einwohnern der Kolonie Leid zufügte. Mit Maxim und Ryston gemeinsam konnte ich alles ertragen.

Und das konnten sie ebenfalls.

Ich gab mich ihnen hin. Hielt nichts zurück. Ich öffnete meinen Körper, meinen Geist, mein Herz vollständig. Während unsere Emotionen und Begierden zwischen uns herum wirbelten, dauerte es nicht lange, bis ich ein zweites Mal kam. Ich konnte mich nicht zurückhalten, selbst wenn sie es gefordert hätten. Ich spürte, dass ihre Not ebenso groß war, und doch warteten sie auf mich.

Ich erreichte den Gipfel, molk Maxims

Schwanz mit einer Kraft, bei der er mich hart an den Hüften packte, mich zu sich herunter zog und sich tief in mir vergrub.

Mein Schrei wurde von Rystons Schwanz erstickt. Maxim stöhnte seine Lust heraus, und ich spürte die heißen Spritzer seines Samens, die mich füllten. Meine Lust führte Maxims herbei, was Ryston fertig machte. Er zerrte an meinem Haar, zog mich auf seinen Schwanz, und mit festem Griff kam er und flutete meinen Mund mit seiner Essenz.

Es war zu viel. Sie waren zu viel. *Wir* waren perfekt. Es gab keinen Zweifel daran, dass sie mich in Besitz nehmen würden, sobald wir die Probleme in der Basis gelöst hatten. Ich würde es zulassen. Denn obwohl wir die offizielle Besitznahme-Zeremonie noch nicht durchlaufen hatten und was immer dazugehörte, gehörte ich jetzt bereits ihnen.

14

Maxim

Meine Gefährtin schlief zwischen uns. Sie lag auf der Seite, und ich hatte meinen Körper um sie gelegt wie eine Schutzdecke. Ihre Brust war an Rystons Seite gepresst, ihre Beine verschlungen, und ihre Hand ruhte an seinem Hals, liebkoste ihn selbst im Schlaf.

Ich konnte nicht schlafen. Hartnäckige und stärker werdende Schmerzen liefen von meinen Hive-Implantaten zu meiner Schulter und bis zu meinen Fingerspitzen.

Der Schmerz hatte sich auf meinen Rücken und bis zum Halsansatz ausgebreitet, als würden mich hunderte winzige Insekten von innen auffressen. Rachel war völlig erschöpft, und doch spürte ich selbst im Schlaf, wie ihr Verstand arbeitete, ihre Energie ein ständiges Summen über den Kragen. Ich wollte meine Familie nicht im Schlaf stören, entwirrte mich vorsichtig und stieg aus dem Bett. Ich wollte meine Uniform anziehen und Doktor Surnen aufsuchen. Vielleicht würde er Antworten für mich haben. Ich wusste, dass Rachel böse auf mich sein würde, weil ich ohne sie gegangen war, aber Ryston und ich hatten beide ihre absolute Erschöpfung gespürt. Ein paar Stunden Schlaf würden ihr guttun. Ich würde warten, denn ich bezweifelte, dass sie im Moment irgendetwas tun konnte, um meine Schmerzen zu lindern.

Ich war schon beinahe zur Tür raus, als sie schnurgerade im Bett hochschoss. „Sie haben sich bewegt."

Ich kam zum Bett zurück und setzte

mich an die Kante. „Ganz ruhig, Liebste. Schlaf nur weiter."

Ihre Augen waren groß, ihr dunkles Haar verführerisch durcheinander. Götter, sie war zu schön, um wahr zu sein, mein zu sein.

„Sie haben sich bewegt. Sie haben die Position geändert. Sie sollten sich doch nicht bewegen, oder?"

Ryston stöhnte auf und rollte sich auf die Seite, schlang von hinten einen Arm um ihre Taille. „Rachel. Schlaf weiter. Du bist zu müde. Deine Erschöpfung dröhnt wie Trommelwirbel in meinem Kopf."

Rachel schlang die Hände um seinen Unterarm und starrte ins Leere. Ich war mir nicht sicher, ob sie wach war, schlief, träumte, oder verrückt war vor Erschöpfung. „Rachel?"

Sie blickte mich nicht an, schob Rystons Hand von sich und krabbelte an den Rand des Betts. „Sie sollten sich doch nicht bewegen. Was machten sie? Wie alt waren diese Implantate? Er sagte, sie wurden neutralisiert. Aber sie regten sich. Es war rechts. Und als ich nochmal hinsah, war es links. Das war nicht ich. Warum haben sie sich bewegt? Wie bewegen sie sich?"

„Rachel?" Ryston hatte sich nun aufgesetzt, und wir starrten sie beide an, während sie sich die medizinische Uniform und die Stiefel anzog und weiter vor sich hin redete.

„Ich brauche eine Probe." Rachels Augen stellten sich endlich scharf und blickten abwechselnd Ryston und mich an. „Zieht euch an. Ich brauche euch beide im Labor. Jetzt gleich."

„Wofür?" Ich zog mir bereits die Hosen an, während Ryston sich stöhnend aus dem Bett rollte. Wenn ich eine Antwort erwartete, würde ich bitter enttäuscht werden, denn Rachel ließ uns stehen und drehte ihr Haar zu einem Knoten zusammen. Sie hob ihr Schreibgerät von ihrem Block neben der Tür auf und steckte es sich als Anker in den Haarknoten. „Maxim ist infiziert. Ryston nicht. Das Quell in Brooks' Körper war nicht normal. Es war nicht normal. Und es war nicht vom Schwarzmarkt. Die chemische Zusammensetzung war ungewöhnlich.

Sie stellen es her. Sie sind am Leben, und sie stellen es her."

Sie lief vor der Tür auf und ab, ihre Gefühle völlig weggesperrt. Wo die Emotionen meiner guten, fürsorglichen Gefährtin mich für gewöhnlich durchflossen wie eine warme, gemütliche Decke oder heiße, rasende Lust, fühlte ich nun nichts von ihr außer Zufriedenheit. Abschluss. Neugierde. Angst. „Rachel?"

Ich stand vor ihr, und Ryston gesellte sich zu uns. Als sie ihren Namen hörte, blickte sie hoch und fokussierte kurz auf uns, bevor sie sich mit einem Nicken abwandte. „Gut. Gut. Kommt mit. Wir müssen los. Ich brauche Proben."

Ryston zuckte mit den Schultern, als ich ihn ansah, und wir folgten unserer vor sich hin murmelnden Gefährtin bis zur Krankenstation wie zwei Haustiere an der Leine. Nicht, dass mich das störte. Ich hatte die sexbesessene Rachel erlebt. Hatte sie gütig und vertrauensvoll erlebt. Hatte sie zornig und widerspenstig gesehen. Aber diese neue Seite an ihr war genauso faszinierend.

„Was macht sie denn?" Ryston schritt

neben mir her und lächelte. Ich konnte die Reaktion nicht zurückhalten.

„Sie ist einfach Rachel."

Die Tür zur Krankenstation glitt auf, und sie führte uns in den dunklen, größtenteils verlassenen Forschungsbereich. Die Station war den Krankenbereichen an Bord der prillonischen Schlachtschiffe nachempfunden und dafür gebaut, Notfalls-Sichtungen, Kampfwunden oder Bergbau-Unfälle mit gleicher Effizienz zu behandeln. Den Göttern sei Dank, wir hatten noch nie von der Einrichtung Gebrauch machen müssen.

Der Bereich war dunkel, bis auf einen Arbeitsplatz, an dem Doktor Surnen saß, völlig vertieft in ein seltsames Gerät, das ich noch nie gesehen hatte. Er blickte hoch, als wir eintraten. „Gouverneur."

„Herr Doktor."

Ich brauchte nicht zu fragen, was er hier machte. Noch machte ich Anmerkungen über die Müdigkeit, die sein Gesicht deutlich zeichnete, oder die erschöpft zusammengesackten Schultern. Aber in seinem Blick lag intensiver Fokus, ein brennendes Verlangen, das Rätsel zu lösen. Ich erkannte diesen Blick wieder, denn ich hatte ihn erst vor Kurzem in Rachels Augen gesehen.

Rachel ging auf ihn zu und legte ihre Schreibunterlagen, ein Ding, dass sie Notizblock nannte, auf dem Tisch neben dem Doktor ab, der sie endlich bemerkte. „Das hier ist ein faszinierendes Gerät."

Sie lächelte ihn an, ein echtes Lächeln, und ich trat einen Schritt vor, bevor ich den Mistkerl in mir zügeln konnte, der nicht wollte, dass irgendjemand außer ihm ein solches Lächeln geschenkt bekommt. „Nicht wahr? Ihre ReGen-Stäbe sind toll, verstehen Sie mich nicht falsch. Aber manchmal muss man etwas sehen können, um es zu verstehen."

Der Doktor schob ein kleines Glasplättchen aus dem Gerät und ersetzte es durch ein anderes von einem Tablett. Er klemmte es mit kleinen Metallschnallen fest und senkte sein Auge an die Ansichtslinse. „Ich weiß, dass unsere Wissenschaftler diese Technologie genauestens im Detail studiert haben. Ich habe alle Berichte gelesen. Ich habe sogar selbst ein paar Analysen und Tests zur Forschung durchgeführt, aber ich habe es mir noch nie so angesehen."

Rachel überließ den Doktor seinem Gerät und ging zu einem kleinen Tablett, das neben einem der Krankenbetten stand. Sie winkte den Betten entgegen und blickte uns an. „Setzt euch hin. Ich brauche eine Probe von jedem von euch."

Ryston setzte sich zuerst, und ich folgte. Es war unheimlich, wie Rachel uns nicht ansah, sondern durch uns *hindurch*, als würden wir nicht zu ihr gehören. Nicht real sein. Nicht einmal wirklich hier. In Gedanken war sie weit, weit weg.

Ich sehnte mich danach, sie in meine Arme zu ziehen und sie besinnungslos zu küssen, sie daran zu erinnern, wem sie gehörte, und sie zurück ins Hier und Jetzt zu zerren, zu uns. Aber ich wusste, dass das ein Riesenfehler wäre. Was auch immer sie gerade in ihrem Kopf bearbeitete, war für uns alle wichtig. So sehr ich auch von ihrer Sanftheit getröstet werden wollte, brauchte ich auch das hier. Stärke. Stark genug, um uns alle zu retten.

Sie hob ein Skalpell vom Tablett und

zog Rystons Kopf zu sich, drehte ihn herum, damit sie mit ihrem Instrument an das verseuchte Gewebe an seiner Schläfe gelangen konnte. Mit einem glatten, kontrollierten Schnitt hatte sie eine Gewebeschicht von Rystons Haut entnommen und trug sie auf eines der kleinen Glasplättchen auf, bevor sie es dem Doktor überreichte.

„Herr Doktor. Haben Sie mir vorhin zugesehen? Wissen Sie, wie man ein Nasspräparat macht?"

„Ja. Ich habe Ihnen zugesehen."

„Hab ich's doch gewusst." Sie legte das Plättchen neben ihm auf den Tisch und wandte sich wieder ab. „Gut. Nasspräparat. Schreiben Sie ein R mit dem Stift da auf die Seite, damit wir sie nicht durcheinander bringen."

Fasziniert sah ich zu, wie der Doktor genau das tat, was sie geordert hatte, während sie ein Glasplättchen und das Skalpell zu mir brachte. „Du bist dran, Maxim. Ich möchte etwas, das nahe am Implantat ist."

Ich zog mir die Tunika über den Kopf und ließ sie neben mir auf den Tisch fallen.

Ryston fluchte, und Rachel stockte. Ihre Augen flackerten auf, als sie sah, wie weit mein Zustand fortgeschritten war. „Du liebe Scheiße."

„Jetzt nicht den Fokus verlieren, Gefährtin. Führe es zu Ende." Ich streckte meinen Arm aus und hielt völlig still, während sie ihre Probe entnahm. Sie blickte zu mir hoch, als es erledigt war. „Ich will noch ein paar mehr, eine am äußeren Rand und eine vom Hive-Teil. Geht das in Ordnung?"

Ich hob ihr Kinn und gab ihr einen sanften Kuss auf die Lippen. „Du, Gefährtin, sollst alles haben, was du brauchst."

Ihre Wangen liefen zu einem entzückenden Rosaton an, aber sie nickte und kehrte an die Arbeit zurück. Sie überreichte dem Doktor die Plättchen, wies ihn an, wie er sie einzusetzen und mit M-1, M-2 und M-3 zu beschriften hatte.

Mit einem abwesenden Winken stellte sie sich neben den Doktor. „Du kannst dein Hemd wieder anziehen, Baby."

Baby?

Dieses eine Wort ließ mich erstarren,

bis Ryston mir lachend gegen die Schulter stieß. „Baby, was? Mistkerl. Warum bekomme ich keinen Kosenamen?"

Ich ließ mich gar nicht erst auf eine Antwort ein, und wir beide sahen zu, wie der Doktor die Plättchen und das seltsame Gerät unserer Gefährtin überließ. Sie wechselte mehrmals zwischen ihnen, machte sich Notizen in ihr kleines Buch, während der Schmerz sich in mir höher und höher schraubte, bis er völlig ausbrach.

Ich hob stöhnend meine Hand an den Kopf und fühlte, wie ich fiel. Fühlte, wie Rystons Arm mich auffing, bevor ich auf dem Boden aufschlug. Hörte, wie Rachel schrie, und alles wurde schwarz.

RACHEL

DIE ANTWORT WAR HIER, auf diesen Glasplättchen.

Die Hive-Zellen in Maxims Körper waren irgendwie reaktiviert worden. Sie bewegten sich, vermehrten sich und verursachten zweifellos eine riesige Entzündungsreaktion. Wenn der gleiche Prozess in Captain Brooks' Körper abgelaufen war, hatten die Hive-Implantate also auch angefangen, Quell in seinen Kreislauf einzuspeisen.

Ich blickte auf die kriechende Plage der lebendigen Hive-Implantate und hatte keinen Zweifel daran, das Maxims Blutbild gerade auch wie das eines Junkies aussehen würde.

Aber Rystons Implantate sahen genau so aus, wie mir der Doktor beschrieben hatte, und wie sie aussehen sollten. Wie die Implantate aller Krieger auf der Kolonie aussehen sollten, so weit ab von den Frequenzen des Hive-Kollektivs. Die Kolonie lag tief in dem Bereich, der von der Koalition kontrolliert war, und die Entfernung sollte zum Schutz vor der Reaktivierung ihrer Implantate dienen.

„Maxim?" Rystons Warnruf riss mich aus meinen Gedanken wie eine heiße Kralle, und ich drehte mich herum und sah meinen Gefährten zu Boden fallen.

„Oh Gott." Nein. Nein. Nein. Nein. Ich

war so nahe dran. Ich hatte es schon beinahe ausgeknobelt.

Ryston legte ihn auf den Boden, und ich beugte mich über ihn. „Maxim? Baby? Halt durch, in Ordnung? Ich bekomm das hin." Ich küsste ihn auf die Stirn und legte ihn zurück auf den Boden. „Ich schaffe es. Ich schaffe es."

Doktor Surnen eilte mit seinem ReGen-Stab zu Maxim, aber ich ignorierte ihn. Ich musste das hier knacken. Und zwar jetzt. Verdammt schnell.

Es fühlte sich an wie ein Traum, ein Alptraum in Zeitlupe, von dem ich nicht aufwachen konnte. Ich setzte mich auf den Stuhl und öffnete mein Notizbuch, starrte auf meine Zeichnungen, meine Daten, dachte über den inaktiven, unbeweglichen Zustand von Rystons Implantats-Zellen nach im Gegensatz zu den aktiven, toxischen, werden-meinen-Gefährten-umbringen-wenn-ich-das-hier-nicht-knacke, Hive-Zellen.

„Herr Doktor?"

„Ja." Er kniete gerade neben Maxim, aber ich brauchte seinen Körper nicht bei mir, nur sein Hirn.

„Sie sagten, dass die Hive-Implantate von einer bestimmten Funkfrequenz kontrolliert werden, die vom Hive für alle biosynthetischen Soldaten verwendet wird?"

„Ja."

„Warum seid ihr alle dann nicht mehr vom Hive kontrolliert? Wie habt ihr es deaktiviert?"

Der Doktor blickte über die Schulter zu mir. „Die Kolonie liegt tief im Koalitions-Gebiet. Keiner der Hive-Funkfrequenzen haben bisher so tief in unser Revier vordringen können. Außerdem wurde dieser Planet ausgewählt, weil er ein außergewöhnlich starkes Magnetfeld hat. Wir verwenden spezielle Satelliten-Relais-Systeme für Kommunikation und Transporte. Ohne sie würde das natürliche Magnetfeld des Planeten alles stören."

Ich biss mir in die Lippe und dachte an die kleinen Cyborg-Zellen, die ich von Maxims Rücken entnommen hatte und die wie verdammte Kaulquappen auf der Glasplatte herumschwammen. „Wenn es also jemand hinbekommen würde, hier unten eine Hive-Frequenz auszustrahlen, was würde passieren?"

Er schüttelte den Kopf, aber Ryston antwortete. „Das ist unmöglich."

„Warum? Überwacht ihr das? Würde es überhaupt jemand wissen?"

Rystons Blick verengte sich. „Nein. Ich bin Teil des Sicherheits-Teams, Rachel. Wir scannen das nicht. In sechzig Jahren hat es noch keine Hive-Funkübertragungen hier unten gegeben. Sie kommen nicht durch."

Ich blickte auf die Plättchen, dann zurück zu meinem sekundären Gefährten. „Also, irgendetwas kommt durch. Deine Implantate sind immer noch tot. Kleben auf dem Plättchen wie Schlamm. Aber Maxim? Und der Captain? Deren Implantate sind lebendig. Sie bewegen sich herum, teilen sich, breiten sich aus. Irgendetwas hat sie wieder aktiviert."

„Götter, nein." Der Arzt wankte, als hätte ich ein schreckliches Horrorszenario umrissen. Aber Ryston erhob sich wie ein Racheengel, furchtlos und voller Zorn. Gott, er war atemberaubend.

„Kannst du es aufspüren?

Irgendjemand funkt. Wenn du es nicht abstellst, wird es euch alle töten."

„Sie versuchen vielleicht, uns zu töten, oder aber uns auch zu versklaven", fügte der Arzt hinzu. „Wir wissen es einfach nicht."

Daran hatte ich noch gar nicht gedacht. „Die wollen euch zurück?"

Ryston ging zu einer Kommunikationseinheit an der Tür. „Natürlich. Wir haben einen gesamten Planeten voller integrierter Soldaten für ihren Krieg hier. Biologisches Material, das bereits bearbeitet ist und kontrolliert werden kann. Das war der Grund, warum wir niemals nach Hause durften. Es war jedermanns größte Angst, dass sie es irgendwie schaffen würden, uns wieder zu aktivieren, die Kontrolle über unsere Körper und unseren Geist zu übernehmen. Uns dazu zu kriegen, für sie zu töten."

Ryston hob de Hand und kontaktierte jemandem von seinem Sicherheits-Team. „Führt einen Scan nach allen bekannten Hive-Funkfrequenzen durch."

Weniger als eine Minute später kam über den Lautsprecher ein Schwall von

Flüchen herein. „Captain. Wir haben etwas gefunden. Wir schicken ein Ermittlungsteam."

„Wo?", verlangte Ryston.

„Medizinbereich."

Ich blickte zum Arzt, zu meinem Gefährten. Rätsel gelöst. Ich konnte ihren Funksender nicht finden, und ich konnte Hive-Geräte nicht aufspüren. Mein Teil der Arbeit war getan. „Herr Doktor. Wie macht man den Mist aus? Es muss doch möglich sein, es zu deaktivieren, bevor es ihn umbringt."

„Natürlich. Natürlich." Wie benommen eilte der Doktor an eine Schublade, die aus der glatten, grün und beige gestreiften Wand hervortrat. Er holte ein weiteres stabförmiges Gerät aus der verborgenen Kammer und eilte zu Maxim zurück. Ich kniete auf dem Boden und hob mir den Kopf meines Gefährten in den Schoß. „Bleib bei mir, Baby. Halte durch. Ich bin hier. Verlass mich nicht."

Der Arzt aktivierte das Gerät, und ein grelles Licht schaltete von rot auf blau, während der Arzt es über Maxims Körper schwenkte. „Was machen Sie?"

„Das hier erzeugt ein stark geladenes Magnetfeld. Es löscht die Programmierung auf Zellebene von den Hive-Implantaten und macht sie unschädlich."

Drei riesige Männer kamen in den Raum geplatzt, wo Ryston sie erwartete. Er streckte die Hand aus, und einer der Sicherheitsoffiziere reichte ihm eine Art Scanner. Ryston schaltete ihn an, und die vier Männer verschwanden sofort in einem angrenzenden Zimmer.

Keine zwei Minuten später waren sie zurück, mit etwas, das nicht größer war als ein Golfball. „Ich werde ihm den Schwanz vom Körper reißen und ihm in die Kehle stopfen."

„Wem, Captain?"

Der Arzt blickte von seiner Behandlung an Maxim auf und seufzte. „Das gehört Krael. Meinem höchsten medizinischen Offizier."

Ich blinzelte langsam. Meinte er das ernst? Der hilflose, wertlose Idiot, der mir stundenlang nachgelaufen war? „Krael?"

„Ich fürchte, ja."

Ryston blickte zu seinem Team. „Schnappt ihn. Ich will ihn lebend."

„Ja, Sir." Sie zogen sofort los, und ein kalter, völlig unlogischer Schauer lief mir über den Rücken, als ich glaubte, dass Ryston ebenfalls gehen würde. Ich erkannte das Gefühl wieder, hatte es im Gefängnis oft verspürt. Panik. Einsame, hilflose Panik.

Ich brauchte meine Gefährten. Sie beide. Sie waren unerbittlich, beschützerisch und stärker, als ich es je sein würde. Ich hatte mich daran gewöhnt, sie an meiner Seite zu haben. Kaum vorzustellen, dass Ryston fortgehen würde, während Maxim verwundet war, und mich alleine mit dieser Last zurücklassen?

Ich fühlte mich wie ein schwacher Narr, aber der Gedanke daran, dass er nicht bei mir war, brachte beinahe mein Herz zum Stillstand. Ich wollte, dass er blieb. Ich brauchte ihn. Aber ich würde nicht darum bitten. Das konnte ich nicht. Nicht, wenn er Arbeit zu erledigen hatte. Davon würde ich ihn nicht abhalten wollen. Ihm nicht im Weg stehen. „Ryston."

Ryston kam zu mir und hockte sich neben mir und dem Doktor auf den kalten, harten Boden. Seine große, warme Hand legte sich auf meine Schulter, und sofort fühlte ich mich ruhiger. „Ich weiche nicht von deiner Seite, Rachel. Ich werde niemals fortgehen, wenn du mich brauchst."

Die Tränen kamen automatisch, ein stiller Fluss lief meine Wangen hinunter. Ich ignorierte sie. Ließ sie zu Boden fallen. Ich würde nicht aufhören, Maxim zu berühren, nur um sie fortzuwischen.

Ryston sprach den Arzt an. „Wird er es schaffen?"

Der Arzt nickte, und sofort konnte ich wieder besser atmen. „Ja. Er wird einen Gesamt-Zyklus in der ReGen-Kapsel brauchen, aber nun, da wir den Reaktivierungs-Prozess aufgehalten haben, wird er überleben." Der Doktor blickte zu mir. „Dank Ihnen, Lady Rone."

Ich blickte Ryston an, und mein Körper brannte zu gleichen Teilen mit Erleichterung und Liebe. Es war seelenverzehrende, alles in Flammen setzende Liebe für meinen sekundären Gefährten mit seinem Temperament und seiner Leidenschaft. Maxim war mein Zufluchtsort, mein Zuhause, aber Ryston war mein Feuer. Ich brauchte sie beide. „Ich liebe dich."

Seine Hand wanderte an meinen Kragen, und den Ausdruck in seinen Augen hatte ich zuvor noch nicht gesehen. „Ich weiß, Liebste. Ich weiß."

15

Maxim, drei Tage später

„ICH BIN BEREIT, in Besitz genommen zu werden", sagte Rachel.

Diese Worte ließen mich erstarren. Meine Beine, meinen Verstand. Aber meinen Schwanz setzten sie in Bewegung. Jeder Prillon-Mann wartete nur darauf, dass eine Frau diese Worte aussprach. *Ich bin bereit, in Besitz genommen zu werden.*

Wenn sie das tat, würde Rachel uns gehören, für immer. Ihr Kragen würde die Farbe wechseln, von Schwarz zu Kupfer.

Sich meinem und Rystons anpassen. Es würde ein deutliches Signal für alle sein, dass sie offiziell die Lady Rone war, dass sie uns angenommen hatte, uns wollte. Nein, verdammt, uns brauchte und uns nie mehr gehen lassen wollte.

Ryston musste ähnliche Gedanken gehabt haben. Während ich seine Überraschung und seine unverblümte Gier über den Kragen spürte, bestätigten seine Worte das. „Was meinst du damit, Rachel? In Besitz genommen? Permanent zu unserem Eigentum werden? Von uns beiden gefickt zu werden, unseren Samen tief in dir aufnehmen? Uns zu einer Einheit zu verbinden? Wir müssen uns da ganz sicher sein."

Sie biss sich in die Lippe, dann nickte sie. „Ja. Nehmt mich in Besitz."

Ich spürte ihre Nervosität, jedoch lag dahinter eine unerschütterliche Sicherheit. „Du bist dir über etwas nicht ganz sicher."

Ihre Finger wanderten an den schwarzen Kragen an ihrem Hals. Ich sehnte mich nach dem Augenblick, in dem er zu feurigem Kupfer werden würde, der Farbe meiner Familie. *Meins.*

„Ich will euch gehören. Euch beiden. Ich will sogar, dass ihr mich gleichzeitig fickt. Aber ich bin nervös diesbezüglich. Ich meine...ihr seid beide so groß."

Ich atmete hörbar aus, und meine Sorgen schmolzen dahin. Ich hatte einen ganzen Tag in einer ReGen-Kapsel verbracht, und einen weiteren damit, mich zu erholen. Ryston und Rachel hatten mich geschont, aber heute schien Rachel vom Verhätscheln genug zu haben. Es ging mir wieder gut, keine Spur des aktivierten Gewebes war zurückgeblieben. Sie hatte mich gerettet. Obwohl Krael davongekommen war, sich davongemacht hatte, bevor die Wahrheit ans Licht kam, und vom Planeten transportiert war. Wir kannten nun den Plan, wussten, dass das Übel existierte und hielten danach Ausschau. Fürs Erste war jedoch auf der Kolonie wieder Frieden eingekehrt. Und meine Gefährtin wollte in Besitz genommen werden. Wer war ich, ihr das zu versagen?

„Du musst uns nicht schmeicheln, Gefährtin. Wir gehören bereits dir."

Sie verdrehte die Augen und grinste,

dann biss sie wieder in ihre Lippe. „Was, wenn ich es nicht schaffe? Euch beide aufzunehmen, meine ich."

Ryston stellte sich vor sie und streichelte mit einem Finger ihre Wange entlang. „Ich habe dich gut vorbereitet, oder nicht? Die Stöpsel, meine Finger? Du kannst inzwischen Maxims Schwanz und den größten Stöpsel im Kästchen gleichzeitig nehmen."

Sie blickte an Ryston hinunter, als könnte sie seinen Schwanz durch seine Rüstung hindurch sehen. „Aber du bist noch viel größer."

Ryston grinste. „Das bin ich. Da wirst du uns einfach vertrauen müssen."

Ihr ernsthafter, dunkler Blick traf den meines Sekundärs.

„Vertraust du deinen Gefährten, dass sie auf dich aufpassen? In allen Belangen— auch deiner Lust?"

Sie blickte mich an, und ich sah, wie die Bedenken sich verzogen. Alles, was übrig war, war Begierde und Erregung. „Das tue ich."

Ich nickte kurz, und mein Schwanz

pochte. Sie wollte uns. Brauchte uns. Vertraute uns.

„Dann werde ich mich um die Zeremonie kümmern", sagte Ryston und verließ die Suite. Die Tür schloss sich leise hinter ihm.

„Zeremonie?", fragte sie und deutete dann zum Schlafzimmer. „Können wir nicht einfach da rein gehen und, nun, zur Sache kommen?"

Da lachte ich. Wenn es seit ihrer Ankunft auf der Kolonie auch nicht viele humorvolle Anlässe gegeben hatte, so hob sie doch meine Stimmung, linderte meine Emotionen. Beruhigte mich. Rettete mich.

„Wenn ein Prillon-Krieger seine Gefährtin mit seinem Sekundär in Besitz nimmt, ist die Zeremonie ein öffentliches Ereignis."

„Ein öffentliches Ereignis?", wiederholte sie, und ihre Stimme wurde mit jedem Wort lauter.

„Es wird bezeugt durch jene, die die Ehre erhalten, von den Kriegern ausgewählt zu werden. Vertrauten Freunden, die ihre Vereinigung segnen und schützen werden.

Aber für uns wird es keine Privatsphäre geben, denn ich bin Gouverneur dieser Basis. Als Anführer muss meine Bindungszeremonie für alle zugänglich sein. Ich muss die Akzeptanz und den Segen von all jenen entgegennehmen, die sie mir anbieten möchten."

„Der Kragen wird die Farbe wechseln." Sie fuhr mit den Fingern darüber. „Reicht das nicht dafür, dass jeder weiß, dass ich in Besitz genommen wurde?"

Ich schüttelte den Kopf. „Es ist das Recht eines jeden Prillon-Bürgers, unsere Vereinigung mitanzusehen, die Kraft unserer Verbindung zu sehen und darauf vertrauen zu können, dass sowohl meine Gefährtin als auch mein Sekundär würdig sind. Würdig, diese Basis anzuführen, zur Regierung der Kolonie beizutragen."

„Ja, aber sie brauchen nicht mitanzusehen, wie ich dich nehme...und Ryston... ich meine, das ist doch privat!"

Ja, es ist privat, wenn mein Schwanz tief in ihrer tropfnassen Pussy versenkt wird, während Ryston ihren jungfräulichen Hintern zum ersten Mal in Besitz nimmt. Aber es war auch der ultimative Akt unseres Bundes, ihre Hingabe ein wichtiger Teil des Rituals, öffentliche Erklärung dessen, dass sie uns gehörte. Dass sie unter all den Frauen im Universum uns gehörte. Unseren Samen in ihr zu vergießen zeigte jedem in der Kolonie, dass sie vergeben war, dass niemand jemals zwischen uns kommen konnte. Niemand würde unsere Vereinigung anzweifeln. Niemals.

„Vielleicht führen deine Erden-Bräuche dazu, dass du so denkst. Als Prillone setze ich dich ihnen nicht aus, um Schande über dich zu bringen. Ich zeige allen meine Gefährtin, und dass ich stolz darauf bin, dich mit Ryston in Besitz zu nehmen. Dass du mir gehörst, uns. Ich bin stolz auf dich, Rachel von der Erde. Du gehörst mir, und ich will, dass das jeder weiß. Dass mich alle beneiden. Dich ebenso sehr begehren wie ich es tue."

Sie entfernte sich, lief im Kreis, dann noch einmal. Ich spürte ihre Gedanken, ihre Skepsis gegenüber der Besitznahme-Zeremonie. Ich wollte, dass sie stolz darauf war, das Band zwischen uns mit jedem auf Basis 3 zu teilen. Ich wollte, dass sie an das zeremonielle Bett herantrat mit

Begeisterung darüber, die Nähe in unserem Bund zu beweisen. Zu zeigen, dass sie uns wollte und niemand anderen. Uns zu ficken, während andere zusahen, würde keinen Zweifel daran lassen, dass sie uns gehörte. Niemals würde Zweifel daran herrschen.

Sobald diese Gedanken in meinem Kopf zur Ruhe kamen, blieb sie stehen und drehte sich zu mir herum.

„Ja. Also gut."

Sie hob ihr Kinn und blickte mir in die Augen. „Ich verstehe. Ich gebe zu, ich bin dankbar für die Kragen. Es sollte sie auf der Erde geben, denn ohne sie glaube ich nicht, dass ich die Tiefen deiner männlichen Gedanken je verstehen würde. So komplex und doch so simpel. Ihr verschenkt mich nicht an alle wie ein billiges Geschenk. Ihr schätzt mich und zeigt dem Volk, was ich euch bedeute."

Ich seufzte. „Ja, Gefährtin. Ganz genau. Es ist nicht Gesetz, und du kannst es ablehnen." Ich deutete mit dem Kinn zum Schlafzimmer. „Ryston kann zurückkommen, und wir nehmen dich privat in Besitz. Vertrau mir, wir werden es außerordentlich genießen."

Sie schüttelte den Kopf und sagte: „Nein. Es ist dir wichtig, ist wichtig für uns alle. Ich vertraue dir, dass du mich schützt."

„Dann bereiten wir dich schon mal vor."

Sie runzelte die Stirn. „Wie läuft das ab?"

Mein Schwanz wurde unglaublicherweise noch dicker, und meine Eier schmerzten, voll mit meinem Samen, der nur für sie bestimmt war. „Zieh dich aus, Gefährtin."

RACHEL

RYSTON HATTE die Arrangements für die Besitznahme-Zeremonie rasch getroffen. Zu sagen, dass ich nervös war, wäre eine komplette Untertreibung. Der Gedanke daran, endlich von meinen beiden Männer genommen zu werden, und zur gleichen Zeit, war so verdammt scharf, dass ich dabei beinahe vergaß, dass ich das tun würde, während ein ganzer Haufen Leute zusah. Beinahe. Aber ich vertraute meinen Gefährten. Spürte ihr Bedürfnis, es so zu tun. Maxim hatte recht, meine Erziehung belegte mich mit einigen Vorurteilen über den Akt. Es fühlte sich an, als wollten sie, dass ihren Freunden auf meine Kosten einer abging, dass sie vorführen wollten, wie sie mich nahmen, mich auf dreckige und ungute Weise fickten. Erdenmenschen würden mich als Schlampe ansehen und den Akt für billig halten. Ich war eine Hure, die ausgestellt wurde.

Auf der Kolonie, mit Prillon-Kriegern? Da war es nichts dergleichen. Ich hatte sofort gelernt, dass mich niemand abzuwerten hatte. Meine Gefährten hatten mich stattdessen höher gestellt, dafür gesorgt, dass ich hier in der Kolonie stärker respektiert wurde, in höheren Ehren gehalten als es auf der Erde je der Fall gewesen war.

Ich war gefragt, nicht nur für meinen Körper—meine Gefährten hatten mir wieder und wieder gesagt, wie sehr sie mich begehrten—sondern auch für meinen Verstand. Ich war hier eine Bereicherung. Ich würde nicht eines Verbrechens bezichtigt werden, das ich nicht begangen hatte. Meine Ideen würden hier nicht gestohlen werden. All die Krieger waren, obwohl sie extrem auf Alpha und dominant waren—ich könnte schwören, dass sie alle in Höhlen geboren waren—auch nicht im Geringsten chauvinistisch veranlagt. Ja, sie waren ritterlich, aber auf eine Art, die ich durchwegs angenehm fand.

Wenn sie wüssten, wie mit Frauen auf der Erde umgegangen wurde, hatte ich keinen Zweifel, dass sie die ersten sein würden, die mit Protestplakaten zur Stelle wären.

Aber wir waren hier nicht auf der Erde. Wir waren in der Kolonie, und meine Männer wollten mich. Ich wollte sie. Ich wollte, dass sie mich in Besitz nahmen. Endlich. Es gab kein Zurück. Keine Meinungsänderung. Ich wollte, dass mein Kragen kupferfarben wie ihrer war. Ich wollte, dass sie beide mich zur gleichen Zeit fickten.

Maxim stöhnte bei diesem letzten Gedanken. Ich war mir nicht sicher, ob ich mich je daran gewöhnen würde, dass sie meine Gedanken spüren konnten. Aber es war hilfreich. Sie wussten, dass ich zwar nervös wegen der ganzen Sache war, es aber auch wirklich wollte.

Ich wollte, dass meine Männer mit mir angaben, mit dem Bund zwischen uns.

„Sie ist bereit", sagte Ryston und trat an mich heran.

Nachdem ich mich ausgezogen hatte, wie Maxim es gefordert hatte, hatte er eine schwere Robe um meine Schultern gelegt, die mich völlig bedeckte, und mich dann den Korridor hinunter in eine große Kammer geführt. Ja, dies war in der Tat eine Besitznahme-Kammer. Es war wie ein Theater, das die Bühne im Zentrum hatte und die Sitze im Kreis darum herum. Nur stand in der Mitte keine Bühne, sondern ein Bett. Ein großes Bett mit schwarzen Laken, seidig und weich. Die Kammer war warm, was gut war, denn ich hatte das Gefühl, dass ich gleich splitternackt sein würde. Ich blickte zu den Kriegern, die von den Sitzen aus schweigend zusahen. Warteten.

Ryston nahm mich am Kinn, zwang mich, seinem Blick zu begegnen. „Es ist niemand sonst hier. Nur wir."

Maxim nahm seine Hände von meinen Schultern und stellte sich neben seinen Sekundär. Ihre großen Körper blockierten alles, obwohl das leise Raunen weiterging. Ich konnte hören, wie die Stimmen sich vereinten, zu einem geflüsterten Chor von *Nehmt sie in Besitz. Nehmt sie in Besitz. Nehmt sie in Besitz.*

„Wir können das hier auch privat tun", bot Maxim mir noch einmal an. „Niemand wird weniger von dir halten."

Sie waren so freigiebig. Das hier war ihnen wichtig. Diese Zeremonie zu teilen, mich stolz zu ihrem Eigentum zu machen. Sie hatten so viel für mich getan, dass das hier etwas war, das ich leicht für sie tun konnte. Es würde nicht schmerzhaft werden. Ganz im Gegenteil.

„Nein. Ich will es so." Ich blickte von einem Gefährten zum anderen. „Ich will euch beide."

Ich spürte ihre Freude über diese Worte und wusste, dass es so richtig war. Maxims Schultern entspannten sich, und er nahm meine Hand. „Nimmst du meine Besitznahme an, Gefährtin?" Seine Stimme war laut, damit jeder im Raum ihn hören konnte. Es wurde still. „Gibst du dich mir und meinem Sekundär frei hin, oder wünscht du, einen anderen primären Gefährten zu wählen?"

Mit der ersten Frage hatte ich gerechnet, aber nicht mit der letzten. Der Gedanke machte mir Sorgen.

„Ich wünsche keinen anderen", sagte ich rasch. Als ich erkannte, dass es nur eine Formalität war, atmete ich tief durch und sprach laut. Und stolz. „Ich gebe mich dir und deinem Sekundär hin. Ich nehme deine Besitznahme an."

Der Sprechgesang kam zurück, und ich musste hoffen, dass das alles Teil der Tradition war. Würde ich zu dieser Hintergrundmusik ficken müssen?

„Dann nehmen wir dich in Besitz, durch das Ritual der Benennung. Du gehörst mir, und ich werde jeden anderen

Krieger töten, der es wagt, dich anzurühren."

Ich liebte diese Besitzgier. Sie machte mich scharf. Feucht.

„Hier." Ryston hielt ein schwarzes Stück Stoff hoch. „Für deine Augen."

Sie wollten mir die Augen verbinden? Der Gedanke war zugleich erschreckend und richtig scharf.

„Vertrau uns", sagte Maxim, seine Stimme nur für mich. Sein dunkler Blick traf meinen.

Ich nickte knapp, dann schloss ich die Augen, während Ryston den weichen Stoff über meine Augen legte und ihn festband.

„Nicht zu fest?", fragte er, als er fertig war.

Ich konnte nichts sehen, nicht einmal einen Lichtschimmer am unteren Rand. Und auch nicht die Krieger, die zusahen. Es war eng, aber nicht unangenehm.

„Nein."

Ich spürte, wie einer von ihnen hinter mich trat, um mich herum fasste und den Verschluss der Robe öffnete. Der Stoff glitt von meinem Körper und sammelte sich zu meinen Füßen.

Ich wollte eine Hand hochheben, um mich zu bedecken, aber sie begannen, mich zu berühren, mit ihren Händen über meine Arme zu streichen, meine Hüften, meine Taille, mein Hinterteil. Sie waren sanft, beruhigend. Ich hatte keine Ahnung, wie lange sie so weitermachten, aber als ich meine Muskeln entspannte, mich ihren Berührungen hingab, wurde ich hochgehoben und sanft aufs Bett gelegt.

Einer von ihnen legte sich zu mir, presste seinen Körper eng an meinen.

„Gib dich uns hin, Gefährtin", flüsterte Maxim. „Lass deine Gedanken los. Spüre nur. Spüre durch unsere Hände, unsere Münder, unsere Schwänze. Den Kragen. Du bist wunderschön, du bist wertvoll. Du gehörst uns."

Das war eine stärkere Besitznahme als die Worte, die für alle hörbar waren.

Daraufhin entspannte ich mich noch mehr. Mir war nicht bewusst gewesen, wie angespannt ich war.

„Braves Mädchen."

Er küsste mich, dunkel und primitiv. Es war, als hätte meine endgültige Akzeptanz von all dem hier die Gier in ihm entfesselt.

Er hatte sich bis jetzt zurückgehalten. Für mich.

„Ja", murmelte ich an seinen Lippen. „Bitte."

Er rollte uns herum, bis ich auf ihm lag, und drückte mich hoch, sodass ich über seinen Hüften saß, sein Schwanz zwischen meinen ausgebreiteten Schamlippen eingebettet. Raue Hände umfassten meine Brüste, spielten mit den Nippeln. Ich keuchte auf, als ich noch mehr Hände auf mir fühlte. Ryston.

Er machte es sich hinter mir bequem, und eine seiner Hände kam um mich herum und umfasste meine Pussy.

„Sie ist tropfnass."

Maxim knurrte, während er weiter an meinen Nippeln kniff und zupfte. „Ich weiß. Es benetzt meinen ganzen Schwanz."

Ich konnte nicht stillhalten, musste meine Hüften bewegen und an Rystons geschickten Fingern reiben. Sie bearbeiteten mich, bis ich an der Kippe zu einem Orgasmus stand, meine Haut schweißbedeckt, meine Schreie lauter als der Singsang der Zuseher.

Als ich gerade kommen wollte,

entzogen sie sich, und ich blieb auf Maxim sitzend zurück. Treibend.

„Nein", schrie ich.

„Schh", beruhigte mich Ryston, seine Stimme nahe an meinem Ohr. „Wir kommen zusammen. Wie es sein soll."

Ich wimmerte, wusste, das sie sich nicht umstimmen lassen würden.

„Es ist soweit", knurrte Maxim.

Hände packten mich an den Hüften, hoben mich hoch. Ich spürte den breiten Kopf von Maxims Schwanz an meinem Eingang. „Ja."

Da übernahm ich das Kommando, rückte meine Hüften zurecht, begierig darauf, mich auf ihn herab zu senken, zu fühlen, wie er über meine inneren Wände glitt, und sie um ihn herum zusammenzuziehen. Er öffnete mich weit, glitt hinein, Zentimeter für Zentimeter, dehnte mich. Gott, ich liebte es, wie er sich in mir anfühlte. Ich drückte zu, wollte ihn tiefer in mir aufnehmen.

Ich hatte gelernt, dass ich mich vorbeugen musste, um ihn ganz in mir aufzunehmen, und als ich das tat, stöhnte Maxim auf und umfasste mit den Händen meine Brüste. Ich wusste, dass er es war, denn Rystons Hand war an meinen Hintern gewandert, spreizte mich. Ein schlüpfriger Finger glitt über meinen Hintereingang, wieder und wieder, arbeitete sich in mich hinein. Die Fingerspitze zog sich heraus, und dann fühlte ich dort etwas Festes, gefolgt von einem kleinen Schwall Flüssigkeit. Gleitgel. Er hatte Gleitgel in mich hinein gegossen. Sein Finger kam wieder, drang mit Leichtigkeit ein. Das Gleitgel wurde mit einem Finger tief in mich hinein gearbeitet, dann zwei, während Maxim mich durchgehend langsam hob und senkte, mich fickte.

Ich war fixiert, auf seinem Schwanz und mit seinen Händen an meinen Brüsten. Aber ich fühlte mich geschützt und sicher, als Rystons nackter Körper sich an meinen Rücken presste.

Ich hatte bisher nicht darüber nachgedacht, wann sie sich ausgezogen hatten. Sie waren bekleidet gewesen, als sie mir die Augen verbanden. Maxim hatte recht gehabt. Ich hatte mein Hirn abgeschaltet, wie er es wollte. Ich musste mich fragen, was die anderen Krieger dachten, während sie—

„Oh Gott", stöhnte ich. Es war nicht länger Rystons Finger, sondern der weiche Kopf seines Schwanzes, der sich an mich presste. Es war keine breiter werdende Spitze wie bei dem Stöpsel, sondern ein breiter Schwanz, der gegen mich stupste. Er würde eindringen. Ich fühlte die Begierde, das starke Bedürfnis danach.

„Entspann dich. Schhhh. Drück dagegen. Braves Mädchen", säuselte Ryston, während er weiter presste, dann zurückzog, dann wieder presste.

Maxim hielt still, ließ Ryston mich Stück für Stück öffnen, bis plötzlich die gesamte Schwanzspitze eintauchte.

Er atmete zischend aus, und ich wusste, dass er spüren konnte, wie eng ich war. Das spürten wir alle. Ich hatte beide Schwänze in mir. Noch nicht vollständig, aber...wow.

Ich war so voll. Gott, so etwas hatte ich noch nie gefühlt. Es war dunkel und primitiv und dreckig und verdorben. Und wundervoll.

Ich hechelte, bemühte mich, zu entspannen, dankbar für all ihre Vorarbeit.

Eine Hand strich mir über den Rücken, und ich spürte, wie Rystons Brust sich noch enger an mich presste. Sobald er sich bewegte, drang er noch ein wenig weiter ein.

„Ich...oh. Es ist—"

„Wir wissen es", knurrte Maxim. „Lass Ryston erst ganz hinein, und dann werden wir dich ficken."

An seiner heiseren Stimme erkannte ich, dass er sich zurückhielt, und es ihm viel kostete. Ich spürte, wie seine Hüften ein klein wenig zuckten, aber er beherrschte sich.

Ryston flüsterte mir zu, als er anfing, in mich hinein zu ficken, dann zurück, Stück für Stück. *So ein braves Mädchen. Du fühlst dich so gut an. Ich kann Maxims Schwanz tief in dir fühlen. Du kannst uns aufnehmen. Wir werden dich in Besitz nehmen, dich mit unserem Samen markieren. Ja. Bei den Göttern, ja.*

Und dann war er bis zum Anschlag in mir drin. Sie beide waren es. Es tat ein klein wenig weh, brannte, aber die köstlichen Empfindungen waren unglaublich. Über die Kragen empfing ich die Lust meiner Gefährten, und ich wusste, dass sie das hier mehr wollten als alles andere. Ich wusste nun, was diese Zeremonie ihnen bedeutete, dass sie das hier brauchten, mich zu teilen. Dem Planeten vorzuführen, wie ich uns alle miteinander verband.

Ryston zog sich langsam heraus, bis der Kopf sich in mir verfing. Maxim stieß tiefer zu. Dann wechselten sie sich ab.

Meine Augen öffneten sich unter der Augenbinde, und mir wurde klar, dass ich sie sehen musste. Ich riss sie herunter und blinzelte, während sie sich weiter bewegten. Rein. Raus. Abwechselnd.

Ich blickte zu Maxim hinunter. Er war mir so nahe, und seine Augen, die gewöhnlich dunkel waren, waren nun schwarz. Sein Kiefer war angespannt, ein leichter Schimmer von Schweiß auf seiner Haut.

Ich spürte seine Zufriedenheit darüber, dass ich meine Augen freigelegt hatte. Ich wollte sie sehen, und er wollte mich sehen. Zum Teufel mit den Zusehern.

Einer seiner Mundwinkel wanderte nach oben. „Nun kann ich dir beim

Kommen zusehen, die Lust in deinen Augen sehen. Es spüren, wenn du meinen Schwanz umklammerst und mich so tief in dich hinein ziehst. Es über den Kragen spüren. Zusehen, wie er sich zu Kupfer färbt."

„Ja", hauchte ich.

„So wunderschön", raunte Ryston. „So perfekt."

Ich blickte über die Schulter zu ihm, und er beugte sich vor, um mich zu küssen. Seine Zunge tauchte ein, während sein Schwanz tief zustieß.

Die nassen Laute unseres Fickens erfüllten den Raum. Ich hörte den Sprechgesang nicht mehr, wenn er überhaupt noch da war. Ich hörte nur den Atem meiner Gefährten, spürte die Stöße ihrer Hüften, das Reiben ihrer Schwänze.

Unser Verlangen steigerte sich und wirbelte, kreiste höher und höher hinauf. Nun wusste ich, warum Ryston darauf bestanden hatte, dass wir gemeinsam kamen. Unsere Lust verstärkte die der anderen. Es würde nicht nur ein Kommen sein, sondern eine Besitznahme.

„Bitte. Jetzt", bettelte ich.

Ryston stieß einmal in mich, ein zweites Mal. Hielt still. Maxim stieß seine Hüften vom Bett hoch und spießte mich auf. Ich schrie. Sie stöhnten. Die Lust blendete uns.

Hände packten mich, hielten mich still, drückten mich nach unten, während ich spürte, wie ihr Samen in mich schoss, heiß und stoßweise, mich tief füllte. Ich fühlte den Besitz, spürte ihn. Obwohl ich den Kragen nicht sehen konnte, wusste ich, dass er die Farbe gewechselt hatte. Ich fühlte mich verändert. Ich hörte, wenn auch nicht mit Worten, sondern über die Verbindung zwischen uns. „*Meins.* Meins."

Die Lust war so groß, dass ich auf Maxims Brust hinuntersank und alles dunkel wurde.

EPILOG

*R*achel, *3 Monate später*

„DER CEO WURDE in Handschellen abgeführt." Die Stimme von Aufseherin Egara kam über das Kommunikationsgerät herein, während die Videobilder von der Festnahme des Mannes auf unserem Schirm erschienen. Neben ihm, den Kopf in tiefer Scham gebeugt, ging die Firmenchefin. Die gleiche Frau, in deren Büro ich angerufen hatte und gefordert hatte, dass sie etwas unternahm. Die Frau, der ich vertraut hatte, das Richtige zu tun.

Wir standen in der Kommandozentrale, die eine Verbindung zum Bräute-Abfertigungszentrum auf der Erde hatte. Ich war zwar inzwischen mit Haut und Haaren in Besitz genommen worden—ich fühlte mich in so vielen Bereichen eingefordert, erobert, in *Besitz* genommen —aber ich brauchte noch diesen Abschluss zu Hause.

Nein. Die Erde war nicht länger mein Zuhause. Zuhause war, wo Maxim und Ryston waren. Zuhause war die Kolonie.

„John hat die Beweise, die Sie gesammelt haben, an die richtigen Leute weitergeleitet, Leute, die nicht bestochen wurden. Er hatte es im Netz und an mehrere Nachrichtenorganisationen durchsickern lassen. Ich weiß, dass eine Menge Leute gestorben sind, Rachel, aber dank Ihnen und John können andere nun gerettet werden. Diese Giftpille ist offiziell vom Markt. Und hoffentlich werden beim nächsten Mal die Leute, die das Sagen haben, sich dafür entscheiden, das Richtige zu tun."

Ich verspürte Zufriedenheit, sogar Genugtuung bei den Worten der

Aufseherin. Ich hatte Recht behalten. Die Wahrheit war ans Licht gekommen, aber zu einem hohen Preis.

„Was ist mit dem guten Namen unserer Gefährtin? Ihrer Ehre?", fragte Maxim.

„Sie wurde in allen Punkten freigesprochen und ihr Strafregister getilgt."

Ryston nahm mich in die Arme, und ich genoss den Halt. Meine Gefährten waren ebenso erfreut darüber wie ich, wenn nicht noch mehr, dass mein Name reingewaschen worden war. Ehre war ihnen äußerst wichtig.

„Die Wahrheit wird weiter verbreitet. Sie ist sogar viral geworden—wenn Sie mir das Wortspiel verzeihen." Die Aufseherin lächelte, und ich musste lachen.

„Sie sind glücklich, Rachel?", fragte sie. Ich sah einen Hauch von Wehmut in ihren Augen. Ich wusste, dass sie auch zwei Prillon-Kriegern zugeordnet worden war, so wie ich. Aber meine waren am Leben, und einer hielt mich fest.

Maxim kam zu mir und küsste mich auf die Stirn, spürte meine Trauer um die andere Frau.

„Das bin ich. Sie hatten Recht. Die Gefährtin von Prillon-Kriegern zu sein ist...das Beste."

„Ich freue mich, und das Interstellare Bräute-Programm ebenso."

Ich wusste, dass sie den Schluss drangesetzt hatte, um offizieller zu klingen, aber ich wusste auch, dass sie sich auf einer persönlichen Ebene sehr für mich freute. Sich freute, aber auch traurig war. Ich konnte mir die Hölle, meine beiden Gefährten so wie sie zu verlieren, nicht vorstellen.

„Hat Primus Nial Sie kontaktiert, Aufseherin?", fragte Maxim.

„Ja, Gouverneur. Die Test-Sperre wurde aufgehoben. Krieger aus der Kolonie, die getestet worden sind, wurden wieder in die Datenbank eingespielt, mit sofortiger Wirkung."

„Ausgezeichnet." Maxim grinste, und er grinste nie. Der Anblick stimmte mich irrational fröhlich. Die Krieger, die auf diesen Planeten verbannt waren, waren ihm unglaublich wichtig, und inzwischen auch mir.

„Vielen Dank, Aufseherin. Schicken Sie

mir bitte ein paar Freundinnen", fügte ich hinzu.

„Natürlich, Rachel. Ich wünsche Ihnen allen das Allerbeste." Aufseherin Egara nickte uns allen lächelnd zu, und das Kommunikationsgerät wurde schwarz.

„Du bist rehabilitiert, Gefährtin." Rystons Flüstern fegte monatelangen Stress und Sorge davon wie eine kühle, erfrischende Brise. Ich fühlte mich irgendwie reiner. Erneuert. Hoffnungsvoll. Optimistisch. Dies waren alles Dinge, die ich für immer verloren geglaubt hatte.

„Gouverneur." Eine Stimme kam über Maxims Kommunikationsgerät herein.

„Sprechen Sie."

„Sie haben einen Besucher im Transporterraum."

Ich blickte zu Maxim hoch, sah in seinem Gesicht, dass er niemanden erwartete. Spürte es auch. Gott, es würde eine Weile dauern, bis ich mich an die Kraft der Kragen gewöhnt hatte.

„Sehen wir uns den Besucher an", sagte ich zu ihm.

Er führte mich durch das Gewirr von Korridoren in den Transporterraum. Als die Tür aufglitt, sah er die Frau dort stehen, aber ging nicht hinein. Die Tür wollte sich gerade wieder schließen, aber ich trat hindurch. Ich nahm seine Hand, zerrte daran. Ryston war direkt hinter uns. Der Kragen unterstützte mich nun. Ich spürte so Vieles. Liebe, Zorn, Verrat, Frust, Kälte, Freude. Es war überwältigend.

„Mutter", sagte Maxim.

Diese Frau war Maxims Mutter? Ja, wenn ich genauer hinsah, erkannte ich sie von ihrem Anruf in unserer Suite wieder. Sie sah ihrem Sohn recht ähnlich.

Ihre Augen blitzten kurz zu Maxim, aber dann ruhten sie auf mir. Ich spürte, wie genau sie mich unter die Lupe nahm. Dafür brauchte ich gar keinen Kragen. Ich war die Frau, mit der ihr Sohn sich vereint hatte, und natürlich würde sie kritisch sein.

„Was machst du hier?", fragte er und zog mich näher an sich heran. Er würde nicht zulassen, dass mir Leid geschah oder ich eingeschüchtert wurde, nicht einmal von seiner eigenen Mutter. Liebe durchflutete mich, Liebe für diesen starken, beschützerischen Krieger, und ich sorgte dafür, dass er meine Gefühle wie einen Hitzeschwall über unsere Kragen spüren konnte.

„Du hattest Recht bei unserer letzten Unterhaltung. Dein Leben ist hier. Ich wolle nicht, dass du nur deswegen auf der Kolonie bleibst, weil du verbannt worden bist. In dem Augenblick, als das Gesetz geändert wurde, wollte ich dich zu Hause haben. Aber dann erkannte ich, dass dein Zuhause nun hier ist."

Maxim zog mich enger an sich. „Mein Zuhause ist *hier* mit Rachel. Und Ryston."

Sie blickte über meine Schulter hinweg zu Ryston. Er kam näher und legte seine Hand in meinen Nacken.

„Ja. So ist es. Soweit ich über die Kolonie gehört habe, besonders über deine Basis, bist du ein sehr guter Anführer."

„Danke."

Seine Worte waren monoton, aber ich spürte seine Erleichterung, ein leichtes Auftauen in Maxims Haltung.

„Ich erkannte auch, dass das Transportzentrum in beide Richtungen funktioniert. Du kannst nach Prillon Prime zurückkehren, aber ich kann auch hierher kommen. Ich wollte deine Gefährtin kennenlernen, und schon bald deine Kinder."

Als Maxim schwieg, sah ich in seinen Augen eine Verletzlichkeit.

„Geht das in Ordnung?"

„Ja, Mutter. Das klingt perfekt." Da lächelte sie, und ich erkannte, wie hübsch sie war. Sie war nicht gefühlskalt, sie war nur von den Hive verletzt worden, wie es nur der Mutter eines Veteranen geschehen konnte. Zusammen mit der Verbannung waren die Dinge hart für sie gewesen. Sie hatten nun eine Chance, wieder eine Familie zu sein. Wir alle.

Ich spürte, wie Ryston meinen Nacken fester packte, mit einem grellen, heißen Hauch von Neid.

„Ich bin nicht alleine hier", fügte sie hinzu. Sie blickte in die Ecke, wo eine andere Prillon-Frau stand.

Rystons Hand fiel von mir ab, und ich spürte seine Panik.

Ich drehte mich herum, um mir die Frau genauer anzusehen, und stellte mich zwischen sie und meinen sekundären Gefährten. Wer sie auch war, sie hatte Ryston wehgetan. Zutiefst.

Er räusperte sich. „Mutter."

Oh Gott. Dies war die Frau, die ihn im Stich gelassen hatte. Ihn aufgegeben hatte. Tränen liefen ihr übers Gesicht.

„Sieh dich nur an", flüsterte sie, trat einen Schritt auf ihn zu und hielt ihm eine Hand hin.

Ich trat aus dem Weg, und Maxim zog mich wieder an sich, damit Ryston sich seiner Mutter alleine stellen konnte. Wir waren in der Nähe, aber dies war eine Konfrontation, die sie alleine erledigen mussten. Wie es auch ausging, Maxim und ich würden da sein.

„So groß, so tapfer." Sie räusperte sich, blickte zu Boden. „Es tut mir leid."

Ich spürte, wie die Mauer um diesen Teil von Rystons Herz bröckelte. Es schmerzte und pochte, und ich klammerte mich an Maxim.

„Ich habe keine gute Begründung. Nichts. Maxims Mutter trat an mich heran. Sie hat mir ins Gewissen geredet, bis ich einsichtig war. Ich hätte das selbst erreichen sollen, aber manchmal brauchen wir Hilfe von Außen."

„Ja. Ich habe das in Rachel gefunden",

sagte Ryston. Seine Stimme klang beinahe rostig.

„Ich möchte nicht auf Prillon Prime bleiben, sondern hier bei dir, mein Sohn."

„Wie bitte?", fragte er verblüfft. „Was ist mit Vater?"

Ihre Augen blickten in seine, die gleiche blasse Farbe. „Er kommt ebenfalls, aber ich...ich musste dich sehen. Wissen, ob ich zurückgewiesen werden würde."

„Wir sind hier die Zurückgewiesenen auf der Kolonie. Wir würden das niemals anderen antun", entgegnete Ryston.

„Wenn du es mir, uns, gestatten würdest, dann werden wir kommen. Deine Familie steht zu dir. Wo immer du bist. Wenn es Platz für uns gibt?"

Mein Herz schmerzte für die Frau, für Ryston. Die Umstände hatten sie auseinandergerissen. Ebenso, wie die grausamen Anschuldigungen auf der Erde mein Leben zerstört hatten. Und doch hatte dieser Ruin zu meinem Leben hier geführt. Zu Freude. Gefährten. Liebe. Für sie konnte es ebenso sein.

„Ja. Es gibt Platz. Auch für Vater. Für alle."

Sie traten aufeinander zu, und Ryston nahm die kleine Gestalt seiner Mutter fest in seine Arme.

Ja, es gab genug Platz für uns alle. Eine Familie, mit verflochtenen Leben. Anders, als ich es mir vorgestellt hatte, aber ich würde es nicht anders haben wollen.

WILLKOMMENSGESCHENK!

TRAGE DICH FÜR MEINEN NEWSLETTER EIN, UM LESEPROBEN, VORSCHAUEN UND EIN WILLKOMMENSGESCHENK ZU ERHALTEN!

http://kostenlosescifiromantik.com

INTERSTELLARE BRÄUTE® PROGRAMM

DEIN Partner ist irgendwo da draußen. Mach noch heute den Test und finde deinen perfekten Partner. Bist du bereit für einen sexy Alienpartner (oder zwei)?

Melde dich jetzt freiwillig!
interstellarebraut.com

BÜCHER VON GRACE GOODWIN

Interstellare Bräute® Programm

Im Griff ihrer Partner

An einen Partner vergeben

Von ihren Partnern beherrscht

Den Kriegern hingegeben

Von ihren Partnern entführt

Mit dem Biest verpartnert

Den Vikens hingegeben

Vom Biest gebändigt

Geschwängert vom Partner: ihr heimliches Baby

Im Paarungsfieber

Ihre Partner, die Viken

Kampf um ihre Partnerin

Ihre skrupellosen Partner

Von den Viken erobert

Die Gefährtin des Commanders

Ihr perfektes Match

Interstellare Bräute® Programm: Die Kolonie

Den Cyborgs ausgeliefert

Gespielin der Cyborgs

Verführung der Cyborgs

Ihr Cyborg-Biest

Cyborg-Fieber

Mein Cyborg, der Rebell

Cyborg-Daddy wider Wissen

Interstellare Bräute® Programm: Die Jungfrauen

Mit einem Alien verpartnert

Zusätzliche Bücher

Die eroberte Braut (Bridgewater Ménage)

AUCH VON GRACE GOODWIN

Interstellar Brides® Program

Mastered by Her Mates

Assigned a Mate

Mated to the Warriors

Claimed by Her Mates

Taken by Her Mates

Mated to the Beast

Tamed by the Beast

Mated to the Vikens

Her Mate's Secret Baby

Mating Fever

Her Viken Mates

Fighting For Their Mate

Her Rogue Mates

Claimed By The Vikens

The Commanders' Mate

Matched and Mated

Hunted

Viken Command

Interstellar Brides® Program: The Colony

Surrender to the Cyborgs

Mated to the Cyborgs

Cyborg Seduction

Her Cyborg Beast

Cyborg Fever

Rogue Cyborg

Cyborg's Secret Baby

Interstellar Brides® Program: The Virgins

The Alien's Mate

Claiming His Virgin

His Virgin Mate

His Virgin Bride

Interstellar Brides® Program: Ascension Saga

Ascension Saga, book 1

Ascension Saga, book 2

Ascension Saga, book 3

Trinity: Ascension Saga - Volume 1

Ascension Saga, book 4

Ascension Saga, book 5

Ascension Saga, book 6

Faith: Ascension Saga - Volume 2

Ascension Saga, book 7

Ascension Saga, book 8

Ascension Saga, book 9

Destiny: Ascension Saga - Volume 3

Other Books

Their Conquered Bride

Wild Wolf Claiming: A Howl's Romance

HOLE DIR JETZT DEUTSCHE BÜCHER VON GRACE GOODWIN!

Du kannst sie bei folgenden Händlern kaufen:

Amazon.de
iBooks
Weltbild.de
Thalia.de
Bücher.de
eBook.de
Hugendubel.de
Mayersche.de
Buch.de
Bol.de
Osiander.de

384   Hole dir jetzt deutsche Bücher von Grac...

Kobo
Google
Barnes & Noble

GRACE GOODWIN LINKS

Du kannst mit Grace Goodwin über ihre Website, ihrer Facebook-Seite, ihren Twitter-Account und ihr Goodreads-Profil mit den folgenden Links in Kontakt bleiben:

Web:
https://gracegoodwin.com

Facebook:
https://www.facebook.com/profile.php?id=100011365683986

Twitter: https://twitter.com/luvgracegoodwin

ÜBER DIE AUTORIN

Hier kannst Du Dich auf meiner Liste für deutsche VIP-Leser anmelden: **https://goo.gl/6Btjpy**

Möchtest Du Mitglied meines nicht ganz so geheimen Sci-Fi-Squads werden? Du erhältst exklusive Leseproben, Buchcover und erste Einblicke in meine neuesten Werke. In unserer geschlossenen Facebook-Gruppe teilen wir Bilder und interessante News (auf Englisch). Hier kannst Du Dich anmelden: http://bit.ly/SciFiSquad

Alle Bücher von Grace können als eigenständige Romane gelesen werden. Die Liebesgeschichten kommen ganz ohne Fremdgehen aus, denn Grace schreibt über Alpha-Männer und nicht Alpha-Arschlöcher. (Du verstehst sicher, was damit gemeint ist.) Aber Vorsicht! Ihre Helden sind heiße Typen und ihre

Liebesszenen sind noch heißer. Du bist also gewarnt...

Über Grace:

Grace Goodwin ist eine internationale Bestsellerautorin von Science-Fiction und paranormalen Liebesromanen. Grace ist davon überzeugt, dass jede Frau, egal ob im Schlafzimmer oder anderswo wie eine Prinzessin behandelt werden sollte. Am liebsten schreibt sie Romane, in denen Männer ihre Partnerinnen zu verwöhnen wissen, sie umsorgen und beschützen. Grace hasst den Winter und liebt die Berge (ja, das ist problematisch) und sie wünscht sich, sie könnte ihre Geschichten einfach downloaden, anstatt sie zwanghaft niederzuschreiben. Grace lebt im Westen der USA und ist professionelle Autorin, eifrige Leserin und bekennender Koffein-Junkie.

https://gracegoodwin.com

www.ingramcontent.com/pod-product-compliance
Lightning Source LLC
LaVergne TN
LVHW011756060526
838200LV00053B/3611